Phébus *libretto*

LE QUINCONCE III

LE DESTIN DE MARY

CHARLES PALLISER

LE DESTIN DE MARY

LE QUINCONCE III

roman

Traduit de l'anglais par
GÉRARD PILOQUET

Phébus *libretto*

Illustration de couverture :
William Mulready, *John Sheepshanks and his Maid*,
© Londres, The Bridgeman Art Library

Titre original de l'ouvrage en anglais :
The Quincunx
The Inheritance of John Huffam

Canongate Publishing Limited, Edinburgh

www.phebus-editions.com

LIVRE TROISIÈME

LES CLOTHIER

PREMIÈRE PARTIE

HÉRITAGES

I

Soyez une fois de plus convié à gagner le 27, Golden Square, et cet élégant petit salon qui vous est maintenant familier : Mrs Fortisquince s'y affronte âprement avec un visiteur.

– Je ne comprends pas comment elle s'y est prise, s'étonne-t-elle.

– Qu'importe la manière ? Ce qui compte, c'est que nous ne pourrons plus jamais la mettre en avant pour tirer quoi que ce soit du vieux.

– Je n'y suis pour rien, si elle a pris la poudre d'escampette !

– Vraiment ?

– Certes non ! Je croyais être sa seule amie à Londres… Elle me l'avait en tout cas fort souvent répété.

– Eh bien, elle en a menti ! rétorque Mr Sancious avec acrimonie. Et vous vous êtes laissé abuser par ses bonnes manières.

– Cela vous va bien de venir me le reprocher, vous qui me devez tout ! Ne vous ai-je pas mis honnêtement dans la confidence quand Mrs Clothier et son fils sont venus solliciter mon aide ?

– Vous vous êtes ouverte à moi, il est vrai, Madame, mais vous en avez été récompensée, il me semble. Quant à votre franchise envers moi, permettez-moi d'en douter… Pourquoi, en cette affaire, vous montrer si acharnée à vouloir que le vieux Clothier ne sache rien de votre bouche ?

– Voilà qui ne vous regarde pas.

– Pourtant, il va bien falloir le mettre au courant, au point où nous en sommes rendus. Car je n'entends pas endosser tous les griefs.

Mrs Fortisquince pose sur lui un regard appuyé et, d'un ton égal :

– Dites-le-lui, menace-t-elle, et je vous réponds que vous vous en mordrez les doigts.

– Bien, après tout, concède l'homme de loi en mâchonnant sa lèvre, admettons qu'il n'ait pas besoin de savoir. Je subirai donc seul les foudres de sa colère. Cela dit, une chose devrait le contenter : c'est que l'enfant est en lieu sûr.

Quand la dame approuve d'un signe de tête, il ajoute :

– Et ce n'est rien à côté de ce qui l'attend…

A ces mots, Mrs Fortisquince proteste vivement :

– J'espère que vous ne voulez pas dire…

Sa phrase reste en suspens. Il la fixe, stupéfait :

– Mais n'étaient-ce point nos accords ?

– Certainement pas ! Il s'agissait de le mettre en lieu sûr, voilà tout. Il n'a jamais été question d'autre chose.

– J'ai cru entendre dans votre bouche le sens habituel du mot.

– Je ne veux pas savoir ce que vous, vous entendez par là ; je sais seulement que moi, je l'ai pris à la lettre : nous devions être assurés, le moment venu, de pouvoir lui mettre la main dessus, un point c'est tout. Il ne faut pas lui faire de mal. Pas encore…

– Le souci que vous montrez de cet enfant vous honore, ricane Mr Sancious.

– Je vous promets que s'il lui arrive quoi que ce soit, je porterai plainte.

– Voilà ce que je ne pense pas, madame Fortisquince, car le bon sieur Quigg risquerait fort d'en dire plus long que nous ne le souhaiterions, et vous et moi.

Ils se mesurent du regard un moment, puis un sourire vient peu à peu détendre les traits de la veuve :

– Voyons, ces escarmouches ne riment à rien ; elles ne servent qu'à nous porter ombrage.

– Tout justement, Madame. Nous avons tout à gagner à cultiver notre amitié.

Mrs Fortisquince sonne Checkland pour le thé. De sorte que, dix minutes plus tard, la scène nous montre les deux compères confortablement installés côte à côte sur le sofa.

La veuve dévisage, rêveuse, son hôte :

– Il est un point, déclare-t-elle, dont je brûle depuis un certain temps, monsieur Sancious, de vous entretenir. Comme vous le savez sans doute, mon époux m'a laissé quelques biens immobiliers et des titres.

L'autre hoche gravement la tête.

– De son vivant, poursuit-elle, il s'occupait lui-même de ses affaires, bien entendu, mais depuis son décès, c'est l'avoué qu'il avait désigné comme exécuteur testamentaire. Cependant, au risque de passer pour une langue fielleuse, je dois confesser que la manière dont il s'acquitte de ses obligations laisse à désirer. Depuis, surtout, que les bons d'État rendent un intérêt moins fort, il me semble qu'entre les mains d'un autre, mon capital pourrait mieux fructifier.

– Mais comment donc, Madame ! s'exclame l'homme de loi. Avez-vous songé au marché des effets de commerce ?

– Non point. Mais n'est-ce pas s'aventurer ?

– Du tout. C'est aussi sûr que la Banque d'Angleterre, et je ne saurais mieux dire, puisque la Banque d'Angleterre elle-même cautionne les créances émises par les établissements de crédit. Au passage, notez qu'elle n'a pas suspendu la garantie métallique une seule fois depuis que vous êtes au monde, puisqu'elle ne l'a pas fait depuis 1797, bien avant votre temps.

La dame rougit du compliment.

– J'ai moi-même investi très gros, continue-t-il, et bien m'en a pris, malgré mes réticences de départ : la cote a tellement grimpé que je n'ai qu'un seul regret, c'est de ne pas m'être engagé plus tôt. Pour tout vous dire, j'ai placé là-dedans tout mon avoir. Le marché n'a jamais été aussi florissant. Il est encore temps, lancez-vous et je vous promets qu'à Noël vous me bénirez.

Portant la tasse à ses lèvres, Mrs Fortisquince pose un regard pensif sur son interlocuteur.

II

Je ne me rappelle plus très bien la suite des événements. Le seul souvenir que j'aie est de m'être emporté à grands cris contre la vieille, et peut-être même de l'avoir menacée de mes poings : ce qu'il y a de sûr, c'est que le jeune Irlandais dut me faire lâcher prise en me saisissant à bras-le-corps. Alors une telle nausée m'a envahi que je m'en tenais le ventre ; je revois l'expression de l'homme, qui me relâche sur-le-champ et fait un écart en arrière. Ensuite, je me revois à terre, à quatre pattes aux côtés de ma mère : fou de rage, je martèle du poing le plancher vermoulu et je m'enfonce jusqu'au sang les ongles dans les paumes. Enfin, un dernier détail s'est gravé dans ma mémoire : je ne verse pas une larme.

Je m'étais aveuglé, quelques heures auparavant, en rencontrant ma mère dans l'escalier de chez Mrs Purviance, et pourtant son visage en disait long : comme s'il m'eût suffi de nier l'évidence pour aller à l'encontre des faits ! Rien ne me préparait à une cruelle réalité qui s'abattait sur moi avec la force écrasante du flux, quand la vague qui déferle sur le château de sable d'un enfant le met à bas. L'idée de sa mort ne m'avait jamais effleuré. A présent, j'enrageais et me consumais de remords en remâchant toutes mes insolences, tous mes agacements ; en revoyant avec quelle rudesse j'ironisais sur ses vues ; en revivant ces moments où je l'avais pressée de me révéler des secrets qu'elle préférait garder.

Des heures passèrent. Il se peut que j'aie dormi, mais je ne saurais l'affirmer, incapable de distinguer entre les cauchemars qui me tourmentaient le jour et ceux qui troublaient mes nuits. Monstrueuse et inflexible, l'image hideuse de cette mort concrète s'imposait à moi sans répit. Peu à peu, je vis naître un jour pâle qui filtrait tant bien que mal à travers les immondes fenêtres colmatées de chiffons, et je sentis à mes côtés la présence d'êtres vivants. Cette forme muette étendue là, sa couverture encore remontée sur le visage, mais non, elle l'arracherait bientôt, elle émergerait de son repos, un sourire jouant sur ses lèvres, il n'était pas possible qu'il en fût autrement ! Bien sûr, tout cela n'avait été qu'un jeu… J'entendais des gens crier, des enfants pleurer, jurer des voix de rogomme et, par-dessus ce charivari, un ordre qui fusait : « Ferme-la ! Pour la dernière fois ! » Je mis du temps à vérifier si la menace m'était adressée et, quand je me retournai, je pus découvrir Lizzie, assise en tailleur, qui me regardait en peignant sa tignasse de ses serres d'aigle.

– Faut point tant t' frapper ! fit-elle. Tu t'en remettras, marche !

Je frémis d'horreur à la seule pensée de ce que j'étais appelé à devenir si je m'en « remettais ».

– T'as pas d' quoi l'enterrer, pas vrai ? poursuivit le vieil oiseau de malheur.

Je fis non de la tête.

– Faut qu' t'ailles à la paroisse. Y s'occuperont d'elle.

Me voyant sourd à ses propos, elle m'attrapa le bras :

– Faut qu' tu l'enterres comme y faut.

– Où dois-je me rendre ? demandai-je, plutôt pour la calmer que mû par le souci de ce qu'il adviendrait du corps.

Mais, tandis que Lizzie m'expliquait comment rejoindre la maison du clerc de la paroisse, sur Leather Lane, je me représentai à quel point le sort de la dépouille avait de l'importance. Une importance capitale. Je me relevai, prêt à partir, quand une pensée, une image devrais-je dire, me traversa l'esprit.

– Voulez-vous bien la veiller ? la priai-je.

– Mais oui, t'inquiète pas.

Ayant eu raison du redoutable escalier encore obscur et qu'il me fallut franchir à tâtons, je me retrouvai dans la cour inondée. La tempête s'était vidée de ses forces, le vent avait cédé, mais le ciel restait maussade et avare de lumière, tandis que la pluie persistait avec une malveillance obstinée.

Grâce aux indications de Lizzie, je ne perdis pas de temps : la maritorne en sentinelle à la porte de sa cuisine me laissa pénétrer dans l'office à contrecœur. Je dus y croquer le marmot le temps qu'il fallut à Mr Limpenny, comme l'avait appelé sa goton, pour achever son déjeuner. Je ne m'étais pas rendu compte de l'heure. Bref, je fus introduit auprès du maître, dans le « salon du matin », où, installé devant une théière encore fumante flanquée des restes de sa collation, il épluchait le *Morning Post*.

– Que veux-tu ? lança-t-il sèchement par-dessus son journal, qu'il n'abaissa qu'à moitié.

Figé devant lui, je tentai de répondre, mais aucun son ne sortit de ma bouche.

– Voyons, explique-toi, mon garçon. Ne me fais pas perdre mon temps, bougonna-t-il.

– C'est au sujet de ma mère…

– Je te saurais gré de t'adresser à moi avec le respect qui convient, m'interrompit-il.

– Pardonnez-moi, Monsieur.

Je m'efforçai alors de poursuivre :

– Ma mère… ma mère vient de mourir, et je n'ai pas de quoi l'enterrer.

– Alors, tu peux dire que tu as de la chance, toi ! s'écria-t-il.

Je le contemplai, interloqué. Il mit un soin minutieux à s'essuyer les mains, avant de reprendre :

– Nous enterrons les pauvres une fois la semaine et, par bonheur, c'est demain que tombe le jour de funérailles.

Là-dessus, sans autre forme de procès, il quitta la pièce. Ignorant ce que j'étais censé faire, je pris le parti de le suivre le long d'un corridor qui nous amena à un cabinet, à en juger selon les apparences : liasses de papiers nouées de ruban rose, vieilles caisses de bois, coffrets de métal qu'on y avait posés n'importe comment, dans les coins ou sur des planches au mur, tel était le décor.

– Il y a des formalités, annonça-t-il en prenant place à une table.

Il en ouvrit le tiroir, préleva un formulaire et une plume qu'il tailla, puis, me jetant un bref coup d'œil :

– Nom de l'indigente trépassée ? commença-t-il.

– Mrs Mary Mellamphy, Monsieur, répondis-je, décidant brusquement de ne pas révéler notre véritable identité.

– La femme Mellamphy. Irlandaise, je présume ? ajouta-t-il d'un ton las. Paroisse du veuf ? Je devrais dire de ton père, rectifia-t-il, sarcastique.

– Je ne sais pas, monsieur Limpenny.

Il soupira :

– Vous êtes décidément incroyables ! De quel droit vous autorisez-vous à venir trépasser par ici aux dépens des braves gens qui s'acquittent de leurs taxes, et sans demander l'avis de personne ? Je suppose que tu t'en moques, que notre paroisse perde son titre à rentrer dans ses frais pour l'enterrement de ta mère… Est-ce que tu peux chiffrer ce que ça coûte d'ensevelir un pauvre décemment ? Dans les deux livres, ça va chercher. Rien que le cercueil : douze shillings !

Ces assertions n'appelant nulle réponse, je me gardai d'en risquer une.

– Je suppose qu'il te faut quelqu'un pour la préparer ?

– S'il vous plaît, Monsieur.

– Il ne manquerait plus que cela ! s'écria-t-il, comme si je venais d'en nier la nécessité. Et allez donc, aux frais de la paroisse !

Il s'empara d'un autre formulaire :

– Adresse de la défunte ?

– Mitre Court, Monsieur.

– J'aurais dû m'en douter ! Porte ça, me dit-il en me tendant la feuille, au numéro 2 d'Ely Court, où tu n'as qu'à demander Mrs Lillystone.

– Et c'est tout ?

– Qu'est-ce que tu veux de plus, hein ? rugit-il en agitant la clochette de son bureau. Et maintenant, au trot !

La bonne se présenta dans l'encadrement de la porte :

– Raccompagne illico ce garçon, lui jeta-t-il. Attention, droit dehors.

Une fois dans la rue, je jetai un œil sur le papier qui donnait instruction « à Mrs Lillystone de laver, préparer et mettre dans un linceul le corps d'une pauvresse demeurant à… » Suivait l'adresse. Arrivé à destination, je frappai. J'eus droit en réponse à un long silence ; à la fin, une tête féminine s'inscrivit dans une fenêtre de l'étage.

– Qu'est-ce que c'est ?

– C'est pour ma mère, criai-je d'en bas.

– D'où viens-tu ?

– De Mitre Court.

– Ah ! Ça y est. Elle approche de la fin ?

– Elle l'a déjà passée…

Elle garda un instant les yeux fixés sur moi, avant de rentrer la tête et de refermer à grand bruit. Peu après, je voyais s'encadrer dans la porte une sorte de souillon en robe d'une propreté pour le moins douteuse, nouant encore un bavolet mal ajusté sur sa tête.

– Allons, vinaigre ! Il s'agit pas de s'endormir, dans ce cas-là !

– Je crois que je me suis mal fait comprendre, lui fis-je remarquer, tendant le formulaire sous son nez.

Elle s'abstint d'y jeter ne fût-ce qu'un coup d'œil :

– Pour ce que ça me servirait !... attendu que je sais point lire.

– C'est pour une toilette mortuaire.

Elle s'esclaffa :

– Et moi qui croyais que c'était pour l'autre chose ! Je m'étais laissé dire qu'il y avait une femme proche de la délivrance. Bah ! c'est du pareil au même pour moi : envelopper dans des langes ou bien dans un linceul... En ce bas-monde, je fais les allers et retours ; et c'est pas rare qu'y soyent bien avoisinants, le grand départ et puis l'arrivée.

Sur ce, elle me claqua la porte au nez. Je me blottis dans l'encoignure, histoire de m'abriter de cette pluie qui n'en finissait pas. Il fallut dix bonnes minutes à Mrs Lillystone pour me rejoindre en grand attirail : petit pot de cuivre, bassine en fer-blanc, linceul à bas prix sur le bras.

Chemin faisant, elle m'interrogea :

– T'as laissé une parente à veiller la défunte, j'espère ?

– Pas exactement. Une vieille.

Elle émit un léger sifflement entre ses dents serrées et se tint coite jusqu'à notre arrivée à Mitre Court, où elle poussa des cris d'orfraie en découvrant la cour inondée et l'eau fangeuse qu'elle dut braver avec ses galoches. Protestant tout son soûl contre l'état de l'escalier, dont elle semblait me tenir responsable, elle fit toute une histoire de la peine qu'elle avait à gravir les marches, chargée comme elle était, mais sans jamais accepter, malgré ses ronchonnements, que je la déleste de son fardeau.

A notre entrée, j'eus l'impression que le silence s'installait dans la compagnie, et la surprise de voir que si Lizzie n'était plus là, une famille inconnue avait pris la place que nous occupions dans le recoin. Mrs Lillystone échangea un salut avec la plus âgée des Irlandaises, et je lui désignai l'endroit où reposait la défunte sous sa couverture. Elle fit les quelques pas qui la séparaient de ma mère et rabattit la loque qui la cachait.

– C'est ben c' que j' pensais ! Tout s'est envolé.

Je me détournai, le visage enfoui derrière mes mains.

– La vieille l'a déshabillée, expliqua une des femmes, dans le groupe des nouveaux venus. Elle a raconté que c'était sa fille et qu'elle allait préparer la défunte, et puis elle est partie avec les vêtements, et elle a point reparu.

– Elle a rien laissé, hors cet anneau, reprit Mrs Lillystone en brandissant la main de la morte.

Je ne regardai pas.

– Pour sûr qu'elle a pas été capable de l'ôter ! lança un des voisins venus en badauds.

Sans avoir besoin d'y jeter les yeux, je reconnaissais l'objet : c'était l'anneau de cuivre que ma mère avait passé à son doigt, le jour de la descente du bailli, à la place de l'alliance d'or qu'elle avait vendue. Ses initiales étaient grossièrement gravées sur la méchante bague, d'une valeur d'un ou deux pence.

– Ma foi, elle aura simplifié ma besogne, conclut Mrs Lillystone, en retroussant ses manches.

– Vous n'allez tout de même pas faire ça ici ? protestai-je.

– Et où donc que je le ferais ?

– Mais ce n'est pas convenable ! fis-je en montrant l'assemblée des curieux.

Un murmure d'assentiment s'éleva : ceux qui étaient assis le plus près prirent soin de tourner ostensiblement le dos à la défunte. Force me fut de me soumettre à cet accommodement.

L'Irlandaise, femme de cœur, m'invita d'un signe à me joindre à son petit groupe, et je m'apprêtais à lui obéir, quand j'entendis Mrs Lillystone m'interpeller :

– Emplis-moi d'abord ce récipient.

Je descendis à la pompe, après quoi j'aidai la bonne femme à placer l'eau sur le feu. Ce faisant, je ne pus m'empêcher de remarquer qu'elle avait maintenu par une chiffe nouée les mâchoires de ma mère. Un soudain frisson me parcourut, et je me hâtai de rejoindre les Irlandais, comme j'y avais été convié. Ils me pressèrent de partager leur maigre pitance de pain et de hareng et mobilisèrent tout leur pauvre anglais pour m'entretenir et distraire mon attention de la scène qui se déroulait là-bas.

Enfin Mrs Lillystone annonça qu'elle en avait terminé : je

découvris une longue silhouette emmaillotée dans le vil calicot qui faisait office de linceul.

– J'ai trouvé ça sous elle.

Elle me tendait le carnet, qui contenait toujours la lettre portant en suscription le nom du père de ma mère. Je le pris et le fourrai dans ma veste. Me remémorant avec une ironie désenchantée les cours de droit dispensés par mes pédagogues de jadis, je me tenais pour hoir authentique de ma mère et légitime propriétaire de l'entièreté de ses biens.

– La charrette funéraire passera demain à la première heure, me prévint Mrs Lillystone.

Je m'attendais à la voir prendre congé ; au contraire, elle s'attarda à la porte, me regardant bizarrement :

– Tu vas tout de même point rester là jusqu'à demain matin, non mais des fois ? me fit-elle, cependant que son visage s'ornait d'une grimace qui, à ce que je compris, se voulait la quintessence de l'amour maternel. Pas avec ça entre les mêmes quatre murs. Pourquoi que tu passerais pas la nuit chez moi ? Viens donc ce soir !

Cette bonté dont elle faisait montre, ai-je eu tort ou raison de m'en méfier ? je ne sais – et ne saurai jamais. En tout cas, j'avais encore en tête les allusions de Mr Isbister quant à la conduite des agents paroissiaux, et je me contentai d'opposer à la bonne femme un signe de refus, si bien que, reprenant ses cliques et ses claques, elle ne demanda pas son reste.

Je restai près de ma mère tout au long du jour et de la longue nuit qui suivit. L'Irlandaise m'avait gratifié d'un quignon de pain sec à midi et d'une part de leur porridge au souper, de sorte que je n'avais pas faim. Vers le soir, le receveur des loyers était passé exiger ses deux pence, alléguant que ma mère, qui occupait toujours la même surface au sol, était encore redevable du sien, sans quoi « il n'avait pas fini de se faire sonner les cloches par Mr Ashburner, s'il débarquait ». Néanmoins, cédant à la protestation unanime des autres locataires, il avait rabattu de ses prétentions et consenti à ne percevoir qu'un penny.

Quelle que fût ma résolution, je ne pus me tenir à veiller le corps toute la nuit : je sombrai dans des rêves qui ne m'apportèrent aucun réconfort. J'errais d'une pièce à l'autre, dans une grande maison déserte dont j'arpentais des couloirs si longs que, malgré ma lanterne, je ne pouvais en apercevoir l'extrémité. Alors le plancher en craquant se soulevait, pour finir par s'effondrer sous mes pas et j'avais beau courir à la recherche d'un abri, je m'écrasais à l'étage du dessous où, par une immense fenêtre une énorme lune blanche se détachait du ciel noir ; elle m'éclairait la tête et les épaules d'une silhouette voilée qui montait à ma rencontre et, sous mes yeux affolés, laissait glisser le voile qui couvrait sa face. Ce n'était pas un vrai visage : la peau en était grêlée, trouée presque, les yeux vides, et le nez un informe moignon. Mais cette face s'enflait et grandissait. Horrifié, je la voyais qui s'apprêtait à franchir la fenêtre pour fondre sur moi, et c'est terrorisé que je me réveillai.

La matinée s'étirait avec lenteur ; il fallut un certain nombre d'heures pour que l'enfant irlandais qui s'était posté à la fenêtre en guetteur m'avertît dans sa langue : deux hommes sautaient d'une charrette arrêtée à l'entrée de la cour. Je descendis pour leur indiquer l'endroit ; ils emportèrent leur fardeau, et je les suivis.

– Ben voilà, avec ce particulier-là, on en aura fini !

Ce fut le commentaire du cocher quand ils arrivèrent. Six formes blanches étaient déjà entassées. Les deux croque-morts déposèrent la septième sans trop de ménagements, avant de prendre place eux-mêmes, poussant les cadavres du pied pour s'installer plus à l'aise. Après quoi, fouette cocher, et la charrette s'ébranla.

– Où allez-vous ? demandai-je.

– …vroir, fit l'un d'eux sans même se retourner.

Je suivis le charroi par les ruelles étroites, sous une petite pluie intermittente. Personne ne nous prêta attention, si ce n'est une bande de garnements qui interrompirent leur partie de palet pour escorter le convoi en scandant une ritournelle :

Brimbalez macchabées
Sur les rues mal pavées,
Un clochard trépassé
A personn' pour l' pleurer.

Enfin le haquet, ayant traversé Holborn, descendit Shoe Lane, tourna dans un passage longeant l'ouvroir et se gara dans une cour étroite. Le cocher dételа et s'en alla avec la bête et, des deux convoyeurs, l'un gagnait l'édifice, tandis que l'autre se mettait à l'abri de la voûte pour allumer sa pipe. Je m'enquis :

– Pour combien de temps en avons-nous ici ?

Un haussement d'épaules fut sa réponse, et je retournai auprès de la charrette.

Au bout d'une demi-heure, un bedeau de la paroisse montra son nez :

– Hé ! toi, là-bas, le gamin, veux-tu bien filer ? fit-il en m'apercevant.

Accrochant le regard du bedeau, l'homme à la pipe lui indiqua de l'œil le convoi funèbre.

– Eh bien, soit ! consentit à regret le bonhomme, qui disparut à l'intérieur de la maison.

J'attendis ainsi des heures, transpercé jusqu'aux os. Mais le cocher finit par réapparaître avec le cheval qu'il attela, tandis que les deux hommes de peine – l'autre était revenu – sortaient de l'ouvroir en portant quatre nouveaux paquets enveloppés de linceuls, dont deux minuscules.

De nouveau le convoi se remit en route, avec moi seul pour tout cortège. Quelques mètres au pas dans le passage, et nous débouchions sur la sombre placette où donnait l'autre côté de l'ouvroir. Un regard circulaire sur les maisons ne me montra que les murs noirs de suie qui les fermaient par - derrière ; en même temps me saisit une odeur d'humidité. Bien qu'il fût malaisé d'y voir clair dans la demi-pénombre d'une morne après-midi d'hiver, avant l'éclairage des réverbères, je distinguai un cimetière au milieu de la petite place, où il occupait une sorte de tertre de quelques pieds de hauteur, garni d'un mur d'enceinte en ruine dont on voyait encore l'antique grille rouillée. Il n'y avait pas d'église.

Le charroi fit halte au portail, cependant qu'un des croque-morts gagnait l'ouvroir par la porte de derrière. Quelques minutes plus tard, laps de temps où l'étrange et insistante odeur s'imposait toujours plus à moi, il ressortait, accompagné d'un jeune prêtre : et tandis que celui-ci, sous le porche, s'abritait du crachin, l'autre retournait à la charrette afin d'aider ses deux compagnons à décharger les corps ensevelis et à les déposer dans l'herbe boueuse, de l'autre côté du portail. Pendant ce temps-là, l'homme d'Église lisait des prières à haute voix, son missel à la main. M'approchant de lui, je m'aperçus qu'il débitait à toute allure une version très abrégée de l'Office des trépassés.

Sur ces entrefaites arriva un valet de sacristie muni d'une pelle. Laissant le pasteur à ses dévotions, à l'abri du porche, il s'engagea dans le petit chemin crotté qui traversait le cimetière, suivi de trois comparses qui allèrent chacun chercher un ou deux des plus petits colis apportés par la charrette. Le valet s'arrêta près d'un coin de terre fraîchement retournée et se mit à creuser, pendant que les hommes déposaient leurs fardeaux sur le sol et se hâtaient d'aller quérir le reste. La fosse mise au jour, la puanteur devint insupportable et la raison m'en sauta vite aux yeux : à quelques pouces de la surface affleuraient sous le fer du sacristain des formes empaquetées. Le dernier cadavre apporté, le prêtre abandonna le havre du porche et, un mouchoir en guise de masque, il suivit les autres. Il se tint à une dizaine de toises de la fosse, tandis que les trois hommes, aidés du valet, entreprenaient de soulever les corps pour les jeter dans le trou maintenant profond de deux pieds environ.

Comprenant enfin, je me précipitai vers le fossoyeur pour arrêter son bras.

– Non, m'écriai-je. Pas ici !

– Et où, alors ? fit-il mine de me demander, tournant vers moi un visage de froide indifférence.

– Non, pas comme ça ! protestai-je.

– Ne profanez pas ce saint rite ! s'indigna le prêtre, ôtant un instant le mouchoir dont il se couvrait le visage, pour me crier son indignation d'une voix de basse saisissante.

J'étais impuissant, incapable d'arrêter le cours des événements. Toujours à distance respectueuse de la fosse, le pasteur entonna les derniers versets de l'Office des trépassés, jeta dans le trou, au moment voulu par le rituel, une poignée de cailloux, après quoi il repartit dare-dare en compagnie des hommes de la paroisse. J'observai le valet : ayant épandu un plein seau de chaux vive sur le charnier, il reprit la pelle pour recouvrir les nouveaux venus de quelques pouces de terre. A l'instar du tumulus qui dominait la rue de plusieurs pieds, la fosse commune, enflée par cet apport de cadavres, saillait sur l'herbe environnante, tel un furoncle purulent sur le point de percer.

Sa besogne achevée, le bonhomme repartit. J'entendis la charrette se remettre en chemin, et me retrouvai seul. La vie de ma mère était-elle donc si peu de chose ? Cela paraissait moins que dérisoire. J'eus beau essayer de prier, seules me revenaient les formules vides du Dr Meadowcroft. Et puis, comment croire en un Dieu qui eût fait cela ? Repensant au petit cimetière de campagne de Melthorpe où reposaient nos aïeux, je promis tout haut à ma mère :

– Un jour, je vous sortirai de là, si je le peux.

Ma promesse ne suffisant pas à m'apporter la paix de l'âme, j'eus un instant la folle idée de déterrer mon précieux trésor et de l'emporter. Je suffoquais de chagrin et de rage. Soudain saisi d'une peur panique, j'étouffai, asphyxié par les remugles. Pris de violents spasmes, j'eusse sans doute vomi si j'avais eu l'estomac garni. A peine porté par des jambes en coton, je quittai les affreux parages pour me réfugier à l'extrémité de la placette, où l'odeur était plus supportable. Depuis la trahison de Lizzie, je me méfiais à présent du monde entier : ô comme les théories de Mr Pentecost me semblaient fondées ! Comme il était vain de croire à l'altruisme, à la générosité et à tous ces beaux principes que Mr Silverlight avait défendus ! A remâcher la feinte bonté de Mrs Lillystone – feinte à mes yeux, s'entend –, à revoir la trogne du fossoyeur et des trois hommes de l'ouvroir, je n'avais que trop de motifs à craindre le pire pour la dépouille de ma mère.

Je passai donc le reste de la journée à tourner comme un fou autour de la petite place, morte et pourtant si proche de Fleet Market et de son animation, dont ne me séparait guère qu'un pâté de maisons. A la grisaille de l'après-midi succéda sans crier gare un crépuscule qui allongeait les ombres. Quand la nuit tomba, je me pelotonnai dans une encoignure de porte, en face de la fosse commune. Je n'avais toujours pas versé une larme, incapable de m'apitoyer sur mon propre sort : je n'éprouvais rien de tel. Je n'éprouvais que de la colère. Contre tout le monde : Mrs Purviance, Mrs Fortisquince, les Mompesson, la vieille Lizzie. Mais surtout contre moi-même.

C'est à ce moment précis que je me fis un serment : plus jamais je ne me mettrais à la merci des circonstances en me laissant aller à l'amour.

Entre le froid, la pluie et les rondes de veilleurs, j'eus un piètre sommeil. Sur les trois heures du matin, les vigiles qui me découvrirent me braquèrent leur lanterne en pleine figure. Après un rude interrogatoire, je fus enjoint de circuler. Je me levai et passai une bonne heure à arpenter, accablé, la place et les rues avoisinantes, avant de regagner mon ancien refuge, où l'on me laissa la paix pour le restant de la nuit. Je dormis par à-coups et me réveillai en proie à l'envie de mourir, je devrais dire au désir de dormir et de dormir encore. A qui importait-il désormais que je fusse mort ou vif ? A personne. Dans ces conditions, pourquoi m'en soucier, moi ?

Quand l'aurore se décida péniblement à poindre, je consacrai un penny à l'achat d'une petite miche de pain et regagnai mon poste. Le lendemain et le jour suivant se déroulèrent de même, à ceci près que, n'ayant plus que quatre pence et demi, je ne m'achetai rien à manger. Je m'en souciais comme d'une guigne, du reste, toute raison de vivre m'ayant abandonné, une fois le devoir filial accompli.

A l'aube du deuxième jour, j'estimai que mon guet avait suffisamment duré pour me permettre de déjouer les noirs desseins d'Isbister et consorts. Le temps se refroidissant, je me dis que je pourrais passer la journée dans la rue et me trouver une cachette pour la nuit prochaine – quelque chenil dissimulé à la vue, une cour envahie d'herbes folles. Et là, je m'assoupirais dans l'attente de ne plus jamais me réveiller.

Les Mompesson allaient se sentir bien mauvaise conscience en apprenant que ma mère était morte, et moi aussi. Quel dépit ils concevraient de deux décès qui les dépossédaient ! Mais, m'avisai-je en un éclair, quelle aubaine pour notre mystérieux ennemi qui voyait du même coup tomber en son escarcelle le domaine de Hougham ! Dans ces conditions, il pouvait toujours se brosser, celui-là ! Je devais rester en vie.

Mû par cette résolution, je repartis pour Mitre Court, faute d'une autre destination. Je rassemblai mes dernières forces pour en retrouver le chemin, et marcher jusqu'à cette chambre qu'il me répugnait tant de revoir. Mon penny réglé dès la porte, je n'en avais plus que trois et demi de reste. Les Irlandais s'en étaient allés, mais Lizzie se vautrait près du feu, ivre, un pichet vide à ses côtés. Je m'étendis près d'elle, sans colère pour cette vieille femme, dont je me rappelais seulement la rude bonté qu'elle avait montrée à ma mère : je ne voulais rien savoir de ses mobiles. Après avoir dormi toute la journée, le soir, je sortis me procurer une miche de pain. Elle m'avait coûté un demi-penny, et, le péage pour regagner mon gîte m'en ayant allégé d'un, quand je retrouvai ma couche, ma fortune en son entier se montait à deux pence. Je me replongeai dans le sommeil.

III

Le lendemain à mon réveil, je me sentais partagé entre l'intense envie de vivre et la crainte de trahir ma mère si je m'y abandonnais. Cependant je me raisonnai : mais non ! je lui devais de rester en vie, elle eût été trop chagrine de savoir que j'allais la suivre dans la tombe. Un changement s'opérait en moi, que je ne comprenais pas bien. La rage qui me dévorait depuis sa mort, en se fixant une ligne, s'était transfigurée : je voulais que justice fût faite, je voulais dénoncer la culpabilité de ceux qui avaient précipité sa fin. Je ne visais même pas, malgré la haine qu'elles m'inspiraient, les personnes qui n'y avaient contribué que par leurs actes, comme Bissett ou Mrs Purviance, ni celles qui lui avaient apparemment refusé leur aide au dernier moment, comme sir Perceval, lady Mompesson et leur créature, Mr Barbellion. (Pourtant, je ne voyais pas pourquoi ils auraient éconduit ma mère, comme elle me l'avait raconté, sachant qu'ils avaient tout intérêt à ce qu'un héritier Huffam restât en vie. Sans doute était-elle en proie au délire quand elle m'avait confié cela.) Non, ceux que je voulais traîner en justice, c'étaient les individus qui avaient froidement manœuvré pour la détruire afin de servir leurs propres desseins : le mystérieux Silas, qui ne devait être autre que le Silas Clothier mentionné dans le codicille comme héritier de substitution, et les créatures dont il s'était servi pour ourdir sa machination, Mr Sancious (alias Steplight, comme il se désignait lui-même) et Mrs Fortisquince.

Mais sans un sou vaillant, l'estomac criant famine, j'étais bien obligé de réfléchir à l'avenir. Je songeai à Londres, ce monde infini aux innombrables rues, places, courettes, boyaux où fourmillent des millions d'habitants. Je ne connaissais personne dans cette foule grouillante que ne préoccupait guère le sort du prochain. Personne à qui demander assistance, personne à qui il importât que je vive ou meure. Nul vers qui me tourner, hormis peut-être Miss Quilliam, et elle ne pouvait pas grand-chose pour moi. J'eus le vertige à la pensée de la métropole qui s'agitait autour de moi, cette capitale inhumaine et folle, où je ne savais plus que faire. Justice ! Voilà l'idée à laquelle il était impérieux que je me raccroche. Seule la justice, en donnant un ordre au monde, pouvait rendre un sens à un univers où régnaient en souveraines incohérence et confusion. J'irais trouver Miss Quilliam, et peut-être m'aiderait-elle à dénoncer l'injustice des Mompesson, car ils lui avaient fait du tort, à elle aussi. Fort de cette pensée, je partis pour Coleman Street.

Comme je traversais Soho à la hâte, une plaque de cuivre, à la façade d'une étroite maison à plusieurs étages, dans une rue sombre, attira mon attention. Elle portait la mention : « James Lampard : École d'anatomie. » Je me rappelai avoir entendu ce nom dans la bouche d'Isbister, et je compris enfin à quel sombre négoce celui-ci se livrait. L'idée m'obsédait, au point que les passants m'apparaissaient comme autant de porcs, de bêtes brutales, de créatures égoïstes bassement cupides. Je n'avais pas la moindre envie d'appartenir à une telle race. Je ne voyais partout que bajoues enflées de contentement, faciès criants de bestialité montés sur linge empesé, chair nue des bras exhibant des bracelets étincelants de gemmes. Un cheptel parfumé, des troupeaux se pavanant dans leurs parures volées : voilà l'image que j'avais de mes concitoyens !

Ayant descendu l'escalier de service de la maison de Coleman Street, je toquai à la porte de la cuisine. Par chance, la petite bonne était seule, mais elle resta plantée devant la porte sans me faire entrer.

– J'ose point. La patronne m' l'a défendu. Elle était ben fâchée contre moi, que je vous ai laissé causer à Miss Quilliam.

– Mais il faut absolument que je la voie !

– C'est point possible, fit-elle avec un soupçon de triomphe dans le ton. Elle est partie.

– Où donc ? la pressai-je, frappé d'un sombre pressentiment.

– A Paris.

Je me souvins qu'elle en avait évoqué l'éventualité, lors de notre dernière rencontre. La servante dut s'apercevoir de ma déception – de mon total désarroi, devrais-je dire – car, me faisant signe d'attendre, elle referma la porte et disparut un instant pour revenir avec un morceau de pain et un demi-cervelas.

– Allez, partez vite ! souffla-t-elle, me fourrant les victuailles dans la main et tirant l'huis derrière moi.

IV

Cheminant à pas lents dans la rue, je dégustai le présent de la petite bonne en le faisant durer. Il m'apparut que ma situation était vraiment désespérée. Que je sache, aucun ouvroir n'accueillerait un robuste garçon de mon âge – et Dieu sait quel sort m'eût attendu en pareil endroit ! –, dépourvu, qui pis est, de toute justification de résidence dans une paroisse londonienne. J'en serais réduit à faire les poubelles des marchés en quête de quelque reste, ou à vivre en chenapan au bord de la Tamise. Mais combien de temps pourrais-je tenir ainsi ? Avais-je le choix, d'ailleurs ? Je ne connaissais personne vers qui me tourner, dans l'immense ville, si ce n'était Mrs Digweed, que je pouvais toujours essayer de retrouver. Mais la démarche passait par la quête de Pulvertaft, au fin fond du Borough et, après ce que j'avais vécu auprès d'Isbister, pour ne pas parler des récents événements, je n'avais pas la moindre envie de renouer avec quiconque eût commerce avec lui. En outre, je me représentais bien que le lien me rattachant aux Digweed était fort ténu, et devenait plus fragile au fil des mois.

A cet instant me revint à l'esprit un autre nom : et si j'allais voir le demi-frère de Stephen Maliphant, Henry Bellringer ? A bien y regarder, ce n'était pas une liberté que je prendrais, mais une dette impérieuse dont je m'acquitterais : n'avais-je pas promis à Stephen de porter à son parent la nouvelle de sa mort ? Mon ami m'ayant décrit l'extrême dénuement de son demi-frère, je savais fort bien que je ne devais pas attendre de lui grand secours, et sa gêne même fut l'argument propre à chasser mes dernières réticences.

Je me rappelais son adresse, au numéro 6 de Fig Tree Court, dans Barnards Inn. Je m'y rendis, tout en me faisant la réflexion que c'était assurément étrange d'habiter à l'auberge [1] quand on était aussi pauvre. Ladite « auberge » se révéla une maison de bien piteuse apparence, qui ne ressemblait guère aux hostelleries que j'avais déjà vues : pas d'écuries, pas la moindre trace de table d'hôtes ni de buvette. Elle avait tout des immeubles ordinaires, bâtis autour d'une série de cours intérieures, à ceci près qu'on devait, pour rentrer, longer une loge de concierge.

Mon mauvais équipage brûlait toutes mes chances d'en obtenir permission ; je me tapis hors de la vue du gardien et, mettant à profit l'instant où il était occupé avec un gentilhomme qui sortait, je me dépêchai de passer en catimini. Après une enfilade de courettes sombres, je finis par découvrir celle que je cherchais : c'était la plus noire. A ma grande surprise, des affichettes au bas de l'escalier portaient le nom des occupants : il y avait donc dans cette auberge, contre toute pratique, des personnes qui avaient leur chez-soi ! Quoi qu'il en fût, j'étais rassuré de constater que Mr Henry Bellringer habitait bien dans l'escalier numéro 6.

Je grimpai les marches et arrivai au dernier étage – du moins, à ce qu'il m'avait semblé –, sans avoir vu son nom nulle part. C'est alors que dans le prolongement du grand escalier, j'en avisai un autre, tout petit et aux marches branlantes. Il me mena jusqu'aux mansardes où je trouvai bel et bien sous les toits une porte affichant le nom que je cherchais. Elle était béante. Je la franchis et frappai à la porte intérieure.

Elle s'ouvrit sur un jeune homme qui resta un instant cloué, à me dévisager. Eh oui ! le surprenant tableau, voire un tantinet inquiétant, que devaient offrir mes misérables haillons et ma figure

1. John prend au pied de la lettre le mot *inn* (« auberge ») qui, dans le contexte *Inns of Court* (dont *Barnards Inn* mentionné ici), renvoie aux bâtiments où furent fondées les premières écoles de droit. Ils abritent des cabinets d'avocats et des locaux corporatifs. *(Toutes les notes sont du traducteur.)*

barbouillée de crasse ! Le jeune homme, qui marquait dans les vingt-trois ou vingt-quatre ans, portait la toilette du gentleman – un gentleman à la triste figure.

Il m'adressa la parole sans en rajouter dans la courtoisie :

– Qui êtes-vous ? Que voulez-vous ?

– Je parle à Mr Henry Bellringer ?

Manifestement, il ne s'attendait pas à une élocution de cette qualité.

– En effet, répondit-il d'un ton où la curiosité l'emportait désormais largement sur le dégoût.

– Je suis un ami de Stephen Maliphant.

Il marqua le coup d'un léger sursaut et me soumit à une longue inspection. Puis un sourire éclaira ses traits :

– Dans ce cas, entrez donc, je vous prie.

A peine avait-il souri que me frappa la ressemblance avec Stephen. Cet air de famille me rassura et me réconforta autant que la bonté que traduisait la mine affable dont il m'invitait. Pour le peu que je m'y entendais en physiognomonie, cet art qui déchiffre l'âme d'après le visage, j'étais certain d'avoir en face de moi l'honnêteté et la générosité en personne.

Presque immédiatement, je me retrouvai dans une petite pièce que le plafond mansardé faisait paraître encore plus exiguë. Une porte donnait sur une autre chambre à peine plus grande qu'un placard, à ce que j'en vis. Alimenté par une maigre poignée de charbon dont on eût pu compter les boulets, un pauvre feu brûlotait dans l'âtre, sans réussir à combattre le froid de cette après-midi d'une mi-novembre où un précoce hiver avait pris ses quartiers. Un tapis turc élimé rassemblait ses pitoyables forces pour recouvrir ce qu'il restait de sol. Deux fauteuils regardaient la cheminée ; entre celle-ci et la porte, on avait coincé un sofa, et l'unique fenêtre aveugle de crasse éclairait un bureau avec sa chaise. Vu les dimensions de l'endroit, les objets se tenaient comme harengs en caque.

– Asseyez-vous, proposa mon hôte.

Je m'enfonçai dans l'un des fauteuils.

– Vous avez l'air au bout du rouleau, poursuivit-il. Si seulement j'avais quelque chose de chaud à vous offrir ! Mais vous me rencontrez au plus bas de mes liquidités, si bien qu'en ce moment je n'ai rien sous la main.

– Ne vous faites pas de souci, protestai-je, bien près de m'évanouir d'inanition.

– Voyons si j'ai quelque chose à mettre au clou, fit-il en parcourant la pièce d'un regard circulaire.

Au terme de l'inventaire, un désappointement goguenard vint se peindre sur son visage : à juste titre, car rien n'avait ici de quoi tenter un prêteur. Pas le moindre bibelot, point de tableau ni de cartel. Les meubles étaient si usés et délabrés qu'ils remplissaient à peine leur office ; de toute façon, ils ne valaient pas un sou. Il n'y avait pas de livres non plus, hormis quelques gros volumes anciens posés sur le bureau, à côté du menu bric-à-brac qui sert à écrire : une lime, un feuillet de papier in-8°, une boîte de poudre à sécher l'encre, des rosettes rouges pour marquer les documents légaux, un cadre de laiton faisant fonction de pupitre, une tablette et une plume dont la taille avait visiblement été interrompue par mon arrivée.

– Il doit pourtant bien me rester un petit quelque chose, reprit-il. Quoique… entre nous, ma tante se soit montrée plutôt gourmande ces derniers temps. J'ai connu une série de malchances (je ne devrais pas parler de chance, c'est bon pour les imbéciles !) et j'ai déjà dû tout liquider ou presque.

Il rit et, voyant le regard que je posais sur les livres, expliqua d'un air déconfit :

– Ils ne m'appartiennent pas, hélas ! Ils sont au cabinet pour lequel je travaille.

Mon amour-propre se rebellait à l'idée de recevoir la charité d'un homme si visiblement dans le besoin et qui trouvait encore la ressource de s'en gausser.

– Non, non ! me récriai-je. Je ne saurais le tolérer ! J'ai des amis qui pourront me prêter aide et assistance.

L'air soulagé, il s'installa dans le deuxième fauteuil.

– Et vos parents ?

– Je n'ai pas de père.

Hésitant, j'ajoutai :

– Et ma mère est morte.

– Mais vous avez des amis qui ont de l'argent ? A la bonne heure !

– En effet, opinai-je.

Conscient que cette allégation cadrait mal avec mon apparence – il n'y avait qu'à voir le regard qu'il portait sur ma vêture –, j'ajoutai :

– Ils étaient prêts à m'habiller de neuf et à m'aider à retrouver meilleure figure, mais je n'ai pas encore eu le temps de m'en occuper : je rentre à peine du Yorkshire.

– Ah bon ! Et vous étiez à l'école avec mon demi-frère, là-bas ?

Je fis oui de la tête, doutant qu'il eût déjà appris le sort de mon ami, à en juger par son ton enjoué. La suite ne fit que me confirmer dans cette pensée, et je frémis à l'idée qu'il me revenait de lui annoncer la funeste nouvelle.

– Comment va donc ce cher petit ? s'enquit-il avec un aimable sourire.

Je me taisais, incapable de répondre, tant et si bien que ma confusion eut raison de son sourire.

– Est-il malade, ou... ?

Comme il s'arrêtait, je fus forcé de poursuivre :

– Je suis au regret de vous annoncer qu'il est mort, monsieur Bellringer.

Il se détourna et se couvrit le visage.

– Pauvre Stevie ! fit-il au bout d'un moment. Quand est-ce que cela s'est passé ?

– A la toute fin de juillet. Je m'étonne, et déplore, que vous ne soyez pas au courant.

– Personne ne pouvait m'avertir, car je n'ai plus d'accointance avec sa tante. Mais vous ne m'avez pas dit de quoi il était mort...

– Ils l'ont tué ! m'exclamai-je sans réfléchir.

J'avais pourtant mûrement préparé l'explication des circonstances de la mort de Stephen que je souhaitais donner à son demi-frère, et j'en étais arrivé à m'interdire de m'étendre sur la brutalité des Quigg. C'étaient la faim et la fatigue qui m'avaient fait parler ainsi : il m'était plus facile de dire la vérité. Et puis, il eût été injuste de déguiser les faits, pensai-je dès que j'eus ouvert la bouche ; il se pouvait aussi que mon deuil tout frais ne fût pas pour rien dans ma réaction.

Henry tiqua :

– Est-ce vraiment possible ?

J'entrepris donc de lui décrire dans le détail les faits qui avaient entraîné la mort de mon ami – son meurtre, c'est le mot que j'employai. Je n'épargnai rien, sans pour autant broder. L'autre m'écouta sans m'interrompre, avec un air de commisération qui s'accentua quand j'en vins à narrer la brutale correction infligée à son demi-frère.

Lorsque j'eus fini mon récit, Bellringer me regarda gravement et déclara :

– Voyons, mon vieux, du sang-froid ! Moi aussi, je me souviens avoir vécu des jours diablement difficiles en pension. J'étais dans une respectable institution où l'on croyait ferme à la trique, et j'ai été fouetté plus souvent qu'à mon tour. Il n'y a pas de petit Anglais qui ne se demande un jour ou l'autre s'il est à l'école pour mourir de faim ou périr sous les coups. C'est bien cela, n'est-ce pas ?

– En effet.

– Mais il est vrai que les Quigg ont l'air d'être une bande de fripons de la pire espèce. Dieu merci, vous en êtes sorti, et vous allez retrouver vos amis.

– Ainsi, vous ne m'avez pas cru, n'est-ce pas ?

Décontenancé, je m'aperçus que j'étais au bord des larmes :

– Vous croyez que j'ai inventé cette histoire de Stephen battu à mort ?

– Allons, allons, mon vieux ! répondit Henry d'une voix douce. Je crois seulement que vous avez passé un très mauvais moment et que vous noircissez un peu le tableau, c'est tout. On ne s'accuse pas de mensonge, entre gentlemen ! Que diable, messire, on se retrouverait sur le pré ! ajouta-t-il, feignant l'indignation avec drôlerie.

J'esquissai un pauvre sourire et il poursuivit :

– Si seulement j'avais su que cette école était aussi épouvantable ! Cependant, qu'aurais-je pu faire pour Stevie, alors que je suis à peine capable de subvenir à mes propres besoins, comme vous ne le voyez que trop. Sans compter que, légalement, je n'avais aucun droit d'intervenir : sa tante était sa tutrice.

– Faut-il que j'aille la trouver pour lui répéter ce que je vous ai annoncé ?

– Oh non ! se hâta-t-il de répondre. Ces gens, comment les appelez-vous donc ?… les Quigg ont déjà dû l'informer de sa mort.

– Pensez vous que Miss Maliphant… ?

Il m'interrompit :

– Qui voulez-vous dire ?

– La tante de Stephen.

– Ah ! C'est qu'elle est mariée, ce n'est plus ainsi qu'elle s'appelle, désormais. Cette dame, donc… ?

– Eh bien, je me demande si elle savait ce qui se passait à la pension.

Devant son air ahuri, je m'expliquai :

– Voyez-vous, je crois qu'on m'a envoyé chez les Quigg… pour m'écarter.

– Pour que vous y restiez à longueur d'année, vous voulez dire ?

– Pis encore : dans l'espoir, dans l'attente même que je n'en ressorte plus jamais.

Il planta son regard sur moi et fit un drôle de sourire :

– Eh bien, vous n'y allez pas de main morte ! Je vous suis, mais n'en remettez pas ! Sur quoi vous appuyez-vous ?

Mr Steplight, lui racontai-je, celui-là même qui m'avait conduit à la pension, avait apparemment été chargé de faire rapport à la tante de l'état du neveu : or, il sautait aux yeux que Stephen souffrait de sous-alimentation ; il s'ensuivait que sa tutrice était coupable de laisser faire.

– Steplight… répéta Henry. Non, je n'ai jamais entendu ce nom-là, j'en suis sûr.

Là-dessus, il éclata de rire :

– Quant à l'idée que sa tante aurait tout manigancé… ! Bah, peut-être ne l'aimait-elle pas beaucoup, mais je crois quand même que vous allez trop loin. Qui plus est, quelle raison aurait-elle eue d'agir de la sorte ?

– Vous n'en voyez pas ?

Il prit soudain un air sérieux :

– Si j'ai un conseil à vous donner, mon vieux, c'est de garder pour vous cette histoire de Stephen battu par les Quigg. Et surtout, veillez à ne pas parler ainsi de sa tante ! J'ai une assez bonne connaissance des lois, et je vous préviens qu'il existe un délit grave, qu'on appelle diffamation.

Il ne me voulait que du bien, aussi laissai-je entendre d'un signe de la tête que je lui signifiais mon approbation. Mais comme le désir d'en savoir plus m'avait poussé à mentionner, quelques instants auparavant, le nom de famille de Stephen, je revins à la charge :

– Puis-je vous demander si vous êtes apparenté aux Maliphant ?

– Hélas, non ! répondit-il en retrouvant son sourire. Voyez-vous, après la mort de mon père quand j'étais tout petit, ma mère s'est remariée. Son deuxième mari était Timothy Maliphant, le père de Stephen. Les deux familles habitaient Canterbury : c'est ainsi que ma mère avait rencontré Maliphant. Malheureusement, notre mère mourut très peu de temps après la naissance de Stephen et nous fûmes, lui et moi, élevés par nos familles paternelles, de sorte que nous ne nous connaissions qu'à peine.

Les liens qui unissaient Henry à la famille Maliphant étaient si minces que je renonçai à lui parler de la coïncidence – car il ne pouvait s'agir d'autre chose – qui voulait que ce nom figurât dans le codicille rédigé par mon trisaïeul.

– J'ai dit hélas, reprit Henry : en effet, mon père était très pauvre, à la différence de celui de Stephen, qui jouissait d'une certaine indépendance financière.

Il eut un sourire espiègle :

– Soit dit en passant, la rente annuelle servie à Timothy Maliphant fut héritée par Stephen qui devait la toucher à sa majorité, mais elle s'est éteinte avec lui. Je vous le signale, au cas où vous seriez tenté d'y voir le mobile d'un éventuel meurtrier.

Je rougis, cette pensée m'ayant effleuré. Mes soupçons m'avaient entraîné à de morbides suppositions, c'était clair.

– Les membres de ma propre famille, les Bellringer, continua Henry avec une visible amertume, sont apparentés à quelques-uns des plus vieux lignages du royaume. Il y a du sang Plantagenet qui coule dans mes veines. Nous avions jadis une grosse fortune – bien plus considérable que celle des Maliphant, d'ailleurs –, mais voilà beau temps que tout a été jeté par les fenêtres. L'argent s'est envolé en folles spéculations et jeux de hasard : loteries, cartes et le reste. De sorte que mon arrière-grand-père s'est trouvé floué de son héritage.

Il ponctua soudain son propos d'un petit rire ironique :

– C'est ainsi que je me retrouve, comme dernier descendant de ma famille, à la tête d'un colossal héritage qui dépasse les plus belles espérances d'un fils de duc : l'occasion de faire fortune seul, sans protecteur ni capital pour m'y aider. Peut-être l'avez-vous compris en voyant ces gros livres poussiéreux : je me prépare à exercer la profession d'avocat.

– Stephen m'avait en effet dit que vous étiez juriste.

– Pas encore, corrigea-t-il en souriant. Il faut d'abord que je finisse mon stage.

– J'ai moi-même songé au droit. Est-ce très difficile quand on n'a pas d'argent ?

– Oh oui ! Il faut sortir d'une *public school* et être parrainé par un avocat de renom pour pouvoir s'inscrire. Vous devez aussi prévoir près de cent livres pour les frais d'écolage, plus ce qu'il faut pour vivre pendant vos années d'études et de stage. Ma famille n'ayant pu financer qu'une partie de mes études, j'ai dû me débrouiller en calligraphiant des actes car, par chance (que je déteste ce mot, en vérité !), il semble que je sois doué pour ce genre d'exercice.

– Voulez-vous dire que vous rédigez les Actes du parlement ? m'écriai-je, impressionné.

Ma remarque déclencha l'hilarité de mon compagnon :

– Ah ça, c'est la meilleure ! Non, bien sûr que non ! Je ne suis que le dernier des gratte-papiers ; je me contente de copier des documents, rivé à mon bureau comme un galérien à son banc. J'étais justement en train d'établir un transfert de propriété lorsque vous avez frappé.

Du geste, il désigna sa table de travail, et j'y vis en effet un grand morceau de parchemin couvert d'écriture à l'encre rouge et noire, avec des lignes tracées au crayon.

Je saisis la discrète invite à prendre congé. Henry Bellringer s'était montré fort aimable et je n'avais plus de raison de m'attarder, hormis ma répugnance à me retrouver à battre la semelle sur le pavé glacial.

– Il faut que je me sauve, déclarai-je. Mes amis s'inquiéteraient.

J'ignore s'il fut dupe de cette fable, qui me permit en tout cas de repartir en nous épargnant, l'un et l'autre, toute gêne supplémentaire.

Prenant mes mains dans les siennes, il conclut :

– Merci d'être venu me parler de Stevie.

Puis il marqua une pause :

– Mais au fait, vous ne m'avez même pas dit votre nom !

J'étais si épuisé que tous mes noms d'emprunt se bousculaient dans ma mémoire. Incapable de me souvenir des raisons de privilégier tel ou tel patronyme, et ne pouvant décider auquel m'arrêter, je répondis simplement :

– John. John, tout court.

– Très bien, John, fit-il dans un sourire.

Nous nous serrâmes la main, il referma la porte intérieure, et je redescendis le petit escalier raide.

V

Je rentrai péniblement à Mitre Court, m'arrêtant en chemin pour acheter un morceau de pain avec mon avant-dernier penny. Ayant donné ma dernière pièce au cerbère, j'éprouvai un bizarre sentiment de liberté : je n'avais plus un sou vaillant, et pas la moindre idée de ce que je mangerais le lendemain, ni d'où je dormirais.

Mes colocataires s'étant renouvelés, je ne reconnus personne. Au moment où je retrouvai ma dure couche, je sentis un objet dans ma poche me presser les côtes : le carnet de ma mère se rappelait à moi, avec la lettre qu'il renfermait. Voilà des jours que je le traînais par-devers moi, incapable de sauter le pas. Ce soir-là, je le tirai de ma veste, et l'examinai à la chiche lumière qui filtrait par les fenêtres poisseuses. J'eus le plaisir de constater que la carte était toujours là ; elle n'avait pas été dépliée depuis que je l'avais donnée à ma mère avant de partir pour le Nord avec Mr Steplight. M'adossant contre le mur, j'ouvris le carnet et me mis à déchiffrer la main assez désordonnée de ma mère. La première note était datée de ce jour lointain où Sukey et moi avions rencontré Mr Barbellion au cimetière de Melthorpe, et où je n'avais pu m'endormir, le soir, attendant que ma mère monte me voir après notre querelle :

PREMIER RÉCIT

18 décembre 1819.

Mon très cher Johnnie,

Tu ne comprends pas, et c'est bien naturel. Comment le pourrais-tu ? Tu as été blessant, mais tu ne savais pas ce que tu disais. Tu ignores ce que signifie la présence de Mr Barbellion ici : cela veut dire que notre Ennemi a retrouvé notre trace. Et dire que c'est toi qui l'as amené jusqu'à nous ! Mais ce n'est pas ta faute, tu n'es pas assez grand pour comprendre. Je ne t'en veux pas vraiment. Je vais monter me réconcilier avec toi.

Tu dormais. Je t'ai regardé un moment, craignant que tu ne fasses semblant, mais je crois que tu étais réellement assoupi.

Je veux que tu saches tout, et j'ai donc décidé de coucher sur le papier le récit de ma vie avant ta naissance.

Tu n'en prendras connaissance que quand tu seras grand et en âge de comprendre tout ce que j'y raconte. Certains passages te seront pénibles à lire, comme ils le sont pour moi à écrire – si tant est que j'y parvienne. Je te donnerai à lire ce carnet à ton vingt et unième anniversaire, ou bien je m'arrangerai pour que tu le trouves à ma mort.

Je croyais entendre parler ma mère. L'impression était si forte que, pour la première fois, le sentiment de sa perte me frappa de plein fouet, sans que s'y mêlât nul mouvement de colère : les larmes jaillirent enfin, embrumant ma vue. J'eus beau essayer de passer outre afin de poursuivre ma lecture, j'en fus incapable et, m'étendant de tout mon long contre le mur, je m'abandonnai à ma peine.

Au bout d'une heure peut-être, les pleurs avaient fini par apaiser quelque peu mon chagrin, et je m'aperçus que je tenais toujours le carnet à la main, la lettre dépassant de ses pages. Je la pris, examinai soigneusement le gros cachet rouge – une rose à quatre pétales – qui scellait le document, et le halo roussâtre d'une tache pâlie que dans mon ignorance d'enfant j'avais jadis prise pour du sang.

La suscription disait : « A mon fils bien-aimé – et à mon hoir. John Huffam. » C'était le nom de mon grand-père, le signataire, mais sa lettre était-elle adressée à son gendre (« Mon fils bien-aimé ») et à ma mère (« mon hoir ») conjointement, ou au premier seulement ? *Adressée à mon père, alors !* Qui était donc l'héritier de mon grand-père ? Comme je contemplais le cachet, je fus frappé de voir que jamais ma mère ne l'avait brisé. Mais dans ce cas, pourquoi n'avait-elle pas ouvert une lettre qui lui eût été effectivement adressée ? Cela voulait-il dire qu'à ses yeux son époux était l'héritier susdit, et non pas elle ? Plus encore, son attitude suggérait-elle qu'elle le croyait toujours en vie ? J'hésitai : avais-je le droit de décacheter ce document si mon père vivait toujours ? A présent, j'étais sans doute fondé à le faire. Je brisai donc le sceau et entrepris de lire le document qu'il protégeait :

« Charing Cross,

le 5 mai 1811.

Ayants droit de la propriété du domaine Hougham :

La pleine propriété appartient à Jeoffrey Huffam. Lequel titre prétendument transféré par James et à présent possession de sir P. Mompesson. Objet d'une action en Chancellerie.

Codicille au testament de Jeoffrey datant de 68 et frauduleusement soustrait après son décès par une partie inconnue. Récemment recouvré grâce à l'honnêteté et à la persévérance de Mr Jeo. Escreet. Institue un legs inaliénable au profit de mon père et de ses héritiers masculins et féminins. Légalité de la vente du domaine H. ? P.M. non dépossédé mais ne détenant plus qu'un droit d'usufruit assorti de conditions, la pleine propriété revenant à moi-même et à mes héritiers ? »

Interloqué, j'arrêtai ici ma lecture. Quelle drôle de lettre ! Un méli-mélo de fragments juxtaposés. Quant à la teneur du document, elle ne faisait, semble-t-il, que confirmer ce que je savais déjà : le codicille du testament de Jeoffrey Huffam ne conférait aucun droit sur la succession Huffam aux héritiers de mon grand-père, ledit droit ayant été aliéné – quoique de manière fort douteuse – par son père James quand il avait vendu le domaine aux Mompesson. Je connaissais ces détails grâce aux explications que m'avait fournies Mr Sancious (alias Steplight) – si tant est qu'on pût lui faire confiance –, quand j'avais copié le codicille : ma mère – et maintenant moi-même, en tant que son héritier – détenait un droit de propriété nominal du domaine Hougham, sans que cela lui conférât titre de pleine propriété ni droit d'usufruit [1].

Assis sur le plancher immonde, je me crevais les yeux à lire dans la quasi-obscurité. J'avais mal à la tête, le ventre douloureusement vide, et ce galimatias ne me passionnait guère. Je n'avais pas fini ma lecture, mais le jour qui mourait rendait l'écriture de mon grand-père encore plus pénible à déchiffrer ; alors, à quoi bon s'acharner ? Je discernai encore les mots « testament » et « droits » avant de renoncer. Quelle amère déception ! Je repliai la lettre et la remis entre les pages du carnet. Je ne sais quel message j'avais espéré trouver dans les paroles de mon défunt aïeul ; au lieu de quoi je découvrais un esprit tatillon, entièrement préoccupé de subtilités légales, et coupant les cheveux en quatre dans l'espoir de faire valoir des droits imaginaires ! J'avais peine à l'idée que ma mère avait pendant tant d'années veillé sur cette lettre avec un soin jaloux. J'y voyais encore un exemple de ses nombreuses erreurs de jugement, une illustration supplémentaire de la tristesse de sa pauvre vie qui semblait si malavisée, si dénuée de sens.

J'eus beau me pelotonner du mieux que je pus sur le plancher, je mis longtemps à m'endormir, et mes rêves furent hantés de visages grimaçants qui m'assaillaient dans le noir en marmonnant d'absurdes histoires de codicilles et de titres de propriété.

1. A la différence du droit de propriété français qui lie clairement un propriétaire à un bien, le système britannique est tel qu'un même bien peut faire l'objet de plusieurs types de « propriété » détenus par des ayants droit différents.

DEUXIÈME PARTIE

AFFAIRES D'HONNEUR

I

Ces messieurs ont dû se fixer rendez-vous au *Piazza*, proche du Bureau des Six-Clercs, géographiquement s'entend, car, pour le reste, c'est le ciel et la terre. Vêtus à la dernière mode, deux gentlemen en attendent un troisième. Quand vous les verrez ensemble, vous reconnaîtrez aisément deux d'entre eux, pas l'autre. Voici Mr David Mompesson, dans une redingote vert infanterie, coiffé d'un haut-de-forme blanc et dont la jaquette azur boutonnée du même jaune que les culottes est barrée d'une chaîne de montre en or ; celui qui l'accompagne porte l'habit sur un haut-de-chausses moulant, il a la jambe gainée de soie blanche et le pied chaussé de bottines à longue tige ; quand arrive presque au même instant le dernier, avec son surtout miteux et son chapeau de castor, ont lieu les présentations :

– Harry, dit Mr Mompesson, vous m'avez déjà entendu mentionner le nom de sir Thomas, n'est-ce pas ?

– En effet, confirme le nouvel arrivant.

Avec une légère inclinaison, il prend la main soignée et couverte de bagues qu'on lui tend et les deux hommes échangent un sourire de convention.

– Je vous ai fait mander ici, Harry, poursuit Mr Mompesson, parce que je souhaite votre conseil sur un point de droit.

– Vous n'auriez su en effet trouver meilleur fonds de commerce !

– Commerce ? Mais, dites-moi, j'espère que vous ne comptez pas me facturer vos services ?

– Pas pour l'instant, mais un jour viendra… Cependant, si nous voulons parler loi à notre aise, mieux vaudrait ne pas rester ici.

– Pourquoi ne pas nous rendre au *Finish* ? suggère Mr Mompesson.

Comme vous le savez sans doute, il s'agit là d'une taverne *à la page* mais d'exécrable réputation, et qui a pignon sur rue dans un autre secteur de Covent Garden.

– J'ai une meilleure idée, s'écrie le jeune baronnet : pourquoi pas un petit tour en *enfer* [1] ?

– Thomas est un joueur invétéré, c'est bien connu, explique Mr Mompesson au juriste. Je me demande parfois s'il n'est pas gouverné par deux passions : les champs de course et les tables de jeu.

– Après tout, il n'y a que ma poche pour en souffrir, riposte sir Thomas avec un petit rire. Quand vous pensez qu'un moment dans les bras de Vénus, c'est toute une vie qui vous attend sous la férule de Mercure…

Les deux autres esquissent un sourire (un peu contraint, pour ce qui est du moins bien mis de ces messieurs). Puis sir Thomas fait remarquer à Mr Mompesson :

– D'ailleurs, à ce que je vois, vous portez toujours la cicatrice d'une de vos rencontres avec le sexe, non ?

Mr Mompesson, écarlate, se touche le front et se récrie, agacé :

– Mais vous voyez aussi que je suis tiré d'affaire ! Deux ans passés, que diantre ! Brisons là, voulez-vous ?

Nous savons fort bien, vous et moi, quelle est la représentante du beau sexe qui a infligé cette blessure au futur baronnet, et dans quelles circonstances. Comment s'étonner qu'il n'ait guère de penchant à s'entendre rappeler la chose ?

– Allons, déclare sir Thomas en se levant, nous devenons ennuyeux et nous finirons par nous quereller. Partons chez Wetherby !

Les voilà qui se dirigent vers Henrietta Street, où nous les retrouvons sonnant à une petite porte sombre, toute bardée de ferrures.

1. Dans cet argot, *hell* (« enfer ») désigne un tripot.

Au bout d'un moment coulisse un étroit guichet grillagé, d'où provient une voix :

– Qui va là ?

– Des amis, répond sir Thomas. Nous venons de la part de Stanhope Mountgarret, ajoute-t-il avec un regard d'intelligence à ses compagnons.

– Un par un ! réplique la voix du personnage invisible.

On entend grincer le verrou puis tomber la lourde chaîne, et enfin la porte s'ouvre. La main toujours sur le battant, ce nouveau Cerbère brandit sa lanterne, la braque un instant sous le nez de chacun de ces messieurs, au passage, puis boucle à nouveau l'enfer. Les trois se retrouvent dans un obscur corridor menant à une vaste et magnifique demeure, tout illuminée de chandelles que multiplient de hauts miroirs. Pareil lieu, à l'abri d'une façade si délabrée est une surprise de taille.

A la caisse trônant dans un coin, Mr Mompesson et sir Thomas achètent chacun pour trente guinées de plaques d'ivoire.

– Vous ne jouez pas ? s'enquiert sir Thomas auprès de leur compagnon.

L'autre s'empourpre et, tandis que Mr Mompesson sourit :

– Non, jamais, répond-il. Par principe.

Alors, sous le regard méprisant de Harry, les deux autres s'emploient à se faire plumer par dame Fortune. Et quand ils sont ratiboisés, ils rejoignent Harry, afin de siroter à leur aise, mollement accommodés dans les fauteuils et sofas que propose une autre aile des appartements, le champagne frappé que la maison dispense avec largesse.

– Pourquoi cette aversion pour le jeu ? demande sir Thomas d'un ton langoureux.

– La question ne se pose même pas pour moi, rétorque sèchement Harry. Ma situation ne me le permet pas.

Le baronnet le toise avec un air de parfait ennui et un demi-sourire lourd de sous-entendus : comme si en tel équipage, il était besoin de s'étendre !

– Mais j'ai un autre motif, poursuit Harry, que l'insolence du regard du baronnet a piqué au vif : ma propre famille a perdu énormément d'argent au jeu. Mon arrière-grand-père possédait jadis une fortune considérable qu'il a entièrement dilapidée sur les tapis verts.

– Votre bisaïeul !... persifle le baronnet. N'est-ce pas remonter fichtrement loin, non ?

– Pas si loin que cela, rétorque Harry. Il est toujours en vie.

– Il doit être vieux comme Mathusalem, commente sir Thomas.

– Cela va de soi, s'impatiente Harry.

Il hésite avant d'ajouter, avec un regard pour Mr Mompesson :

– Néanmoins, il n'a jamais oublié ni pardonné le dommage qu'il a subi, car il a été victime d'une terrible injustice.

– Certes, certes, fait Mr Mompesson, s'empressant d'abonder dans son sens. Mais, pour l'amour du ciel, ne repartons pas là-dessus maintenant !

– Vous avez beau jeu ! tempête Harry, courroucé. Votre famille en a bien profité.

Il s'interrompt : Mr Mompesson et lui ont en même temps jeté un coup d'œil au baronnet ; peut-être en ont-ils trop dit.

– Vous me mettez l'eau à la bouche, déclare sir Thomas. Racontez-moi donc tout.

– Bon, si vous y tenez, lance Mr Mompesson d'un ton détaché. Cela remonte à cette absurde légende selon laquelle mon arrière-grand-père aurait gagné son domaine de Hougham au jeu. Mais c'est un conte à dormir debout, dénué du moindre fondement. La vérité est beaucoup plus terre-à-terre : il l'a acheté à John Huffam.

– Pourtant, ce sont choses qui arrivent, proteste sir Thomas.

– Tout gagner ou tout perdre, selon le bon vouloir d'un dé ! s'écrie Harry que l'idée fait frissonner. Moi qui ne pratique aucun jeu de hasard, je serais tout prêt à vous défier aux échecs, art où la chance n'a nulle part : là, oui, j'accepterais de voir mon talent décider !

– Si c'est une question de talent, vous devriez jouer aux cartes, remarque Mr Mompesson. D'ailleurs, pourquoi récuser comme vous le faites les jeux de hasard, quand la vie elle-même n'est qu'une partie de dés ? Si je gagne : parfait. Si je perds, tant pis, je serai bien obligé de me plier à mon sort.

– Non, non ! on peut forger sa propre destinée, réplique Harry. On n'est pas forcé de s'y plier.

– Vous pensez me faire capot, mais la vie est un jeu de hasard, croyez-moi !

– Point de vue simpliste ! s'écrie Harry avec une pointe d'acrimonie. Tout est réglé, et l'on peut accéder à ces lois, les maîtriser. Voilà à quoi j'aspire, avec la *Loi*.

– Qu'à cela ne tienne ! reprend sir Thomas, rien ne vous empêche de maîtriser le hasard, en jouant avec des dés pipés !

– Comme votre arrière-grand-père était bien placé pour le savoir… lance Harry à Mr Mompesson.

– Ah ! si seulement ce cher vieil homme avait connu ce sacré codicille ! s'exclame le jeune homme, qui s'efforce à l'évidence de détourner l'attention de son compagnon de cet épineux sujet.

(Oserai-je ajouter que Harry eût sans doute emporté le morceau si les trois jeunes gens avaient prolongé le débat : la Loi n'est-elle pas une réplique de la divine Justice, et la représentation la plus fidèle que nous ayons du grand Dessein secret qui gouverne toute chose ?)

– De quoi s'agit-il ? interroge sir Thomas.

– D'un codicille au testament du père de John Huffam présenté à la Chancellerie, répond Mr Mompesson, reconnaissant de la diversion. Et les dispositions qu'il contient peuvent se substituer à celles que prévoyait à l'origine le testament du vieil Huffam. Le codicille remplace le legs initial par un legs inaliénable au profit de James. Dans le cas où la Cour validerait le document, elle déclarerait du même coup nulle et non avenue la vente que James avait faite à mon grand-père [1].

– Et donc, vous perdriez le domaine…

– Non, ce n'est pas aussi simple. Je vous laisse expliquer, Harry.

Celui-ci s'exécute :

– Le codicille signifie, semble-t-il, que les Mompesson n'ont acquis qu'un droit d'usufruit assorti de conditions, la pleine propriété

1. En droit britannique, le legs inaliénable d'un bien immobilier prévoit, en principe, que le légataire ne peut disposer des biens ainsi hérités que par testament, et en faveur de ses seuls descendants directs. Faute d'une telle descendance, la propriété du bien revient au légataire légal ou, en cas de décès, à l'héritier de substitution que celui-ci a pu désigner dans son testament (qu'il soit de sa descendance indirecte, ou même en dehors).

revenant aux héritiers de James, bénéficiaires du legs inaliénable. Cela ne pose pas de problème tant qu'existera un héritier Huffam, mais que la descendance vienne à s'éteindre (ou que la filiation soit contestée), alors la pleine propriété des biens reviendrait à un autre bénéficiaire du legs inaliénable [1]. *Auquel cas*, les Mompesson se verraient dépossédés.

Sir Thomas émet un petit sifflement et demande :

– Et reste-t-il un héritier Huffam ?

Mr Mompesson et Harry échangent un regard.

– Nous l'ignorons, répond Mr Mompesson. Il y en avait deux, mais nul ne sait où ils sont passés. Voyez-vous, le fait de détenir la pleine propriété ne leur sert à rien, pour le moment. Mais depuis qu'il circule cette histoire de codicille, personne ne veut plus de mes billets à ordre ni de ceux de mon père, à moins d'un escompte prohibitif. Et ce, en dépit de la fièvre qui emballe le marché de l'argent, où il semble que le moindre papier portant une signature puisse se négocier.

– Vous avez bu le bouillon ?

– Franchement, nous sommes dans de beaux draps. L'intendant de mon cher père, à Hougham, s'engraisse de la belle manière à nos dépens, mais mon dabe ferme les yeux, malgré les preuves que lui en ont fournies ma mère et Barbellion. Quant à moi, j'ai déjà tellement emprunté en jouant sur mes espérances d'héritage que, même si le paternel venait à mourir demain, ce serait peut-être déjà trop tard pour m'éviter la déconfiture.

– Jusqu'à quelle hauteur êtes-vous engagé ? demande le baronnet.

Inclinant le buste vers lui, Mr Mompesson chuchote :

– Quinze mille.

Le baronnet salue le chiffre d'un long sifflement.

– Si le paternel l'apprend, j'aurai droit à une scène de tous les diables ! Mon unique planche de salut, poursuit Mr Mompesson, c'est de me trouver une héritière.

1. Rappelons que Jeoffrey Huffam avait institué par son codicille (*Les Faubourgs de l'enfer*) un legs inaliénable au profit de son fils, James, et de ses descendants directs, ou, par défaut, si la descendance venait à s'éteindre, au profit de son petit-fils, Silas Clothier, à condition que celui-ci fût toujours en vie. Faute de quoi, le legs reviendrait à George Maliphant, neveu du légataire.

– Alors, là ! s'écrie sir Thomas, j'ai eu vent de certaine pouliche qui tomberait à point nommé, et je sais le moyen de vous appuyer.

– Comment est-elle ?

– Bah, ce n'est guère une de ces timides jouvencelles au teint de lys, si faciles à conquérir que c'en est ennuyeux. Non, c'est une maîtresse femme. Et je peux vous certifier que vous n'aurez pas à trembler un seul instant pour sa bonne réputation.

– Bref, c'est une horrible vieille virago ! conclut Mr Mompesson en riant.

– A vrai dire, la dame a placé les enchères si haut qu'elle n'a toujours pas trouvé preneur. Mais je vous garantis que c'est une affaire digne de Smithfield [1] : elle met dans la corbeille de mariage des propriétés d'un rapport de dix mille livres l'an, et vous serez riche comme Crésus ! Vous pourrez m'acheter une charge au *Patent Office*, en signe de reconnaissance.

– Au moins, elle me gardera à l'abri des juifs !

Sir Thomas rit et ajoute :

– Sur ce point, je ne vous ai rien promis ! Attendez d'abord que je m'enquière si elle est bien sur le marché et je vous en dirai plus à son sujet, si cela vous intéresse.

– Vous m'inquiétez quand même un brin, Tommy ! Peut-être conviendrait-elle mieux à cette fleur « rongée par le chancre » de la devise familiale : je veux parler de mon frère Tom. Ils me paraissent faits l'un pour l'autre.

– Mais cela n'arrangerait guère vos affaires, objecte sir Thomas.

– Hé, hé ? Qui sait, si nous exploitons l'idée de Harry dont je voulais justement qu'il vous entretienne ce soir ?... Rapportez-lui donc notre petite conversation de l'autre jour, ajoute-t-il en se tournant vers ce dernier.

– Une fois Tom marié, explique Harry, une commission de la Chancellerie serait appelée à statuer sur son état, et nous pourrions compter qu'elle le déclare fou. (Ce sont des choses qui peuvent s'organiser.) Mompesson ici présent deviendrait son tuteur, et aurait toute discrétion pour mener ses affaires.

1. A l'époque, le grand marché aux viandes du nord de Londres.

– Très ingénieux ! fait le baronnet. Mais il faudra du temps, et cela ne vous aidera pas dans l'immédiat.

– Quant à cela, propose Harry, je pourrais vous présenter un agent tout disposé à négocier vos billets.

– Mais c'est extrêmement généreux à vous, Harry ! s'exclame Mr Mompesson. Altruiste ! il n'y a pas d'autre mot.

– Vous êtes un sacré veinard, Mompesson, s'écrie sir Thomas. Trouver un marieur et un courtier le même jour !

– Eh oui, répond le futur baronnet, souriant à ses amis. Je me demande seulement lequel des deux va me prendre la plus forte commission !

II

Ma première pensée, à mon réveil, fut que je n'avais plus d'argent, ni aucun espoir de m'en procurer.

Je savais à quel point il est difficile de trouver du travail – impossible, devrais-je dire – pour qui n'a ni compétence particulière, ni force physique considérable. Le seul recours qui me restât, la mendicité, était non seulement incertain mais dangereux : je risquais de me faire ramasser – car c'était un délit – et envoyer à la trépigneuse.

Si je devais en être réduit à la charité, au moins ne la demanderais-je qu'à ceux que m'avaient, si peu que ce fût, obligé des bontés anciennes : j'effectuerais, décidai-je, une dernière tentative pour retrouver les Digweed. Je n'avais pas oublié l'adresse de Pulvertaft, que le vieux Samuel m'avait donnée deux ans plus tôt. Bien sûr, il risquait de ne plus y habiter, mais j'avais une telle foi dans les Digweed et dans leur pouvoir de m'aider que pour moi tout s'arrangerait si j'arrivais à retrouver Pulvertaft, la faim et l'épuisement n'étant sans doute pas étrangers à la force irrationnelle de cette conviction ! Je me dirigeai donc vers le Borough, me répétant sans cesse le nom « Digweed », tel un talisman magique capable de me guider en lieu sûr, comme dans les contes des *Mille et Une Nuits* que j'affectionnais tant. Au point que j'en oubliai non seulement les circonstances dans lesquelles ma mère et moi avions connu Mrs Digweed et son fils, mais aussi les déboires que nous avions essuyés lorsque, cherchant à les retrouver, nous étions tombés sur les Isbister.

Une marche épuisante m'amena à ce quartier mal famé qui a nom Old Mint ; le jour commençait à décliner quand je m'enquis du Vieux Manoir : c'était au dire de Samuel un îlot de location, du genre le plus ordinaire, où logeait Pulvertaft, et que je finis par trouver sur Blue Ball Court. Vieux, l'immeuble l'était, certes, mais il ne ressemblait ni de près ni de loin aux manoirs que j'avais approchés dans la réalité ou connus par mes lectures. C'était une petite bâtisse de deux étages, sise dans une sombre venelle à l'écart de tout, aux pavés brisés, inégaux, ondulant comme des vagues pétrifiées par le gel. Les volets barricadés laissaient filtrer de maigres rais de lumière et une mince fumée s'échappait, furtive, de la cheminée en ruine. Un escalier de bois menait au premier étage, permettant d'éviter l'entrée principale qui débouchait sur la « grand-salle », ou cuisine, du rez-de-chaussée. Je frappai. Après une longue attente, la porte consentit à bâiller de quelques pouces : j'annonçai l'objet de ma visite à une femme au visage barbouillé, qui avait recouvert d'un fichu de laine les haillons lui tenant lieu de robe, et dont les cheveux embroussaillés tombaient en désordre sur ses épaules.

– P't-êt' ben qu'oui qu'il habite ici, et p't-êt' ben qu' non. De tout' façon, il est point ici asteure.

– Puis-je l'attendre ?

– J' vois pas comment vous en empêcher ! répliqua-t-elle en me fermant la porte au nez.

Je gravis quelques marches et m'installai dans l'escalier, d'où je voyais la porte : des gens entraient et sortaient, d'autres montaient ou descendaient, qui m'évitaient au passage. A mesure que la nuit tombait, des hommes et des gamins loqueteux venaient se coucher sur le palier, en surplomb de moi, ou à même les marches de l'escalier, foulés aux pieds par les nouveaux arrivants, dont certains n'étaient guère en état de témoigner des égards à leur prochain. Fourbu comme je l'étais, je ne tardai pas m'assoupir, pour être plusieurs fois réveillé par un corps qui s'affalait sur le mien, tandis qu'on me gratifiait d'un chapelet d'insultes en guise d'excuses. A un moment donné, je fus tiré de mon sommeil par la sensation d'avoir les basques fouillées : j'aperçus, malgré la pénombre, un individu à la recherche de mon carnet, auquel je me cramponnai aussitôt. Une forme bougea tout près, dérangeant les autres dormeurs, et je discernai une petite silhouette qui filait à toute allure. Après cet incident, je m'efforçai de rester éveillé.

Finalement, un homme apparut à la porte, s'éclairant d'un moignon de chandelle, qui cria à tue-tête dans l'escalier, sans se soucier des dormeurs :

– Où qu'est le trousse-pet qu'attend ?

– Ici, répondis-je en descendant les marches.

– Et qui donc que t'es, mon bel agneau ?

Il abaissa sa lumière ; en reconnaissant ce visage, j'eus l'échine parcourue d'un frisson d'horreur : c'était le petit bonhomme à tête de tortue et au nez crochu que j'avais vu au cimetière, lors de l'attaque des hommes d'Isbister par la bande du Borough. Je devais le fixer d'un air ébahi car il se mit à me secouer :

– Hé ! dis donc, toi, c'est quoi que tu m' veux ?

En même temps, je n'étais pas vraiment surpris de tomber sur lui. Au contraire, il semblait inévitable que, dans toute la foule qui peuplait la grande ville, celui que je cherchais me fût déjà connu. De toute évidence, quelque secret dessein tirait les fils de l'histoire apparemment insensée que j'étais en train de vivre.

– C'est le vieux Samuel de Cox's Square qui m'a donné cette adresse, répondis-je. Vous êtes bien Mr Pulvertaft ?

– Ça s' pourrait. Tu lui veux quoi ?

– Je cherche des personnes du nom de Digweed. Vous les connaissez ?

Je crus apercevoir une lueur d'intérêt dans ses yeux :

– Je dis pas non. T'as à voir quoi avec eux ?

Je n'eus pas le temps de répondre qu'il m'attrapait par le bras :

– Viens donc par ici.

Il me tira à l'intérieur de la maison et je me retrouvai dans une salle toute en longueur et basse de plafond, presque obscure mais très bruyante : une bonne cinquantaine de personnes, occupées à rire, à crier, à chanter, à parler haut et à jurer, y menaient un chahut assourdissant. Le peu de lumière qui éclairait la scène provenait de quelques chandelles de suif qui crachotaient, fichées au mur dans des supports, et du grand feu qui pétillait à l'autre bout de la pièce, où se chauffaient une poignée de compères, de grandes chopes à la main. Il y en avait un, étalé de tout son long par terre, ivre mort. Un autre, qui ne valait guère mieux, s'était affalé à une table voisine, la tête enfouie dans les bras, plongé dans les profondeurs abyssales de l'inconscience. Les murs de pierre étaient dénués de crépi et de la sciure polluée jonchait le plancher mal raboté .

Je n'eus guère le loisir d'enregistrer tous ces détails à ce moment-là car, ayant claqué la porte et éteint son bout de chandelle qu'il jeta par terre, mon assaillant me poussa brutalement contre le mur en m'empoignant par les cheveux :

– Et maint'nant, raconte voir un peu qu'est-ce que t'as à voir avec les Digweed. T'as intérêt à dire la vérité, ou tu te retrouves déguisé en mou pour les chats !

Personne ne nous prêtait attention, au milieu du vacarme et de la beuverie. De toute façon, on n'aurait pas pu nous entendre.

– Je viens demander assistance à sa femme. Nous l'avons aidée il y a quelques années, ma mère et moi, et j'ai moi-même besoin d'aide, à présent.

Il me scruta attentivement :

– Sa femme ? Y a point de Mrs Digweed, à c' que j' sais. Ou plutôt, y en a des paquets ! fit-il, content de son mot. Tu dis que c'est l' vieux qui t'a envoyé ?

Je tentai de mouvoir la tête en un signe affirmatif, en profitant du peu de jeu que me laissait sa poigne.

– Qu'est-ce qui me prouve que tu dis vrai ?

Il m'examinait attentivement avec un sourire sans joie, puis fourra sa main dans la poche de ma jaquette :

– Y a quoi là-n'dans ? s'enquit-il en s'emparant du carnet.

– Juste des choses écrites, répondis-je.

Il le prit, ce qui fit tomber la lettre de mon grand-père et le plan. Il les ramassa, regarda la première en la tenant à l'envers, puis la seconde, qui, visiblement, ne lui parlait guère, avant de les remettre dans le carnet, qu'il me rendit.

Il y eut un silence. Il plissa le front, comme méditant quelque manigance.

Il finit par déclarer :

– Le seul Digweed que j' connais, c'est Black Barney. Aux dernières nouvelles, y crèche dans une carcasse, au-delà de Westminster.

– Une *carcasse* ? répétai-je, horrifié.

La fatigue et la faim donnaient une étrange acuité à mes sens, au point que ce mot déclencha une vision : l'homme que je cherchais m'apparut soudain sous les traits d'un énorme asticot blanc s'insinuant dans un cadavre humain.

– Eh ! oui, fit Pulvertaft. Entre Neat Houses et l'Old Bason.

Ces noms n'avaient aucun sens pour moi, mais je les enregistrai dans ma pauvre tête lasse, où ils vinrent s'ajouter à la litanie qui me hantait : « Digweed, Black Barney, Neat Houses, l'Old Bason. »

– Traverse le pont neuf et, après la route à péage, suis la voie qui longe la rivière jusqu'à ce qu' t'avises la nouvelle chaussée qu'y sont en train d'bâtir. Ça t'y mènera tout droit !

Je me dirigeais déjà vers la porte quand l'homme me cria :

– Et accroche-toi !

Me retournant, je vis qu'il me regardait fixement, avec une expression d'intérêt mêlé de ruse :

– Y va vouloir savoir comment qu' tu l'as trouvé.

– Et que faut-il lui dire ? m'enquis-je d'un ton docile.

– Mais voyons, qu'est-ce que tu lui dirais d'autre que la vérité, hein ? répondit-il avec entrain. Et v'là ce qu' tu vas faire : tu y donneras un message de ma part. Tu t'en rappelleras ?

– Oui.

– Alors dis-y : « Y a Daniel qui demande si y peut en être, de la feinte de la veille d' Noël à Henrietta Street. » Tu peux me répéter ça ?

Je lui redis la mystérieuse formule et il parut satisfait.

– N'oublie pas, sinon je le saurai et, parole ! qu'est-ce que tu dégusteras, alors ! Allez, file maintenant !

Il me poussa dans la rue sombre, en guise d'encouragement, et referma la porte.

III

Marmonnant sans cesse ma précieuse formule talismanique, je repris le chemin de la rivière. L'aube poindrait dans une heure ou deux, et déjà les véhicules affluaient vers la capitale. Quand j'eus traversé le nouveau Regent's Bridge à Vauxhall, la route se fit moins fréquentée ; elle amorçait une courbe vers l'ouest pour suivre la berge, encore vide d'habitations.

Tournant le dos à la grosse masse octogonale du nouveau pénitentiaire de Millbank, j'aperçus devant moi la Distillerie et, un peu en retrait, la fabrique de blanc de plomb qui crachait une fumée nauséabonde, de plus en plus suffocante à mesure que j'approchais. Après avoir parcouru un quart de mille environ, j'arrivai au chantier de la nouvelle route ; prenant vers le nord-ouest, je traversai ce qui était alors une zone maraîchère finissant en une vaste étendue laissée à l'abandon, Neat Houses, faite d'anciens parcs, de terrains accidentés et de marécages. La route n'était ni éclairée ni pavée, et l'on pataugeait dans des mares de boue, qu'il me fallut parfois même passer à gué, quand elles avaient la surface d'un étang sur une profondeur d'un bon pied. Mes tentatives pour demander mon chemin ne firent qu'avorter, les rares piétons que je croisai pressant le pas pour m'éviter.

Bientôt, des flammes sauvages déchirèrent la nuit ; je ne tardai pas à me rendre compte que je me trouvais au beau milieu d'une briqueterie : de gigantesques aires de brûlage, fours rudimentaires montés sur des soles cendreuses de gravats, fournissaient à partir de la tourbe du marais la brique nécessaire aux grandes constructions en cours. Autour de moi se dressaient les misérables huttes des ouvriers et, à la mouvante et fumeuse lueur des brasiers crachant des scories, je distinguai des formes recroquevillées : c'étaient des sans-logis à la recherche d'un peu de chaleur pour dormir, couchés le plus près possible des fournaises. Continuant ma route, je découvris une forêt de mâts et de poteaux qui rayaient l'horizon : on venait d'ouvrir le canal Grosvenor, ce que naturellement j'ignorais, comme j'ignorais que ces péniches venant de Londres apportaient de quoi combler le Bason.

L'aurore colorait lentement le ciel de la ville, et j'avais quitté les berges de la rivière depuis près d'un mille quand j'atteignis la première zone d'habitation, que signalaient des pancartes et des palissades délabrées. On voyait bien des maisons un peu plus loin, mais, bizarrement, toutes plongées dans l'obscurité, et selon mon estimation, pourtant, il pouvait être entre huit et neuf heures du matin. Or, de près, force me fut de me rendre à l'évidence : ces édifices, qui, à les voir, ne dataient pas d'hier, étaient arrêtés au premier étage et on les avait tout bonnement laissés en plan avant la fin des travaux !

Je continuai à remonter vers le nord, où les maisons semblaient plus hautes. Certaines étaient pourvues d'un toit, voire de fenêtres et d'agencements intérieurs. La chaussée et les trottoirs n'étaient pas encore aménagés, et j'avais l'impression d'explorer une ville à l'état d'ébauche, avec un réseau précis de rues et de places fantômes, à différents stades d'achèvement. Je tombai enfin sur une rue où plusieurs bâtisses paraissaient terminées, même s'il leur manquait ici ou là une cheminée, un battant, des carreaux aux fenêtres, du reste barrées, comme les portes, de planches clouées par leur travers. A ma grande satisfaction, je remarquai que l'un des immeubles semblait occupé : de la lumière filtrait par les interstices d'une des barricades du rez-de-chaussée. J'escaladai l'imposant perron puis tambourinai énergiquement sur le panneau de bois faisant office de porte et qui joua d'un rien : un homme passa le bout du nez et me considéra d'un air soupçonneux.

– Je cherche Black Barney, déclarai-je.

L'homme cilla, rentra la tête, et entreprit de refermer la porte. Puis sa tête réapparut et il me toisa du regard :

– Essayez la carcasse qui est à deux rues d'ici, vers le haut, à gauche. Mais dites pas que c'est moi qui vous l'a dit.

Il disparut avant que j'aie pu le remercier. Les rues n'avaient pas de nom, évidemment. De toute façon, il n'y avait qu'une maison qui eût l'air un tant soit peu habitée, dans la rue qu'on m'avait indiquée.

Elle était encore plus grande que la première, et je ne pus refréner mon appréhension en gravissant le majestueux perron, comme si je craignais d'être éconduit comme un malpropre par des valets en livrées somptueuses. Cependant, tout indiquait que la construction n'était pas terminée : la pierre nue du rez-de-chaussée attendait son habillage de stuc, et les fenêtres étaient carrément aveuglées par des planches, vu le soin mis à les ajuster, de l'intérieur cette fois, et qui avait contribué à donner au lieu son aspect inhabité. Il n'y avait ni grille, ni sonnette, mais une vraie porte sur rue – la première que je voyais dans le secteur.

J'attendis un grand moment après avoir frappé, et finalement ladite porte s'entrebâilla sur une jeune femme qui eut soin d'inspecter les alentours. Elle n'était pas mise à la mode d'une servante, à ce que j'en vis : au contraire, son chic détonnait, si tôt le matin. Petite, le cheveu noir et bouclé, elle était plutôt jolie, même si le feu de ses yeux laissait présager un tempérament sauvage.

– Je cherche Mr Digweed, déclarai-je.

– Y a personne de ce nom-là ici, fit-elle, amorçant un geste pour refermer la porte.

– Mr Barney Digweed, lançai-je en désespoir de cause.

Elle me regarda d'un air étonné :

– Tu demandes après Barney ? Note bien que je dis pas qu'y a quelqu'un de ce nom-là ici. Attends là !

Elle referma ; à une fenêtre, on manipula une planche, et dans l'ouverture se glissa une tête d'homme ; on m'observa un instant, puis on me rouvrit la porte : l'homme me toisa, la fille dans son dos. Grand et bien bâti, il avait le chef volumineux, le front haut surmonté d'une tignasse tirant sur le roux, et un gros nez cassé flanqué de deux yeux bleus d'une étrange beauté. L'élégance qu'il affichait, celle d'un homme de qualité, me laissa pantois : il portait une jaquette en fin mérinos bleu sur un gilet crème et des culottes de coutil blanc. Il me dévisageait d'un regard hostile.

Mon premier mouvement fut de déception : si j'avais affaire là à l'époux de Mrs Digweed, tout dans sa façon m'invitait à jeter par-dessus bord les espérances que j'avais fondées sur une prometteuse rencontre. J'avais aussi obscurément l'impression d'avoir déjà vu l'homme quelque part – mais pas depuis mon arrivée à Londres, j'en étais sûr.

– Êtes-vous Mr Barney Digweed ? demandai-je d'une voix qui trahissait mon inquiétude.

Il me jaugea avant de répondre avec lenteur :

– C'est ben moi Black Barney, si t'as envie de savoir. Et toi, t'es qui ?

– C'est Mr Pulvertaft qui m'envoie.

Le nom fit mouche, je l'aurais parié, mais, restant très maître de lui, l'autre me répondit :

– C'est pas pour dire, mais je vois pas. Tu veux quoi, au juste ?

– Je cherche Mrs Digweed.

– Et pourquoi ?

– Dites-moi, je vous prie, si vous la connaissez. Vous vous appelez bien Digweed vous-même ?

– Dis donc, gamin, fais gaffe ! Pose point de questions comme ça. C'est impertinent, pas vrai, Nan ?

Par-dessus l'épaule de l'homme, je vis rire la fille.

– Et alors, reprit Barney, une supposition que mon nom soye ben comme ce que tu viens de dire ?

– Dans ce cas, je vous demanderais votre aide. Je suis seul et sans argent.

– Et pour quelle raison faudrait-ti qu'on t'aide ?

C'était moins une question qu'une fin de non-recevoir ; d'ailleurs il avait déjà ébauché tout en parlant le geste de fermer la porte.

Désespéré, je criai :

– Mais j'ai un message pour vous de la part de Mr Pulvertaft !

Il me regarda, sa curiosité éveillée :

– Ah, ouais ?

– « Daniel demande s'il peut en être, de la feinte de la veille de Noël à Henrietta Street », récitai-je.

Barney m'attrapa aussitôt le bras et le serra à me faire crier ; sans relâcher sa poigne impitoyable, il me tira à l'intérieur et claqua la porte. Il faisait sombre dans le hall sans fenêtre et je sentis, plutôt que je ne la vis, la grosse tête de Barney se pencher sur moi, tandis qu'il lançait d'un ton cinglant :

– Répète-moi un peu ça !

Je m'exécutai.

– T'entends ça, Nan ?

– Pour sûr ! acquiesça-t-elle.

– Va-t'en quérir Sam et les autres, ordonna-t-il sans se retourner.

J'entendis la fille partir.

– Comment que tu connais Pulvertaft ? interrogea Barney, resserrant l'étau de sa main sur mon bras, histoire de me donner confiance et de m'encourager à la franchise.

– C'est le vieux Samuel de Cox's Square qui m'a envoyé chez lui quand je cherchais après Mrs Digweed.

– Tu parles ! Plutôt deux fois qu'une, qu'il t'y a envoyé…

C'est juste à ce moment qu'arriva toute une bande de gens – à ce qu'il me sembla –, chandelle à la main. Quelle ne fut pas ma surprise quand la lueur vacillante des flammes révéla le feu des bijoux, l'éclat discret de l'or des chaînes de montre, le reflet moiré des riches velours et le visage peint de quelques-unes des femmes !

– Écoutez-moi un peu ça, déclara Barney qui me fit répéter encore une fois les paroles de Pulvertaft.

Elles furent accueillies par force sifflets et exclamations qui allaient de la surprise à l'inquiétude.

– Y en a un qu'a dû cafarder, fit Barney.

– Ça, c'est sûr ! s'écria l'un des hommes.

– Et le marchand de mou nous a envoyé le gamin pour nous dire qu'y veut sa part, sinon y sabotera le coup, expliqua Barney.

Le marchand de mou ! Celui auquel Isbister et ses acolytes avaient fait allusion en disant qu'il leur gâchait le négoce, n'était autre que Pulvertaft ! (Je me rappelais comment ils avaient parlé de lui !) Tous ces recoupements me semblaient aller de soi, dans l'état de stupeur où je me trouvais.

– Qu'est-ce qu'on va faire, Barney ? demanda la jeune femme qui m'avait ouvert la porte, élevant la voix pour se faire entendre au milieu du brouhaha déclenché par mon message.

– On va lui dire d'aller au diable, v'là ce qu'on va faire, répondit Barney.

Un murmure d'approbation accueillit cette déclaration à laquelle un seul s'opposa :

– J' veux pas me mêler de ce qui me regarde pas, mais c'est pas à toi de dire, Barney. Faut qu'on décide tous ensemble.

L'homme qui venait de parler était à peu près du même âge que

Barney. De petite taille, il avait une barbe noire et touffue, un gros nez haut perché, des yeux bruns enfoncés, un air extrêmement vivant et sympathique. Les cheveux noués en catogan comme les marins, il portait un caban bleu.

– Hé, Sam a raison, mon oncle, s'écria une autre jeune femme, aussi belle que la première – quoique nettement plus grande, et blonde –, tout aussi élégamment vêtue.

– Faudra attendre que Jack y revienne, ajouta-t-elle.

Barney leur lança des regards noirs.

– Et quand ce sera-ti, Sal ? questionna Sam.

– J' sais pas, répondit la fille. Il a à faire près de Hackney et tout dépend de…

– On s'en fiche, interrompit Barney, me désignant à elle d'un bref coup d'œil menaçant, qu'il agrémenta bientôt d'un sourire méchant pour ajouter : Quant à ce mioche, on le débitera en morceaux et on le renverra comme un paquet de viande de boucherie, rien que pour montrer notre façon de penser.

Un instant, je le pris au sérieux, mais je compris en entendant les autres que c'était une plaisanterie.

– Mais non, mon bel agneau, se récria-t-il en voyant ma frayeur. Tu vaux pas la peine qu'on s'échine à te dépiauter, va !

Rouvrant la porte sur la rue, il me poussa dehors et me jeta en bas du perron avec une violence qui me fit trébucher et tomber sur les dernières marches. Il était encore secoué d'un grand rire en repoussant le battant. J'étais partagé entre deux sentiments : soulagé de m'en tirer à si bon compte, et malgré tout déçu de voir s'envoler ma dernière chance de retrouver Mrs Digweed. La déception l'emportant, je me hâtai de lui crier :

– Dites-moi au moins si vous connaissez Mrs Digweed !

– Tu nous casses les oreilles avec ta chanson ! lança-t-il, sarcastique. Pourquoi tu crois qu'on voudrait t'aider !

– Parce que nous avons aidé Mrs Digweed, ma mère et moi ! m'écriai-je. Il y aura trois ans de cela, à la Noël. Si vous la connaissez, alors aidez-moi en son nom, je vous en prie.

La porte était presque close.

– Elle se souviendra de moi. C'était à Melthorpe.

La porte s'ouvrit soudain large et Barney me regarda longuement, du haut du perron. Son expression était indéchiffrable. Il déclara alors d'un ton bourru que démentait le fond de ses propos :

– T'as l'air ben mal en point. Rentre donc, et prends quèque chose pour te réchauffer. Je t'ai p't-être causé un brin trop rudement, je regrette.

J'hésitai, m'interrogeant sur la cause de cette soudaine volte-face. Avais-je fini par toucher sa conscience et son cœur ? Si son empressement pouvait le laisser penser, le calcul que je crus déceler dans son regard ne me disait rien qui vaille. Malgré tout, comment refuser le toit et la chère qu'il m'offrait ? Je n'avais guère le choix, sauf à me résigner à souffrir de la faim et du froid, seul dans les rues inhospitalières : je refis le chemin en sens inverse. Je resterais sur mes gardes, me promis-je, sans me fier à quiconque – surtout pas à cet homme-là. Comme je marquais un temps d'arrêt à la porte, il tendit la main et me prit par l'épaule – doucement, cette fois, mais fermement – pour me faire entrer.

– Alors, vous êtes bien Mr Digweed ? demandai-je en retrouvant le hall, à présent désert.

Penchant sa grosse tête tout près de la mienne, il chuchota d'une voix rauque :

– Je veux plus jamais t'entendre prononcer ce nom-là, que ce soye devant moi ou n'importe qui. File doux, et tout ira bien pour toi. Tu me mets des bâtons dans les roues, je t'arrache un bras et je te bats à mort avec. Pigé ?

– Oui.

– Pas un mot sur toi à personne, ici. Sauf moi. Vu ?

J'émis un borborygme pour signifier mon assentiment.

M'agrippant toujours, il m'escorta jusqu'à l'extrémité du hall obscur et me poussa devant lui vers une entrée sans porte, sur la droite, qui donnait sur la pièce la plus étrange que j'eusse jamais vue.

IV

C'était un grand salon spacieux et haut de plafond, une pièce qui eût été fort élégante dans des circonstances convenant mieux à son décorum. Il y avait là une nombreuse compagnie : presque tout le monde était occupé à boire, à jouer aux cartes et à fumer ; bien que midi eût sonné depuis longtemps, d'autres dormaient à poings fermés, hommes et femmes mélangés, vautrés sur des tapis et des coussins jetés çà et là sur le plancher. Comme je l'avais remarqué, en les entrevoyant dans le hall, ils arboraient pour la plupart de somptueux vêtements du dernier cri, comme la fille qui m'avait ouvert, alors que d'autres étaient presque en guenilles. Ainsi, des femmes en robes de soie à parures de fine dentelle et des hommes en habit de velours sur gilet de satin côtoyaient des compagnons vêtus de futaine et de toile grossière, comme les pauvres gens. Le contraste était curieux mais moins étrange, toutefois, que la distance entre le luxe des vêtements et de l'ameublement et l'état d'inachèvement de la maison.

Comme je l'avais observé de la rue, les fenêtres étaient obstruées par des planches, en sorte que malgré le grand jour, des quantités de lampes à pétrole étaient nécessaires. S'il n'y avait ni plâtre ni lambris pour habiller les murs de brique crue, cela ne se voyait que sur les rares pans restés nus, la plupart étant dissimulés par de somptueuses tapisseries d'une facture magnifique. Les planchers étaient jonchés d'une profusion de tapis et de carpettes de prix, jetés çà et là et qui se chevauchaient, parfois même pliés en deux pour servir de couche.

Évidemment, je ne perçus pas au premier coup d'œil le mélange de splendeur et de sordide qu'offrait la pièce. Assailli par l'odeur des lampes et par les lourds parfums dont l'air était saturé, j'eus d'abord un mouvement de recul avant de m'enfoncer dans le sofa vers lequel me poussait Barney. Il y avait une jeune femme assise à l'autre bout, en âpre discussion avec quelques-uns de ses compagnons – ce n'était pas la fille qui m'avait ouvert la porte, mais la grande blonde élégante qui avait parlé de Jack tout à l'heure dans le hall. Elle portait une robe du soir qui lui découvrait les épaules et les bras, avec des bijoux pour parure – des vrais, me sembla-t-il. Elle s'interrompit en nous voyant arriver, Barney et moi.

– Occupe-toi de lui, Sally, fit Barney, me désignant d'un signe de tête.

Elle fit une petite grimace et porta son verre à mes lèvres :

– Ça te fera pas de mal, c'est du vin.

J'en bus une gorgée et sentis une douce chaleur se répandre dans mon corps. Puis elle se tourna pour reprendre la conversation avec l'un des hommes. Ses beaux traits langoureux trahissaient l'ennui et l'apathie, comme si elle attendait d'être prise en main et mise à contribution. Promenant le regard autour de moi, j'aperçus des dormeurs qui s'éveillaient et qui vinrent nous rejoindre, suivis de quelques autres compères que j'avais déjà vus dans le hall.

– Pourquoi que tu nous as ramené le péquiot, Barney ? interrogea l'un des hommes.

– Renvoie-le donc d'où qu'y vient ! s'écria Sam, le barbu au catogan.

Bizarrement, il agrémenta sa suggestion d'un aimable sourire à mon intention, dévoilant au passage plusieurs dents en or.

– On a déjà point assez de soucis comme ça ? s'indigna un homme laid à l'air méchant, vêtu d'un superbe habit de satin, aussi déplacé sur lui que ses nombreuses bagues et les cachets pendus à son gousset. Déjà qu'on a le marchand de mou aux trousses ! ajouta-t-il.

– T'as raison, Will, confirma Sam. On a autant besoin de ce gamin que d'un cheval boiteux !

– Y pourrait p't-être faire le serpent, suggéra une femme à l'air hommasse.

Coiffée d'un chapeau masculin et d'un caban luisant de graisse et de poix, elle avait le visage marqué de petite vérole et laissait voir des chicots d'un noir d'encre quand elle ouvrait la bouche. Des cheveux carotte s'échappaient de dessous son couvre-chef.

– Non, l'est trop grand pour ça, Poll, objecta Will.

– Il est affranchi ? demanda ma portière.

– Le gosse reste, Sam, décréta Barney. Non, l'est pas affranchi, Nan, ajouta-t-il en se tournant vers la fille.

– Dis donc, tu deviens un micheton, ma parole, lança-t-elle, ironique.

– T'es fou ! s'exclama l'homme aux bijoux. Y va gêner les affaires.

Il me fustigea de ses yeux qui ressemblaient à des plaies tuméfiées. Puis, sans crier gare, il m'envoya une énorme claque dans la figure :

– Me regarde pas comme ça, toi !

– Fiche-lui la paix, protesta Nan.

Barney le fixa d'un air dur :

– Si ça te plaît pas, Will, tu peux lever le camp !

– Ben, on verra ce qu'en dit Jack ; c'est tout, marmonna Will sur le ton de la révolte.

– Ce que Jack en dit, ça compte pour du beurre ! rugit Barney. C'est moi le chef, pas lui, même si y en a qu'ont l'air de l'oublier. Et moi je dis que le gosse, y reste !

Cette déclaration fut accueillie en silence, à part les grommellements de Will et d'un ou deux autres. Barney poursuivit :

– Et je dis qu'on continue, même si y en a un qui nous a vendus au marchand de mou.

Ces propos déclenchèrent un concert de protestations qui ne cessèrent que lorsque Sam éleva la voix pour se faire entendre pardessus le tumulte :

– On peut rien décider avant le retour de Jack.

Les acclamations fusèrent et Barney s'empourpra, fou de rage. Sally lui adressa un sourire triomphant qui le fit hurler :

– Toi, je t'ai dit de t'occuper du gamin !

Elle fit une moue courroucée :

– J'suis pas une bonne d'enfants !

– Nan, tu t'en occupes, toi ! commanda Barney.

– Qu'est-ce qu'une « feinte » ? demandai-je à Nan en aparté. Comme celle de la veille de Noël, ajoutai-je en voyant son incompréhension.

– C'est une fête, répondit-elle avec un sourire à l'adresse de Barney.

Là-dessus, elle me versa un verre de vin.

– C'est ça, confirma Barney. Et quand on t'aura remplumé, Sally t'emmènera dans le West End acheter quèqu's belles nippes pour que tu puisses venir avec nous. D'accord ?

Je fis oui de la tête. L'idée de manger et d'être au chaud était irrésistible, malgré mes réticences.

– Bon, mais s'y demeure là, faut qu'y nous raconte son histoire, revendiqua Will.

– Allons, reste point là le bec cloué, dis-nous donc qui t'es, mon petit perdreau, fit Sam.

Jetant un coup d'œil inquiet vers Barney, je le vis qui pinçait les lèvres d'un air menaçant. C'est donc avec une extrême circonspection que je leur contai mon histoire, dans les grandes lignes seulement, et en évitant de mentionner les noms. Ma mère et moi avions tout perdu dans une opération spéculative hasardeuse conseillée par un homme de loi malhonnête, nous étions montés à Londres où notre situation avait empiré, et ma mère était morte quelques jours plus tôt. Je me gardai de souffler mot des Mompesson, de Mrs Fortisquince et des Isbister. Barney m'écouta très attentivement mais ne posa pas de questions ; les autres, qui continuaient à aller et venir pendant que je parlais, s'enquirent de certains détails que je pus leur fournir sans rien dévoiler d'important.

Nan parut compatir à mon récit, surtout quand j'évoquai la mort de ma mère, mais elle s'écria à la fin :

– C'est ben la plus belle histoire de gogo que j'aie jamais entendue ! Ta mère et toi, vous vous êtes proprement fait rouler dans la farine par c't avocat marron, à ce qu'y m' paraît !

– Comment qu'y s'appelait donc, c't oiseau-là ? demanda Sam.

Barney, qui se trouvait derrière lui, fit une grimace à mon intention. C'est alors que survint une bruyante interruption qui me tira d'embarras.

Un groupe fit irruption dans la salle, mené par le plus grand des hommes, qui parlait haut et fort, s'exclamant d'un ton fougueux :

– Nous v'là tranquilles ! C'est point après nous qu'y-z-en avaient, en fin d'compte : c'est Peg qu'y-z-ont mis à l'ombre.

Ces propos déclenchèrent les vivats, et tout le monde se leva – dormeurs, mangeurs et buveurs – pour venir faire cercle autour du messager et le congratuler. De partout fusaient des rires, des railleries taquines, des questions. Délaissant le sofa, Sally avait bondi sur pied en apercevant le nouvel arrivant, qui l'avait aussitôt prise par la taille pour l'embrasser. Elle le contemplait, et le visage jusque-là renfrogné de la jeune femme s'animait, gagnant en attention et en vivacité. L'homme la garda enlacée pour poursuivre son récit d'une voix vibrante d'excitation :

– Écoutez un peu ça ! Si c'est pas la chose la plus incroyable que vous avez jamais entendue ! Bob et moi, on revenait tout justement de Hackney, là, et v'là qu'on tombe sur un vieux débarbot…

– Hé ! dites donc, visez un peu Meg ! s'écria Sally.

Les autres s'exécutèrent : la fille, une petite aux yeux verts et aux cheveux noirs, était en train de pleurer à chaudes larmes.

– Fut un temps où c'était la bonne amie de Peg ! expliqua Sally.

Meg lui décocha un regard venimeux.

Le jeune homme rit et, étreignant toujours Sally, il reprit son histoire, racontant comment Peg (quel drôle de nom pour un homme [1] !) s'était fait pincer pendant le « cambriolage d'une crèche » d'Old Ford. Je ne suivis guère les détails du récit, tant j'étais occupé à examiner son auteur. Très grand, il était jeune et fort beau, avec un visage franc et ouvert, des yeux bleus limpides. Habillé comme les gandins de la pègre, il portait des bottes à revers noires, un haut-de-forme assorti et un gilet bleu du plus bel effet. Sa tenue était complétée par une redingote verte à amples basques qui lui donnait des airs d'élégante canaille. Tout le monde se pressait autour de lui, sauf deux personnes : Barney, assis à côté de moi sur le sofa et qui l'observait – j'étais incapable de déchiffrer son expression –, et Sam. Ce dernier, qui s'était un moment attardé à l'écart du groupe, le rejoignit, aussi souriant que les autres. Cependant, il me fallut un certain temps avant de pouvoir m'intéresser à autre chose qu'au nouvel arrivant, et pour me remettre de la surprise que j'avais éprouvée en le reconnaissant : c'était le grand escogriffe que j'avais aperçu en compagnie de Pulvertaft au cimetière de Southwark !

Je réfléchissais aux implications de cette découverte quand Barney bondit comme un ressort et interrompit brusquement les réjouissances en criant :

1. C'est normalement le diminutif d'un prénom féminin.

– Retiens un peu ta menteuse, Jack ! Et lave pas le linge sale de la famille devant le mioche !

Jack s'arrêta, se retourna et fixa sur Barney un regard hostile qu'il se hâta d'adoucir quelque peu.

Barney sourit en me désignant du geste :

– Hé ! Jack, on t'a pas encore présenté notre invité, non ? Faudrait voir à pas oublier nos manières. Le p'tit voudrait pas écouter la meilleure et la plus instructive de tes histoires avant d'avoir eu l'avantage de connobler ton blaze, non ? Vu qu'y pourrait pas comprendre et apprécier comme y faut. En tout cas, pas de la façon que tu souhaiterais !

Certains rirent de cette saillie, et Jack me sourit en me tendant la main :

– Enchanté, mon grand !

Le geste était si naturel, et Jack avait un tel air de franchise et de saine gaieté qu'il m'aurait tout de suite plu, si je n'avais rien su de lui. Comment se faisait-il qu'à peine dix-huit mois plus tôt, il ait été avec Pulvertaft, unanimement tenu en cette assemblée pour ennemi ? Avait-il renversé ses alliances ? A en croire le vieux Samuel, Barney et Pulvertaft étaient même ensemble à une certaine époque, et ils avaient travaillé avec Isbister. Ou bien alors, Jack serait-il encore secrètement allié à Pulvertaft ? Cela expliquerait la menace que le marchand de mou m'avait lancée : si j'oubliais son message, il l'apprendrait par le truchement de Jack ! Motus et bouche cousue, telle serait ma devise. Je me contenterais de me taire et d'ouvrir les oreilles ; il serait trop dangereux de révéler ce que je savais.

Je serrai la main de Jack qui interrogea Barney d'un regard.

– Y s'appelle John. Y nous a apporté un message du marchand de mou.

Le visage de Jack ne trahissait qu'un mélange de colère et de surprise – j'en étais certain.

– Quoi ! s'exclama-t-il.

– Répète donc voir ton message, John, ordonna Barney.

Je m'exécutai une fois de plus. Jack se rembrunit :

– Crénom ! Quelqu'un nous a débinés !

Il se tourna vers les autres qui avaient tous les yeux rivés sur Barney et lui.

– C'est ben ce qu'on pensait, remarqua Sam.

– Si je l'attrape, ce mouchard de malheur, y passera un sale quart d'heure. Y a des chances qu'y regrette d'être né.

– Alors, t'es point d'avis qu'on le mette dans le coup, non ? interrogea Sam.

– Le mettre dans le coup ? glapit Jack. Lui couper le cou, dis plutôt !

Le calembour fut chaleureusement accueilli par la compagnie.

– J' te reconnais ben là, Jack ! approuva une voix.

– Mais y risque de casser le morceau, si on le met pas dans le bain, protesta Sam.

– Qu'il ose un peu, pour voir ! tonna Jack.

– Moi, j' suis d'accord avec Jack, fit Barney.

Les autres rirent et il ajouta :

– Pour une fois…

– Mais on a tous notre mot à dire, nous autres, pas vrai ? s'indigna Sam.

– A quoi que ça servira, si ces deux-là sont d'accord ? constata Nan.

– Toi, t'as l'air d'y tenir, à le mettre dans le coup, on dirait ! lança Jack en se tournant vers Sam avec colère.

Je trouvais bizarre qu'ils se fissent tant de souci à l'idée que Pulvertaft était au courant de leur fête. Pourquoi ne voulaient-ils pas l'inviter ? Cela paraissait peu aimable.

– Quoi donc que t'as derrière la tête ? riposta Sam.

– Je me demande juste qui c'est qu'a vendu la mèche.

– Ben, cherche ailleurs que moi ! fit Sam qui avait malgré tout l'air gêné et coupable.

– Ce que j'en dis, moi : maintenant qu'y sait, faut le mouiller avec nous, ou laisser tomber.

J'étais encore plus intrigué : en quoi le fait que Pulvertaft fût au courant les empêchait-il de tenir leur réunion ?

– Pas du tout, insista Jack. On maintient la feinte et on le rate pas si y nous fait des misères.

– Ben, v'là une belle ânerie ! s'écria Sam. Y peut tous nous faire plonger en nous attirant dans un piège. Et vu qu'y a un mouchard parmi nous, y saura parfaitement à quoi qu'on se prépare.

Il y eut un murmure d'approbation : certains membres de la bande hésitaient, visiblement. Jusqu'à Jack qui restait coi. Tous les regards convergèrent sur Barney.

Il allait parler quand il s'avisa de ma présence :

– Mais dites donc ! se récria-t-il. Nous oublions notre p'tit Johnnie qu'a sûrement point d'intérêt pour nos parlotes. Écoute-moi : Nan va te mener casser un morceau et te montrer où que tu peux pioncer. Ça te va ?

Je suivis Nan qui m'entraîna hors de la salle et traversa le hall pour rentrer dans une autre pièce meublée comme la première. La seule différence tenait à l'état des tapis : ceux-ci étaient tout maculés, de vin renversé eût-on dit, à en juger d'après les bouteilles de tokay et de champagne qui gisaient à terre et les verres de cristal taillé abandonnés çà et là, brisés ou encore à demi pleins. Le sol était jonché de friandises, de mets fins et de paniers de fruits de serre. C'était sans doute la salle à manger, pensai-je. J'appris par la suite qu'on appelait la pièce le Salon Rouge, en raison de ses murs de brique nue.

– Y a de la boustifaille à revendre, expliqua Nan. Te gêne pas. Après ça, tu peux roupiller où tu voudras : y a des chambres vides en pagaille, en haut et dans le petit grenier.

Sur ce, elle ressortit.

J'avais une faim de loup et la vue de la nourriture était fort alléchante. Mais, voulant d'abord dissimuler mes papiers, je retraversai le hall pour rejoindre l'escalier qui n'était, à mon grand étonnement, qu'un bâti de traverses chevillées, sans marches ni rampe. C'est donc avec difficulté que je montai à l'étage supérieur, où je m'aperçus qu'il n'y avait nulle part de sol : des planches grossièrement posées sur les poutres nues formaient des passerelles et des surfaces habitables. Il n'était pas du tout aisé de se déplacer d'une pièce à l'autre, et cela devenait presque impossible dans le noir – je m'en fis la réflexion – puisqu'il fallait poser le pied de solive en solive, et qu'on risquait de chuter à l'étage du dessous si l'on perdait l'équilibre.

Intrigué, j'explorai le reste de la maison : il n'y avait ni fenêtres ni volets – les ouvertures étaient barricadées avec des planches –, ni portes non plus, à part celle qui donnait sur la rue et une autre qui séparait le salon du hall. Comme il n'y avait en outre pas de plafonds, la configuration des lieux était telle qu'on ne pouvait s'isoler nulle part et que les conversations pouvaient s'entendre de partout. Il n'y avait pas de revêtement sur les murs de cloison – ni lattes, ni plâtre, encore moins de placage ou de lambris ; la brique rouge et brute était partout apparente, hormis dans le salon où elle était en partie dissimulée par les tapisseries. Bref, le gros œuvre avait été mené à terme, mais ni la menuiserie ni les plâtres.

M'aventurant au fond du hall, j'y trouvai une entrée sur l'arrière, elle aussi barrée par des ais de bois croisés et cloués. Je me fis la remarque qu'elle empêchait tout autant la sortie que l'accès de l'extérieur.

C'était une vaste et imposante demeure – il m'arrive parfois de passer devant : elle est actuellement habitée par le comte de N*** qui n'a sans doute pas idée de l'historique des lieux ! Il y avait tellement de chambres que célibataires et couples avaient chacun la leur, même s'ils se retrouvaient pour la plupart dans les deux grandes salles du rez-de-chaussée pour y manger, converser et même dormir, comme je ne tardai pas à le constater. Toutes les chambres du premier et du deuxième étage présentaient des signes d'occupation, si l'on se fiait aux tapis et sols de fortune jonchés de vêtements éparpillés, de gâteaux, prunes confites et autres pelures d'oranges. Ce n'est qu'en arrivant sous les combles que je trouvai des pièces vides, peut-être destinées à des enfants ou au logement d'une gouvernante. Il y avait là deux petites chambres : la première, sans ouverture, donnait dans une seconde, munie d'une tabatière ouvrant sur le toit mais barrée de planches clouées. Je m'y installai aussi confortablement que je le pus, en l'absence de plancher.

Je me mis en quête d'un endroit où dissimuler le carnet de ma mère. Les poutres et les ardoises étant visibles puisqu'il n'y avait pas de plafond, je n'eus aucun mal à trouver une excellente cachette derrière un gros madrier, dans un recoin bien sec et si sombre que personne ne songerait à venir y chercher quoi que ce fût.

Cela fait, je redescendis dans la salle à manger et y pris quelques carpettes et des pièces d'étoffes que j'emportai dans mes pénates pour m'y confectionner un grabat. Après quoi, je fis honneur à la chère et à la boisson. Pendant ce temps-là, la discussion allait bon train dans la pièce voisine ; je distinguais de temps à autre quelques phrases, entre les éclats de voix courroucées. Après la longue période de privation que je venais de subir, on ne s'étonnera guère d'apprendre que j'abusai un tantinet des bonnes choses, au point d'en avoir mal au cœur et d'être légèrement gris. J'avais le vertige et envie de vomir : je tournai de l'œil et restai endormi pendant une heure ou deux, je suppose. En me réveillant, j'entendis les bruits de querelle qui continuaient à côté, et je m'assoupis à nouveau.

Ensuite, j'eus conscience d'être soulevé et porté, et j'éprouvai un étrange sentiment de sécurité quand je sentis qu'on me faisait les poches. Je tombai alors dans un profond sommeil, rêvant d'hommes pâles comme des asticots et de femmes vêtues de somptueuses robes de soie qui remontaient vers l'arrière, telles des ailes diaprées ; tout ce petit monde se régalait des chairs pourrissantes de la carcasse où il avait élu domicile. Au milieu se trouvait Barney, que sa grosse tête et ses longs bras faisaient ressembler à une énorme araignée rouge et tachetée, tissant des toiles invisibles avec le suc sécrété par ses entrailles, et y prenant des proies que dévoraient les autres.

Je me réveillai avec l'impression d'avoir deux têtes, comme disait Mr Isbister. Constatant qu'on avait bel et bien fouillé mes poches à fond, je résolus malgré la nourriture abondante de déguerpir dès que j'aurais repris des forces.

Fort de mon expérience avec les Isbister, je ne pouvais croire que Barney me fît la charité sans rien demander en échange. Mais dans ce cas, pourquoi m'avoir accepté et imposé au reste de la bande contre son gré ? Et que signifiaient les relations de Jack avec Pulvertaft ? Bien étrange coïncidence, à la réflexion, que ces retrouvailles avec Pulvertaft et Jack, même s'ils avaient jadis tous travaillé ensemble, comme le vieux Samuel et Isbister me l'avaient appris.

Mais surtout, comment expliquer le train de ces gens-là ? D'où venait leur argent et pourquoi habitaient-ils un si surprenant endroit ? Il me suffirait de les entendre converser, peut-être, pour satisfaire ma curiosité sur tous ces points, en tout cas le dernier.

Cette stratégie se révéla cependant délicate lorsque, le jour même, je tentai de passer aux actes. D'abord, si, les voyant engagés dans une discussion sérieuse, je m'approchais aussi discrètement que possible, ils se taisaient, changeaient rapidement de sujet ou m'ordonnaient de filer. Cependant, à mesure que la journée avançait, ils s'habituaient à ma présence, et il m'arrivait d'avoir tout loisir de rester à portée de voix. Leurs propos, ou les bribes que je parvenais à en saisir, dans cet indéchiffrable argot dont ils usaient, m'intriguaient fort : en apparence, il s'agissait de simples tractations commerciales. Il était beaucoup question d'achat et de vente de marchandises, de gens corrects ou véreux et d'une part de bénéfices qui devait être envoyée à quelqu'un à l'étranger.

Il y eut quantité d'allées et venues toute la journée : c'était un carrousel de fiacres et de fourgonnettes qui livraient des articles de luxe provenant des meilleurs faiseurs d'Oxford Street et de Bond Street.

A un moment donné, Nan raconta une scène qui lui était arrivée dans l'un de ces prestigieux endroits :

– La tête du marcandier quand il a reluqué ma bourse pleine de jonc ! s'esclaffa-t-elle. Je parierais qu'il a pris les talbins pour un vulgaire emballage de la flèche !

Ma stupéfaction égalait celle du marchand.

Pendant ce temps-là, j'étudiais mes nouveaux compagnons. La femme hommasse, qui s'appelait Poll la Carotte, me témoignait une espèce de gentillesse bourrue, tant qu'elle était sobre. Il y avait deux autres filles – des sœurs, semblait-il, surnommées Smithfield et Billingsgate [1] – que j'appris vite à éviter, qu'elles fussent ou non prises de boisson. Bien qu'initialement rebuté par l'apparence sinistre d'un homme qu'on appelait Nez-d'argent parce qu'il portait un nez de laiton brillant, je m'aperçus par la suite que c'était l'un des plus gentils de la bande. (On me raconta qu'il avait été blessé à la guerre, mais le propos semblait chargé de tellement de sous-entendus que je doute encore de sa véracité.) Bob, un jeune aux traits veules et empreints de brutalité, ne me plut pas dès l'abord. Will me frappait chaque fois qu'il me voyait, mais Sam et Jack se montraient généralement aimables.

1. Marché au poisson, encore aujourd'hui.

J'étais stupéfait du nombre de sobriquets ou de noms de rechange que chacun semblait posséder. Ainsi, Jack était parfois surnommé Jack Vif-argent, d'autres fois juste Vif-argent, et même simplement Vif. Barney devenait souvent Black.

Je m'efforçai d'appliquer l'injonction maintes fois répétée par Bissett : bouche cousue, l'œil et l'oreille aux aguets. Mais surtout, j'observais Barney, perpétuellement souriant sauf lorsqu'il piquait une colère (ce qui arrivait souvent) ou que son regard se posait sur Jack. Il affichait en permanence un petit air ironique, et mettait volontiers les rieurs de son côté – que sa victime fût présente ou non.

Au soir de ce premier jour, le nombre des personnes ivres ne cessait d'augmenter à mesure que l'heure avançait. Les jeux de hasard ne tardèrent pas à dégénérer en rixes mais quand quelqu'un sortit un violon, tout le monde se mit à danser. Quant à moi, les femmes me cajolaient quand elles se souvenaient de ma présence, et les hommes m'ignoraient, mais en général j'étais plutôt bien traité, si tant est qu'on pût qualifier ainsi le fait d'encourager un gamin à se gaver de friandises et à se griser de marsala. Les réjouissances se poursuivirent tard dans la nuit et jusqu'à l'aube, bien que je me fusse pour ma part assoupi et réveillé plusieurs fois. Quand enfin je m'éveillai pour de bon, tout le monde dormait et un jour gris perçait à travers les planches qui bouchaient les fenêtres. Je déjeunai des restes d'une tourte à la viande et de rogatons de gâteau au cumin.

Une autre journée dut passer comme la précédente, je crois, car – qu'on me pardonne d'anticiper un peu – la maisonnée ignorait si souverainement la différence entre le jour et la nuit qu'on avait souvent peine à s'y retrouver dans les jours de la semaine, voire dans les heures. Trois jours après mon arrivée, je présume, j'étais en train de bavarder dans la salle à manger avec Sam quand Barney vint nous rejoindre.

Me prenant le menton dans la main, il demanda :

– Alors, ça va, p'tit bonhomme ?

– Barney, interrogeai-je, Sally vous appelle « mon oncle ». Êtes-vous vraiment de la même famille ?

– Ben oui. A vrai dire, on est tous une grande famille. Sam est mon p'tit frère, Nan ma cousine, Will mon neveu, et ainsi de suite.

Sam me sourit, confirmant ces dires d'un hochement de tête.

Ne sachant s'il fallait les croire, je poursuivis :

– Et pourquoi habitez-vous cet endroit désert ?

– Mais c'est une maison neuve qu'on s'a achetée et on attend les décorateurs, expliqua Sam. C'est épatant de pas avoir de voisins, vu qu'on voudrait pas les embêter avec notre raffut !

L'argument était nettement plus plausible.

– Et que faites-vous tous ? repris-je.

Ils échangèrent un petit sourire complice.

– Dis donc, je peux te faire confiance ? s'enquit Barney, sur un ton plaisant.

Je fis oui de la tête et il répondit :

– Eh ben, on pourrait dire comme ça qu'on fait œuvre de bienfaisance publique. Vois-tu, y a des tas de créances qui circulent su' l' marché de l'argent. Au fait, tu sais ce que c'est ?

Je confirmai d'un signe de tête.

– Bon, reprit Barney. Une supposition que notre Sam a besoin d'argent, il en emprunte : y signe un billet à ordre et y reçoit ses sous contre la promesse de tout rembourser dans les six mois. Alors ce billet, qu'est une manière d'argent, il est acheté et revendu. Ce qu'y vaut dépend du gars qui l'achète : selon qu'y croit que Sam sera capable de rembourser ou non. Y a foule de gens qui font leur affaire de savoir ces choses-là, et si Sam touche la fortune d'une vieille tante qu'est morte, ça fait grimper la valeur de son billet.

– Mais s'il ne paie pas à l'échéance ? questionnai-je, repensant à la mésaventure de ma mère.

– Dans ce cas, je cherche quelqu'un d'autre qu'accepte ma créance, explique Sam, et je prends c't argent pour rembourser le premier. Et si je trouve personne, je tâche moyen de me faire garantir par un ami.

– Mais en admettant que ça ne marche pas, que vous arriverait-il alors ? demandai-je à Sam.

– Ben là, tu pourrais d'mander après moi à Fleet ou à Marshalsea [1], s'esclaffa-t-il.

1. Deux prisons de l'époque, principalement pour débiteurs insolvables: Fleet au bord de la rivière du même nom (maintenant couverte) et Marshalsea, sise dans le quartier de Southwark et sous le contrôle du Marshal (d'où son nom).

J'eus une pensée pour mon pauvre vieil ami, Mr Pentecost.

– L'important, reprit Barney, c'est ce qu'arrive à ce billet que personne croit que Sam peut payer : y perd sa cote et y se dévalue de plus en plus, jusqu'à plus valoir tripette. Là-d'sus, un particulier l'achète pour une bouchée de pain et me le refile.

– Qui donc ? fis-je.

– T'occupe ! riposta vivement Barney, qui reprit un ton plus affable pour continuer son explication : Ce que je fais, moi, je restaure le crédit du billet. Et v'là comment que je m'y prends. Suppose que t'es un marchand qu'a un gros commerce de bijouterie, de tapis ou de vêtements. Un jour, je radine chez toi dans une belle calèche, avec ma femme, mes valets et toutime : je te commande des bijoux et je te paie illico, en liquide, rubis sur l'ongle. Quèques semaines plus tard, je remets ça. Toi, tu commences à ben apprécier mes visites, s'pas ? Puis, un jour que je suis un peu à court de liquidités, je te paie avec un billet mal coté – pas un gros, note ben. Toi, t'hésites un brin, d'abord, mais t'as pas envie de perdre ma clientèle en m'offensant. Alors tu prends le billet, ton banquier le vérifie et l'accepte : il est valable. Quèque temps après, je te donne un billet mal coté, mais pour une somme ben plus importante, et tu le prends. Là, tu t'aperçois que son crédit est pas ce que tu croyais, mais tu me revois plus jamais !

Barney et Sam partent d'un grand rire, puis le premier reprend son récit.

– Mais est-ce que je t'ai volé ou trompé ? Non, pisque c'est la faute de çui qu'a émis le billet que je t'ai payé avec ! C'est lui qui t'a volé !

Légèrement soulagé d'apprendre que Barney et les siens ne se livraient pas à des activités proprement illégales, j'étais néanmoins troublé par le caractère malhonnête de leurs agissements.

Sam quitta la pièce en gloussant, et Barney me fixa du regard :

– Maintenant que je t'ai causé franchement, raconte-moi le reste de ton histoire !

Je réussis à m'étendre sur les détails tout en évitant de mentionner des noms. Ce furent les événements récents qui l'intéressèrent le plus, dans mon récit : il semblait avide d'en savoir davantage sur la mort de ma mère. J'avais du mal à en parler. Chose étonnante, il parut particulièrement soucieux d'apprendre où et sous quel nom elle avait été enterrée. Finalement, je lui racontai que la paroisse s'appelait Saint-Léonard et qu'elle avait été inhumée sous le nom d'Offland.

Cette réponse parut le satisfaire et il partit peu après.

Un ou deux jours plus tard – était-ce le jour ou la nuit ? – j'étais à faire un somme quand je fus réveillé par des murmures montant de la pièce d'en-dessous. Manifestement, les occupants ne se doutaient pas que ma chambre se trouvait au-dessus de la leur. Stupéfait, je reconnus les voix de Barney et de Jack – qui l'eût cru !

– T'en es certain ? demanda Barney.

– Oui. Moi non plus, j'y croyais pas mais, comme je dis, Sal me l'a raconté sans savoir de quoi qu'elle causait. Si tu me crois pas, Barney, demande-lui donc, toi !

– J'vas le faire.

Les voix se turent et ils repartirent. A quoi rimaient ces parlotes secrètes entre les deux rivaux ? De quoi parlaient-ils donc ? Je crus trouver la réponse à ces questions quelques heures plus tard : j'étais au salon avec d'autres quand Barney y fit irruption, suivi de Sam.

Barney cria d'une voix de stentor :

– Nan ! Où que t'es ?

Celle-ci s'avança vers lui, qui glapit :

– Alors, paraît que t'as chapardé, comme ça ?

– Mais jamais de la vie ! s'indigna-t-elle.

Barney sortit un bijou de sa poche :

– On vient juste de trouver ça parmi tes effets !

– Mais je l'ai seulement jamais vu ! hurla Nan.

– Moi, je t'ai vu faucher dans Bond Street, hier soir ! accusa Sally.

– Tu mens ! C'est un coup monté !

– Tu connais la règle : pas de négoce à son propre compte, déclara Barney.

Ainsi, mes doutes sur l'honnêteté de mes nouveaux amis étaient infondés : Nan avait volé et on la renvoyait à cause de cela !

Un murmure d'assentiment parcourut le groupe.

– C'est elle qu'a fourré le bijou dans mes affaires, s'écria Nan, pointant un doigt vengeur vers Sally.

– J'ai rien fait de tel !

– Si, et tu sais pourquoi : à cause que Jack m'aime bien !

Des voix fusèrent :

– Ça, c'est vrai !

Renforcée par ce soutien, Nan reprit :

– T'as manigancé c't' histoire pasque t'es jalouse !

La majorité de la bande s'abstint de prendre son parti, silencieuse.

– Va falloir que tu quittes la société, déclara Barney, quêtant d'un regard l'approbation de Sam et Jack, qui signifièrent leur accord d'un hochement de tête plein de gravité.

– Faut que tu partes, Nan, fit doucement Jack. On doit pouvoir se faire confiance, entre nous.

Will, le partenaire attitré de Nan, la défendit vigoureusement, allant jusqu'à menacer de partir avec elle. Mais, pris au mot, il y renonça. Nan eut beau protester, pleurer, hurler des insultes et des menaces, elle avait l'opinion générale contre elle. S'avouant vaincue, elle quitta les lieux en continuant à clamer son innocence.

Noël approchant, les allusions à la fameuse fête de Henrietta Street, le soir du réveillon, se multiplièrent. Je m'étonnais de l'attrait que l'événement semblait avoir pour mes compagnons : ceux-ci ne sortaient-ils pas presque tous les soirs, en bande bruyante menée par Barney, pour ne rentrer qu'à l'aube ? Ils prenaient tous si grand soin de leur toilette que les femmes avaient des airs de ladies et que ces messieurs eussent presque passé pour des aristocrates. Pendant ce temps-là, ceux qui restaient à la maison se gobergeaient à longueur de temps, buvant, jouant aux dés, mangeant et se querellant.

Maintenant que je connaissais mieux leur mode de vie et qu'ils retenaient beaucoup moins leur langue en ma présence, je commençais à comprendre d'où leur venait l'argent, bien qu'il subsistât certains mystères. Les membres de la bande allaient et venaient à toute heure, mais ramenaient rarement des visiteurs, qui devaient être parrainés et qu'on surveillait étroitement. Quand ils ne dormaient pas, ils s'amusaient de la manière que j'ai décrite. Personne ne lisait jamais une ligne, sauf Sally et Jack qui n'avaient que deux centres d'intérêt en matière de lecture : les journaux à la mode et le *Guide de la Cour* (car la « famille » se passionnait pour les faits et gestes de la société en vogue), ou le *Hue-and-Cry*, publication de la police donnant la liste des crimes et délits perpétrés ainsi que les noms des individus recherchés par les autorités.

Un soir, de retour de Newgate où elles étaient allées voir Peg en prison, Meg et une autre fille racontèrent leur visite à la compagnie assemblée autour d'elles dans le salon. Elles avaient parlé au détenu à travers un guichet qui s'ouvrait dans le mur de sa cellule : sa cause était mise sur le rôle de la session judiciaire en cours, et Peg était confiant. Pulvertaft achèterait le plaignant, propriétaire de la maison d'Old Ford où Peg avait été pris en flagrant délit de violation de domicile.

Assis en conférence avec un inconnu, légèrement à l'écart du groupe, Barney eut un rire sardonique en entendant cela :

– Pour sûr, comme il l'a fait pour moi en 17 !

Son compagnon, qui avait une des plus belles têtes de fripouille que j'aie jamais vues – elle me rappelait la marotte de Mr Pentecost ! –, rit lui aussi et commenta :

– Je me souviens de ça, Barney ! T'en avais pris pour sept ans, s'pas. C'était Limping Jem qui t'avait vendu, même que le marchand de mou lui avait filé un poney en paiement !

La conversation vira sur les juges : lequel de ces robins était honnête et capable de tenir sa parole ? Le visiteur, que les autres appelaient Mr Lavender, raconta l'histoire d'un « vieux crabe » qui s'était fait graisser la patte et qui était revenu sur sa promesse en laissant le prévenu « passer à la casserole ». Tout le monde jeta les hauts cris, rivalisant de qualificatifs pour exprimer son indignation devant une telle conduite.

– Comment se présente le coup d'en ce moment ? s'enquit Mr Lavender, sur le ton de la conversation.

Quelques-uns baissèrent les yeux, vaguement gênés, mais Barney décréta :

– Voyons, z'avez pas à vous gêner devant lui !

Ils évoquèrent alors le genre de négoce que m'avait décrit Barney.

Au cours de la discussion, entendant mentionner des « billets truqués », je m'exclamai, indigné :

– Mais, Barney, vous m'aviez expliqué que c'étaient de vrais effets que vous aviez à négocier, et qu'il n'y avait rien de malhonnête là-dedans !

Un éclat de rire général salua mes paroles et Mr Lavender ne fut pas en reste.

Barney, qui avait beaucoup bu, répondit :

– T'es un sacré naïf, toi ! Les billets truqués sont encore meilleur marché que les autres, à l'achat.

Je nageais en pleine confusion : ces gens-là étaient bel et bien des escrocs, après tout !

– Mais alors, pourquoi avoir renvoyé Nan parce qu'elle avait chapardé ?

– Sois donc pas borné comme ça ! s'écria Barney, tandis que les autres se gaussaient de moi. C'était rapport à ce qu'elle piquait pour son propre compte, en risquant de nous faire tous pincer ! Notre bande à nous, c'est la haute de la pègre, et y nous faut des manières de la haute.

Pendant que je réfléchissais aux conséquences de cette découverte, l'invité de Barney prit congé. J'étais horrifié d'apprendre quelle sorte de gens je côtoyais là – ou plutôt je croyais l'être. Certes, je savais que j'aurais dû être choqué, mais je n'arrivais pas à me convaincre que ces gens-là étaient mauvais et qu'ils faisaient le mal – du reste, qu'est-ce que cela voulait dire ? Il est vrai qu'il y avait quelque chose qui me gênait chez certains : chez Barney, par moments, et chez d'autres, en permanence – chez Will, surtout. Pour la plupart, ils étaient au pis irresponsables et égoïstes. La théorie de Mr Pentecost, qui voyait dans la loi une construction arbitraire destinée à protéger les riches, me revint à l'esprit : il avait raison. Comment avais-je jamais pu croire aux idées de Mr Silverlight qui défendait une morale supérieure à laquelle il faudrait obéir, qu'elle s'accordât ou non avec la loi ? Il m'apparaissait au contraire que le calcul égoïste était le seul mobile qui poussât chacun de nous à respecter ou à enfreindre la loi. Et si ces gens-là choisissaient de prendre le risque d'y contrevenir, avec tous les dangers que cela comportait et qu'ils ne connaissaient que trop, voilà plutôt un courage qui à mes yeux forçait l'admiration.

– Donc, ça marche pour Henrietta Street à Noël… conclut

Mr Lavender à la porte du salon. Nos gars se tiendront à l'écart, ce soir-là.

Barney et lui échangèrent une poignée de main et, quand il eut reconduit le visiteur, Barney rentra dans la pièce en déclarant :

– Ma foi, v'là un gentleman pour causer affaires ou j' m'y connais pas !

Après tout, les gens respectables, j'en avais tâté : les Mrs Fortisquince, Mr Sancious et autres sir Perceval. Repensant à la manière dont ils avaient agi, je ne me sentais guère enclin à condamner le vol et la fraude que pratiquaient les gens d'ici. Ne m'avaient-ils pas recueilli, et fourni le gîte et le couvert, alors que ceux dont c'eût été le devoir s'étaient contentés de nous harceler, ma mère et moi, nous acculant à la misère ? Ces réflexions finirent par modifier du tout au tout l'opinion que je m'étais faite de mes compagnons : j'en arrivai à me dire que c'était moi, le parasite vivant à leurs crochets sans rien donner en échange.

Je fus brusquement tiré de ma rêverie par une bourrade amicale dans le bras :

– Dis donc, p'tit, un jour tu seras vraiment des nôtres, pas vrai ?

C'était Sam, qui me regardait en souriant de toutes ses dents dorées.

Je m'empressai de signifier mon accord d'un signe de tête :

– Ah oui, ça me plairait bien !

– Alors, tu peux venir à la feinte de Noël avec nous, déclara Barney.

– Tu verras, reprit Sam. Y a pas grand-chose de comparable. C'est comme si tu misais très gros avec toutes les chances de ton côté !

– Mais en risquant de tout perdre si elles se retournent contre toi… ajouta Barney, serrant son foulard autour de son cou et tirant dessus d'un geste suggestif.

– Comment êtes-vous rentrés là-dedans, demandai-je à Sam ?

– Moi ? J'ai jamais rien connu d'autre, mon bel agneau ! J' suis tombé dedans à la naissance. J'ai goûté du cachot à huit ans, et j'en avais pas treize quand le fouet m'a labouré l'échine pour la première fois. Mais j'étais qu'un p'tit voyou à la manque, avant de rencontrer Barney.

Son chef et ami rit à ces mots et enchaîna :

– C'était du temps que je dressais l'oreille quand une cloche sonnait le glas quèqu' part.

L'éclat bleu de son regard se posa sur moi :

– Tu vois le genre de coup que j' veux dire, non ?

Je fis oui de la tête, bien décidé à ne souffler mot de mes rapports avec Isbister.

– Rien d'illégal là-d'dans, pisque, selon la loi, les cadavres n'appartiennent à personne, dame ! expliqua Barney.

Cette précision juridique déclencha l'hilarité générale :

– Hé, Barney ! De ce train-là, tu finiras par faire tomber nos têtes à Old Bailey ! taquina Sam. C'est-ti que ton ami l'homme de loi t'aurait pris comme apprenti, des fois ?

Barney, qui avait lourdement caressé la bouteille, ignora la plaisanterie et poursuivit :

– Ça remonte à plus de dix ans, ce que je raconte là. Avant de connaître Sam et Jack, je travaillais avec Jerry Isbister, le marchand de mou, et Peg. Notre négoce marchait ben, et pis ça été la bisbille : moi et le marchand de mou contre Isbister et Peg. Le marchand de mou, y croyait dur comme fer que Peg avait cafté sur son frère, çui qui s'était fait pincer pour avoir esbigné une taule. Lui, là ! fit-il en brandissant sa pipe.

Voyant que je ne comprenais pas, il me montra le fourneau de son brûle-gueule, expliquant que c'était un souvenir sculpté dans le tibia du frère du marchand de mou, os que Barney avait récupéré – non sans difficulté – après l'envoi du cadavre à la dissection publique. L'anecdote déclencha toute une discussion pour savoir si cette pratique était plus ou moins dégradante que l'ancienne méthode, qui voulait que les condamnés une fois exécutés fussent exposés à un carrefour, le corps non seulement enfermé dans un calicot goudronné pour maintenir le squelette, mais encerclé de cerceaux soudés sur place, eux-mêmes rattachés à la potence par de solides chaînes. Il me souvint de l'objet dont la vue avait fait frémir ma mère, dans le coche qui nous emmenait loin de Melthorpe, et que je n'avais pas su identifier à l'époque, malgré l'intérêt que je portais au Gibet.

Barney reprit le fil de son récit :

– Alors, moi et le marchand de mou, on s'a mis au turbin du côté du Borough et, vu qu'y avait trop à faire pour nous deux, on s'a cherché des poteaux. C'est comme ça que Sam nous a rejoints, et après ça, Jack. Et toi t'étais encore qu'un mioche, à c't' heure, ajouta-t-il en se tournant vers moi. On a fait quèqu's coups, aussi, et c'est là-d'sus qu'on nous a vendus, un ou deux ans plus tard. On a été obligés de partir chacun de son côté, les jambes à son cou ! Par la suite, j'ai su que c'était le marchand de mou qu'avait bonni. Qu'y brûle en enfer, çui-là ! Y devait croire que j'avais trempé dans le mouchardage de son frère. C'est pourquoi que j'ai dû débiner de Londres et remonter vers le Nord, d'où c'est que viennent les miens.

Il frissonna d'y repenser :

– Saleté de coin ! Rien que des arbres et des champs partout ! Bon, je me planque là, discret – j' dis pas que j'ai pas fait un ou deux p'tits coups, note ben ! Mais dès que ça me paraît sûr de repartir, retour à Londres. Une bourde, et de taille, que c'était là : deux jours après, on me chopait. Un gars de Daniel avait dû casser le morceau – longtemps, j'ai été sans savoir comment que Daniel y s'y était pris. Après ça, j'ai fait deux ans d'apprentissage dans la marine à Gravesend.

Les autres s'esclaffèrent, reconnaissant l'allusion aux navires-prisons.

– Quand j'ai réussi à me payer la sortie, moi et Sam et Jack, on a repris le boulot de la viande en sac. Sauf que le marchand de mou, y tenait le haut du pavé, maintenant, de l'autre côté de la rivière. Alors on a décidé de lâcher, et de le laisser se débrouiller avec Isbister. C'était ben joué, pour sûr, pasque l'an dernier, il a fait son sort au vieux Jerry.

Je compris qu'il parlait de l'attaque du cimetière de Southwark à laquelle j'avais assisté.

– C'est à peu près à ce moment-là que j'ai fait accointance d'un homme de loi futé. (C'est rapport à lui qu'on se trouve dans c'te crèche, mais c'est une longue histoire qui peut attendre à un autre jour.) C'est lui qui m'a mis sur le coup des billets à ordre.

Là-dessus, il me toisa et ajouta avec un sourire rusé :

– Attends, t'sais pas encore la meilleure !

Poll la Carotte lui lança d'un ton moqueur :

– Oh toi, t'es toujours à te vanter de ce que t'as fait, s'pas, Barney ?

– Vous avez « soulagé » quelqu'un ? demandai-je.

Barney sourit et se toucha le nez.

Un frisson d'excitation me parcourut : j'étais sûr d'avoir visé juste.

– Quand ça ? Qui était-ce ? le pressai-je.

– Un homme de la haute. Y a longtemps. Quel âge que t'as ?

Je le lui dis.

– Dans c' cas, c'était un an avant que tu sois né, même.

Il ne devait pas en dire davantage, mais j'avais déjà suffisamment matière à réflexion. Puisque rien dans son récit n'expliquait la présence de Jack aux côtés de Pulvertaft, la nuit où je les avais vus à Southwark, j'en déduisis qu'il n'était pas au courant. Par conséquent, Jack était certainement l'informateur de Pulvertaft au sein de la bande ! En se servant de moi pour envoyer son message, celui-ci avait prévenu Barney et les autres qu'il savait ce qu'ils tramaient – j'avais enfin compris que la fameuse « feinte » était une entreprise délictueuse ! Apparemment, Pulvertaft exigeait sa part du butin.

C'est à peu près une semaine plus tard que Peg fut appelé à comparaître devant le parquet du King's Bench, à Old Bailey. Jack, Sally et Meg se rendirent au procès et décrivirent l'audience en ces termes :

– Sûr qu'il avait l'air ben penaud, le vieux Peg, quand il a vu le procureur en face lui, s'exclama Jack, déclenchant le rire des autres, hormis Meg qui était en larmes.

Or, Pulvertaft ayant négligé d'acheter le ministère public, Peg fut déclaré coupable et réincarcéré à Newgate.

Il fallait maintenant patienter quelques jours pour connaître la sentence, car les peines étaient annoncées aux condamnés toutes ensemble, à la fin de la session judiciaire. Peg avait encore la chance d'être un des derniers à comparaître : certains attendaient leur verdict depuis plus de six semaines. On m'expliqua qu'à Old Bailey, le « gerbier » avait coutume de condamner à mort presque tous les coupables de délits graves, mais que les choses n'en restaient pas là, ensuite. Comme prévu, Peg fut bel et bien condamné à la peine capitale et transféré à la « salière », la cellule des condamnés à mort située dans la cour de la Conscription obligatoire, à deux pas de New Drop (le lieu d'exécution). Peg devait y attendre le rapport du président de la cour, en espérant un sursis. Mais, deux semaines plus tard, sa sentence était confirmée.

Les meurtriers étaient exécutés sans délais, mais les condamnés à mort pour des délits autres que l'homicide voyaient leur cas déféré devant le roi en conseil. C'était la dernière chance, après quoi il ne restait plus que l'appel au secrétaire d'État, une procédure qui nécessitait plus d'argent et d'influence que n'en avaient les amis de Peg – à supposer qu'ils voulussent le sauver.

Le 15 décembre au soir, une partie de la bande se rendit à Newgate pour y attendre la nouvelle du sort de Peg : le président de la cour avait coutume d'apporter directement de Windsor les décisions du roi, et il arrivait assez tard. Le reste de la compagnie, dont j'étais, passa également la soirée à s'interroger sur le dénouement. J'imaginais la scène, telle qu'on me l'avait décrite : la foule inquiète des parents et amis se pressant à la sinistre porte, l'approche de la calèche précédée de ses cavaliers d'escorte, le gouverneur sortant à la rencontre de *Black Jack* (le président de la cour) en compagnie de l'*ordinaire* (le chapelain), la longue attente pendant que ces messieurs allaient de cellule en cellule porter l'annonce de vie ou de mort à chaque condamné. Enfin, le chef de la prison se rendait à la porte et lisait à haute voix à la famille et aux amis la liste des prisonniers bénéficiant du sursis.

Il devait être dans les deux heures du matin quand Sally, Jack, Meg (pleurant comme une folle) et les autres firent irruption dans la salle : Peg ne figurait pas sur la liste des chanceux. L'exécution aurait lieu dans six jours.

Lorsque retomba le tumulte suscité par la nouvelle, Barney, Jack et Sam tapèrent dans leurs mains pour réclamer le silence, et Barney déclara :

– Écoutez bien ! Notre p'tite fête de Noël à Henrietta Street : on va l'avancer d'quèqu's jours.

Des cris de surprise et des protestations fusèrent, tandis que Barney et les deux autres échangeaient des sourires entendus.

– Quel jour, alors ? demanda Billingsgate.

– T'occupe ! répliqua Barney.

– Et pourquoi qu'on change ? s'exclama Will.

– Rapport au marchand de mou, répliqua Barney. Vu qu'y pense que c'est prévu pour la veille d'Noël, comme ça, on l' prendra par surprise.

– Sûr qu' non, objecta Will. Tant qu'y a quelqu'un ici qu'espionne pour son compte !

Barney, Sam et Jack affichaient de petits sourires suffisants.

– Mais y a personne qui cafarde pour son compte ! affirma Jack.

Une volée de questions s'abattit sur les trois compères :

– Qu'est que ça veut dire ? On nous a bien raconté qu'y avait un espion parmi nous, pas vrai ?

– Si, et y en avait ben un, acquiesça Barney, mais y en a plus.

– Tu veux dire que c'était Nan ? s'indigna Will.

– Parfaitement, confirma Sam. Moi, Barney et Jack, on savait que c'était elle. Le jour qu'on en a tous causé, là, quand le p'tit a apporté le message du marchand de mou, nous trois on a discuté, après. On était d'accord que ça suffisait pas de découvrir qui c'était le mouchard de Daniel et de le faire taire, pasque l'autre saurait ben trouver un nouveau moyen de nous coiffer au poteau. Alors, on a décidé de s'arranger pour qu'y se doute pas qu'on savait, rapport à Nan qu'était sa mouche. Comme ça, y s'en tiendra à son plan. Nan a dû lui raconter qu'elle s'était fait jeter de la bande à cause que Sal l'avait débinée.

Jack l'interrompit :

– Voyez, on s'était mis d'accord que je dirais à Sally qu'on savait que Nan mouchardait pour le compte du marchand de mou, et j'avais demandé à Sally de faire comme si qu'elle était jalouse pour Nan et moi.

Un concert d'exclamations et de sifflets accueillit la révélation du stratagème avec une bienveillance amusée. Jack jeta un coup d'œil complice à Sally qui souriait de toutes ses dents en promenant un regard fier sur toute la compagnie : elle avait été très maligne, n'est-ce pas !

– Sally, elle a très ben joué son rôle, poursuivit Barney. Nan, elle croit que l'autre a fourré les bijoux dans ses affaires par pure méchanceté, et elle se doute pas que c'est rapport à ce qu'elle est le mouchard de Pulvertaft.

Pendant ce temps-là, Sally goûtait avec un plaisir non dissimulé les compliments que lui valaient ses talents de comédienne.

Seul Will faisait un long nez :

– Moi, je crois pas que c'était Nan la moucharde.

– Ah ! vraiment, Will ? ricana Barney. Figure-toi que Jack et moi, on lui a filé le train, un soir, et elle est allée tout droit à la crèche de Daniel, du côté d'Old Mint.

Will s'empourpra, enrageant devant les preuves de sa défaite. Je repensai au jour où j'avais surpris la conversation de Barney et Jack, juste avant la mise en accusation de Nan. Manifestement, le récit d'aujourd'hui expliquait leurs paroles d'alors, bien que tout cela ne me parût pas encore bien clair, quand j'essayais d'aligner les faits.

– Bon, on vous a pas annoncé le nouveau jour de la feinte, poursuivit Barney. Et on le fera seulement qu'au tout dernier moment. Et pour pas qu'y en ait qu'aillent raconter ça au marchand de mou, même sans faire exprès, à partir d'aujourd'hui et jusqu'après l'affaire, personne a plus le droit de sortir seul.

– Quoi ! fit Will, sardonique. Même toi ?

– Ben sûr que *moi*, j'peux, répliqua Barney. Mais personne d'autre, pas même Jack ou Sam. Quand on sortira ensemble pour le turbin, chacun devra surveiller les autres, pour être sûr que personne rencontre personne pour lui passer un message. Et la porte d'ici sera gardée pour pas qu'y en ait un qui tente de filer en douce.

Ces mesures ne suscitèrent aucun enthousiasme mais, nécessité faisant loi, tout le monde s'y plia, quoique à contrecœur.

C'est ainsi que la porte donnant sur la rue, seule issue de la maison, fut dorénavant gardée nuit et jour.

Le lendemain – ou après la période de sommeil suivante, devrais-je dire – je rencontrai Sally dans le hall, qui m'annonça de but en blanc :

– Allez, viens, prépare-toi. On va dans le West End.

– Pour quoi faire ? demandai-je

J'avais l'impression qu'il était tard dans la soirée.

– Pasque Barney l'a dit, répondit-elle. Allez, file, et que ça saute !

– Je suis prêt, répliquai-je.

Elle me toisa d'un regard désapprobateur :

– C'est-ti tes meilleures fringues ?

Elle-même portait une robe de soie bleue sous un châle en cachemire.

– Ce sont les *seules* que j'aie !

– Hé ben, t'en as besoin d'autres ! commenta-t-elle, énigmatique. Arrive, Sam, appela-t-elle.

Celui-ci émergea du Salon Rouge, et Will – qui était de garde – nous ouvrit la porte.

Je fus étonné de voir qu'on était en plein jour. Quel drôle d'effet malgré tout de sortir après être resté si longtemps claquemuré – j'avais presque peur ! Sam avait mission de nous accompagner, semblait-il, mais tandis que nous traversions le secteur à moitié construit pour rejoindre la route de Vauxhall Bridge, je m'aperçus que ni Sally ni lui ne me répondaient quand je les questionnais, occupés qu'ils étaient dans un marivaudage qui détournait leur attention de ma petite personne.

Nous prîmes un fiacre à la première station. Le cocher fit grise mine devant mes hardes, mais sembla rassuré par la magnificence de la mise de Sally et de Sam, lui aussi tiré à quatre épingles. Ce dernier nous fit conduire à Shepherds Market, où la voiture devait nous attendre avant de nous mener à Bond Street, où une autre « affaire » nous appelait, ajouta-t-il (j'admirai la formule).

– Qu'allons-nous faire à Shepherds Market ? demandai-je.

– Tu peux pas rentrer nippé comme ça dans une boutique respectable, répondit Sally tandis que nous montions en voiture.

Je n'étais pas plus avancé.

Mes compagnons s'assirent l'un à côté de l'autre, face à moi. Le fiacre démarra et Sam tenta de passer le bras autour de la taille de Sally, qui commença par glousser avec un rire de coquette, lui demandant, l'air provocant, de ne pas se montrer si stupide. Mais elle finit par prendre ombrage de ses manœuvres :

– Arrête donc, Sam ! s'écria-t-elle, impatiente.

Il se mit à bouder et passa le reste du trajet à regarder par la vitre.

Arrivés à l'entrée du marché, nous y laissâmes le fiacre pour nous rendre dans une échoppe de vêtements d'occasion. Terriblement déçu à l'idée de ne pas être habillé aussi joliment que les autres, j'étais en même temps gêné d'avoir à accepter un don de leur part. Cependant, il n'y avait pas moyen de faire autrement, et j'aidai Sally à me choisir quelques vêtements décents.

– Ils ne sont pas trop chers ? demandai-je en voyant ce que Sally avait en main.

Elle éclata de rire :

– Barney m'a donné plus d'argent qu'y n'en faut !

– Et pourquoi Barney dépenserait-il son argent à me vêtir ?

Sally échangea un coup d'œil de connivence avec Sam.

– Faut qu'tu soyes beau pour la Grande Ripaille, non ? fit-elle. Et puis, qui te dit que tu seras pas en mesure de rendre la politesse ?

J'étais en train de m'interroger sur le sens de ses paroles quand le marchand m'indiqua un coin de l'arrière-boutique où je pouvais aller essayer les vêtements que nous avions choisis.

Étonné, je vis Sam laisser Sally toute seule et venir se poster près de la porte de derrière. Ôtant mes oripeaux, j'enfilai mes nouveaux habits et vins me présenter devant Sally qui se déclara satisfaite, quoique dans des termes qui ne cachaient guère sa réticence.

– Qu'est-ce que je fais de ça, Mam'zelle ? demanda le boutiquier en désignant mes hardes à Sally.

– Brûlez-les, fit-elle avec un léger haut-le-corps.

Nous reprîmes place dans le fiacre, qui s'ébranla aussitôt.

Nous étions déjà dans Piccadilly, quand Sam déclara soudain :

– J'ai quèqu' chose à faire. Je vous retrouve à la boutique.

Passant la tête par la portière, il héla le cocher. La voiture s'arrêta, il sauta sur le trottoir et se fondit dans la foule.

– Pourquoi allons-nous à Bond Street ? m'enquis-je.

– Pour commander tes nouvelles frusques ! répliqua Sally, agacée. Ma foi, t'es vraiment lent de la comprenette, Johnnie ! Quel âge que t'as ?

Je le lui dis, et elle commenta :

– Tu fais moins, p't-être pasque t'es pas grand pour tes années. J'ai un frère qu'est à peu près de ton âge, ou un peu moins. Mais y fait plus vieux que toi par bien des côtés.

Quel renseignement intéressant, surtout si Barney était vraiment son « oncle » ! A supposer que cette appellation ne fût ni un surnom ni une plaisanterie, Barney ne serait pas le mari de Mrs Digweed, comme je l'avais supposé, mais son beau-frère. Auquel cas, le petit frère de Sally pourrait bien n'être autre que Joey. Je fouillai dans ma mémoire : le garçon, ou sa mère, avait-il jamais mentionné l'existence d'une sœur aînée, et si oui, portait-elle ce nom-là ?

– Où habite votre frère et comment s'appelle-t-il ?

– Oh ! il habite chez mes parents, répondit-elle. Mais je les ai point revus depuis que j' suis avec Barney.

– Est-il vraiment votre oncle ?

Je mourais d'envie de lui demander si le nom de famille de Barney était bien Digweed, mais je me rappelais m'être engagé à ne plus mentionner ce patronyme.

Elle me jeta un regard incisif :

– Les gens se questionnent pas entre eux, dans la compagnie. Ça se fait pas dans les affaires, qu'y dit, Barney. Alors, que je t'y reprenne plus jamais, compris ?

Je fis oui de la tête.

– Et ça vaut tout pareil si quelqu'un te pose des questions : tu réponds pas, n'importe qui qui te les pose, ajouta-t-elle avec une certaine insistance.

Nous arrivions à Bond Street. Sally régla la course et nous pénétrâmes dans les somptueux salons d'un faiseur où l'on prit mes mesures pour m'habiller de pied en cap. Le rituel tirait à sa fin quand Sam arriva tout à loisir, allumant un petit cigare avec la superbe désinvolture d'un jeune lion en goguette.

– Raconte à personne que je me suis éclipsé, hein ! fit-il d'un air dégagé.

Nous rentrâmes en fiacre. Je n'étais pas peu fier à la perspective de la belle tournure que j'aurais dans ma nouvelle tenue, mais un doute me travaillait : pourquoi Sam avait-il désobéi aux ordres de Barney ?

Je passai la semaine suivante à spéculer sur la situation de Peg et sur son état d'esprit, mes compagnons prenant plaisir à dissiper mon ignorance des coutumes et des rites qui président à la mort infligée par sentence. Comme il fallait arriver tôt afin d'être bien placé pour la pendaison, où nous devions tous nous rendre, il fut décidé de tenir une grande « bacchanale », la veille au soir, et de partir ensuite tous ensemble pour Newgate. Mes vêtements neufs avaient été livrés et j'allais les étrenner à l'occasion de cet événement solennel. Pendant que les autres dansaient au son du crincrin de Sam, je m'assis près de Barney qui me décrivit ce qui était en train de se passer à la prison : Peg et les autres condamnés à la pendaison se trouvaient à la chapelle où, assis sur un banc peint en noir, ils allaient entendre un prêche sur la mort tout en contemplant devant eux l'alignement des cercueils encore vides et drapés de noir où l'on coucherait le lendemain leurs dépouilles.

– Pauv' vieux Peg, soupira Bob. Tu crois qu'y va mourir en coq ou en capon ?

– Fier comme un coq, répondit Barney. J' te parie une couronne, à six contre quatre.

Bob ayant accepté le pari, j'interrogeai Barney :

– Comment Peg en est-il venu à travailler avec le marchand de mou, sachant que ce dernier le soupçonnait d'avoir tout déballé sur son frère ?

Jack et Sally, qui venaient de se livrer à une danse effrénée, se jetèrent sur le sofa, à côté de nous.

– Eh ben, v'là comment que ça s'est fait. Depuis que Sam, Jack et moi, on avait lâché la branche de la viande en sac, le marchand de mou et Jerry Isbister n'arrêtaient pas de se battre pour reprendre l'affaire. Et puis, y a près d'un an, le marchand de mou a emporté le morceau, comme il avait fait avec moi. Apparemment, il s'a réconcilié avec Peg, il y a dit qu'y s'avait gouré en le prenant pour une mouche.

Des rires fusèrent et Jack s'exclama :

– Fallait vraiment que Peg soit un sacré ballot !

– Et il y a graissé la patte, aussi, reprit Barney, pour qu'il attire le vieux Jerry dans un piège, au Borough. Paraît que ça été une sacrée mêlée : le vieux Jerry s'a pris une belle rossée et un de ses gars s'a fait larder. Fini la bande à Jerry ! A ce que j' sais, il a dû reprendre du service dans les charrettes ! Peg s'a mis à bosser avec le marchand de mou, qu'a dû cafarder pour venger son frère, je crois ben : j' parierais même qu'il avait calculé son coup depuis le début !

– Vous avez dit que quelqu'un s'était fait poignarder ? demandai-je.

– Ouais, confirma Barney d'un ton dégagé. Qui que c'était donc, çui-là ? Tu le sais, toi, Bob ?

– Un gaillard qui s'appelait Jem, à ce que j'ai entendu. Même qu'il est mort.

Mon cœur battait à tout rompre : je revoyais l'homme gisant dans le fossé. Je n'avais jamais songé à une telle explication.

Sans réfléchir à ce que je disais, je me tournai vers Jack et lâchai :

– Vous avez vu qui l'a « lardé » ?

Il y eut un silence. Interdits, les autres nous regardaient alternativement, Jack et moi. Ils étaient moins surpris par ma question que par la réaction de Jack, qui était devenu blême et avait bredouillé des paroles vagues. Barney, qui ne nous avait pas quittés des yeux, me dit alors :

– Ma parole, j' crois ben que t'as pas compris la moitié de ce que j' t'ai raconté ! Jack travaillait pas avec Isbister, à c't' époque-là. Ça remonte à des années, c't' histoire.

– Et comment ! fit Jack avec un sourire mal assuré.

Sally le fixait d'un œil déconcerté. Bien que m'efforçant de ne pas le regarder, je le surpris quelques minutes plus tard à m'observer attentivement. J'avais tué l'ambiance de la soirée avec ma gaffe, et les gens se taisaient. Sam continuait à violoner furieusement sur son crincrin : ses dents lançant des éclats dorés à travers la broussaille de sa barbe noire, il souriait aux danseurs et les encourageait de la tête, tout en sautillant parmi les couples virevoltants. Barney jeta à plusieurs reprises un coup d'œil rapide vers moi, puis vers Jack.

– Allez, c'est temps de lever le camp ! proclama-t-il bientôt.

Tandis que Bob se hâtait d'aller quérir des fiacres à la station la plus proche, je montai chercher mon nouveau surtout car il commençait à faire frisquet.

Jem était mort ! Assassiné, en réalité, par l'entremise de Peg, de mèche avec Pulvertaft pour attirer ses compagnons dans un piège à Southwark. Peut-être était-ce un sentiment bizarre après ce que je venais d'apprendre, mais j'éprouvai une soudaine répulsion à l'idée d'aller voir pendre l'auteur de cette mortelle embuscade.

Je descendais dans le noir les marches du périlleux escalier quand j'entendis du bruit sur le palier d'au-dessus : quelqu'un m'attrapa par-derrière et me cogna la tête contre le mur. A la faible lueur du clair de lune qui filtrait entre les planches barrant la fenêtre, je distinguai tout juste le visage qui se pressait au-dessus du mien et dont les traits n'avaient plus rien de la beauté et de la bonhomie coutumières de Jack.

– Pourquoi que t'as raconté ça ?

– C'était une erreur ! Je ne vous ai pas vu. Et puis, bêtement, j'ajoutai : Ils portaient des masques.

– Alors, tu sais de quoi je cause, siffla-t-il, les dents serrées, me tapant la tête contre le mur au rythme de ses paroles.

Par ma réponse, je n'avais fait qu'aggraver mon cas !

Et puis il murmura, doucereux :

– Tu dis encore un seul mot là-d'sus, et t'es mort !

Un instant plus tard, il était reparti.

Je m'attardai sur le palier : dans quelle situation lamentable je me trouvais ! Que valait ma vie à présent ? Pourquoi hésitait-il à me faire taire pour de bon ? Il fallait absolument que je m'enfuie. Je refuserais de les accompagner, tout à l'heure, et je tenterais le coup quand il n'y aurait plus personne à la maison.

Tandis que les compères s'assemblaient dans le hall, mis comme des princes, riant et plaisantant comme s'ils se rendaient à une autre fête, je déclarai à Barney :

– Je ne veux pas y aller.

Il me toisa d'un regard qui me rappela le jour de mon arrivée et, m'attrapant par le bras, il m'entraîna vers les fiacres alignés devant la maison. Il me poussa dans une voiture où il monta avec moi en claquant la porte.

Le fiacre démarra et Barney tourna sa grosse tête vers moi, resserrant l'étau de sa main sur mon bras au point que la douleur me devint insupportable. Terrifié à l'idée qu'il allait m'interroger sur le sens de mon allusion à Jack, je fus très surpris de l'entendre dire :

– C'était un tuyau crevé, ce que tu m'as raconté sur ta mère ! Son nom, sa paroisse.

Comment pouvait-il savoir que j'avais menti, et en quoi cela l'intéressait-il ?

Avec un sourire plus effrayant que la plus terrible des grimaces, il ajouta :

– Et si tu m'disais la vérité, hein ?

Je secouai la tête en signe de protestation :

– Mais c'était la vérité !

Il se cala sur la banquette :

– Eh ben, on verra, conclut-il.

Nous arrivâmes à Newgate au milieu de la nuit, ce qui ne nous empêcha pas d'y trouver un grand concours de peuple massé devant la porte du Débiteur, battant la semelle et se frottant les mains pour combattre la morsure du froid. Des coups de marteau se firent entendre au voisinage du bâtiment. Nous eûmes beaucoup de mal à nous frayer un chemin pour nous approcher, mais Sam me prit gentiment sur ses épaules et je réussis à voir le New Drop – l'ancien échafaud, normalement dressé dans la cour de la Conscription obligatoire, et qu'on était en train de monter dans Newgate Street, devant la prison. Pour passer le temps, mes compagnons plaisantaient sur le prix qu'atteindraient les différents morceaux du corps du condamné, après la dissection du cadavre. Prenaient-ils ce ton désinvolte pour mieux dissimuler leurs sentiments, ou bien étaient-ils vraiment insensibles au fait qu'à quelques toises d'ici, deux hommes – car il y en avait un autre, en plus de Peg – attendaient en ce moment même dans leur cellule le bruit de pas qui leur signalerait l'arrivée du shérif et de ses seconds ? Insensibles à la perte d'un compagnon – même s'il les avait par la suite trahis –, et pour l'une, d'un amant ?

Des camelots parcouraient déjà la foule, citant les « tristes lamentations » et la « complainte de l'exécution » que les misérables condamnés étaient censés avoir composées eux-mêmes. Or, Peg ne savait même pas écrire son nom, Sally m'en assura ! Les colporteurs vendaient aussi une prétendue biographie des pauvres diables qui contenait déjà le récit de leur exécution – preuve, s'il en fallait, de l'inauthenticité de leur fable !

– Il a vendu son histoire pour payer son enterrement, expliqua Sam.

– Pour enterrer ce qui restera de lui, plutôt ! plaisanta Will allégrement.

A sept heures précises, une cloche se mit à sonner : la foule l'accueillit avec des exclamations étouffées.

Reconnaissant cette cloche, je me retournai : juste derrière moi se dressait l'église du Saint-Sépulcre où ma mère et moi nous étions arrêtés un instant dans notre fuite devant Mr Barbellion, le jour où Miss Quilliam l'avait amené à Orchard Street. Je compris rétrospectivement l'effroi de ma mère en entendant la longue et sinistre plainte du bourdon, si tristement familière aux Londoniens, puisqu'elle sonne le glas des misérables qui ont le malheur d'entendre proclamer l'imminence de leur propre mort. Un peu plus loin, j'avisai aussi l'enseigne à tête de Sarrasin qui avait également alarmé ma mère – j'ignorais pourquoi.

– Y sont en train d' les amener dans la salle de la Conscription, fit Barney, le visage très concentré. Y leur enlèvent les fers et y les ligotent.

Une minute avant huit heures, un mouvement se dessina vers la porte du Débiteur et des acclamations s'élevèrent de la foule, devant nous.

– Qu'est-ce qu'y se passe, John ? m'implora Sally, car j'avais la meilleure vue, perché sur les épaules de Sam.

– Les voilà ! m'écriai-je. Il y a un groupe d'hommes, dont certains en livrée verte et qui portent des piques.

– Le shérif et ses seconds, expliqua Jack.

Je décrivis les autres, que mes compagnons identifièrent comme étant le gouverneur et le City Marshal.

– Il y en a un qui vient de sortir avec un masque sur la figure ! m'exclamai-je. Est-ce l'autre condamné à la pendaison ?

– Non, ça c'est Calcraft, ricana Barney.

Bien sûr ! C'était le bourreau – et non la victime – qui avait besoin de protéger son anonymat.

– Tu reconnaîtras Peg quand tu le verras, va ! ajouta Barney.

Les autres s'esclaffèrent.

Il ne s'était pas trompé, mais sans le savoir. L'homme qui franchit maintenant la porte était vêtu comme à l'ordinaire ; les poignets attachés devant lui avec une corde, il avançait d'une drôle de démarche, sans que je pusse voir pourquoi. C'est alors que Bob cria à la cantonade :

– Tordez-y pas le cou, à la pauvre patte ! Elle a rien fait de mal, elle !

Ainsi, il avait une jambe de bois ! Voilà d'où venait le cruel sobriquet de « Peg [1] ».

– Blueskin ! m'écriai-je en reconnaissant l'autre condamné.

Mon exclamation se perdit dans les rires déclenchés par la plaisanterie de Bob. Jack fut le seul à la saisir et il me décocha un regard que je n'ai jamais oublié.

Et puis la foule passa du rire à l'injonction : « Chapeaux ! Chapeaux ! »

Reprenant ce cri unanime, Barney et Sam ôtèrent les leurs et les tinrent à la main. Il y avait devant nous un gentilhomme qui n'enlevait pas son haut-de-forme.

Barney étendit le bras et balaya le couvre-chef d'un geste brusque :

– J'y vois que dalle, avec ton satané galure ! hurla-t-il.

– Alors, il est-ti fier comme un coq, ou plat comme bouse de vache ? demanda Bob.

J'expliquai que je n'arrivais pas à voir le visage de Peg, qui avait la tête baissée et légèrement détournée.

– Dis plutôt ce que tu peux voir, Johnnie, me pressa Sally.

– Il y a un homme en vêtements sacerdotaux qui marche à ses côtés et qui semble lire quelque chose à haute voix, dans son missel.

– Pardi, c'est l'ordinaire, et y lit l'Office des trépassés, commenta Sam avec une espèce de délectation respectueuse.

Tandis que les cloches continuaient à sonner lugubrement le glas, le bruit de la foule se fit murmure, comme si tous s'accordaient pour retenir ensemble leur souffle. Ordonnateurs et victimes de l'exécution se dirigèrent vers la sinistre estrade et y montèrent. Le prisonnier s'avança alors sur le devant de l'échafaud, tel un acteur prêt à déclamer un monologue, et j'eus l'impression qu'il me regardait droit dans les yeux. Les bras attachés, il leva les poings en forme de salut à la foule qui brisa le silence pour lui faire une

1. *Peg* désigne une cheville (de menuiserie), un piquet.

vibrante ovation. Un petit sourire sembla flotter sur ses lèvres. Puis les mille poitrines assemblées retinrent à nouveau leur souffle.

Barney envoya une bourrade sur l'épaule de Bob :

– J'ai gagné ! J' savais ben que Peg s'en tirerait avec les honneurs !

A l'insistance de mes compagnons, je dus leur décrire la scène qui suivit : les exécuteurs menèrent le condamné au-dessus de la trappe, le bourreau lui mit une coiffe qui lui retombait sur les yeux, et lui plaça un mouchoir blanc dans les mains.

– Quand y le laissera tomber, souffla Barney à voix basse, Calcraft ouvrira la trappe !

Une voix – celle du shérif, peut-être – cria :

– Silence !

La foule suspendit son souffle pendant une éternité.

Je vis le mouchoir s'agiter et je fermai les yeux un instant : un cri terrible fusa de mille gorges à la fois. Lorsque je rouvris les yeux, le corps pendait comme une marionnette. Les genoux avaient disparu sous l'échafaud.

Barney poussa un long soupir.

– Grâce à Diou ! s'écria Meg. Il est parti vite et proprement.

Puis elle éclata en sanglots.

– Y vont tordre le cou à l'autre, maint'nant, et y les décrocheront à neuf heures, expliqua Sam. Et pis Calcraft les mettra à poil, et y seront pris pour être coupés en morceaux. Qui qui veut aller voir ça ?

Meg fit non de la tête. Quant à moi, j'avais le cœur au bord des lèvres rien que d'y penser. Redescendu des épaules de Sam, j'allais profiter de la foule pour filer quand Barney se saisit de moi. M'attrapant fermement, il me maintint bien serré pendant la seconde exécution que je ne cherchai pas à voir. Et puis, sans lâcher son captif, il héla un fiacre. Quelques-uns restèrent pour assister à la dissection, mais la plupart rentrèrent à la maison. Pendant le trajet du retour, les compères, pour la plupart soûls, se chamaillèrent, tandis que Jack ne me quittait pas des yeux, et que je ne cessais de ressasser la même pensée : comment m'enfuir ?

V

Dans l'après-midi du même jour, Barney, Sam et Jack arrivèrent sans crier gare dans le Salon Rouge où nous nous tenions pour la plupart. Ils frappèrent dans leurs mains pour exiger notre attention.

– C'est pour ce soir ! lança Barney.

Tout le monde se mit à parler en même temps : excités et hilares, les compères paraissaient en proie à une joie sans mélange, même si l'on devinait de la peur sous les sourires de certains.

– Vous savez tous ce que vous avez à faire, déclara Sam. Alors, exécution !

Chacun s'employa à ses préparatifs : revêtant leurs plus beaux atours, les femmes peignirent et poudrèrent leurs minois pendant que les hommes faisaient grande toilette eux aussi, hormis Will et Bob, chargés de garder la maison. Consterné, j'avisai Sam en train de nettoyer et de charger un petit pistolet.

Au milieu de cette frénésie, Barney me fit signe de venir dans le hall :

– Mets tes frusques neuves, tu viens avec nous.

– Non, je ne viendrai pas.

Son visage se rembrunit et il répéta :

– Tu viendras pas ? Qu'est-ce que tu me chantes là, sacrebleu ?

Tout en parlant, il levait la main sur moi. Je réussis en partie à esquiver le coup – son poing m'accrocha le côté de la tête.

– Pourquoi que tu crois que je t'ai pris avec nous, hein ? hurlait-il. Pourquoi que tu crois que j'ai casqué pour tes fringues, hein ?

J'aurais bien aimé le savoir moi-même !

Au bord des larmes tant le coup m'avait fait mal, je lui répondis :

– Bon, je vais vous les rendre, et vous pourrez me laisser repartir.

– La ferme ! grogna-t-il. J'ai d'autres projets pour toi. Maint'nant, fais ce que je t'ai dit.

– Lâche-le un peu, Barney, protesta Sally qui descendait l'escalier, élégante dans une superbe robe de soie jaune que je ne lui connaissais pas.

– Boucle-la, mignonne. On a besoin d'un gamin, ce soir. Tu le sais ben.

– Je peux t'en procurer un, répliqua-t-elle calmement.

Barney la regarda d'un air étonné. Elle lui fit signe de s'approcher et ils tinrent conciliabule à voix basse pendant une minute ou deux. Convaincu, il hocha la tête et revint vers moi.

– La prochaine fois, tâche de faire ce que je te dis, ajouta-t-il en me tordant un bras derrière le dos pour souligner son propos. Pigé ?

Grimaçant de douleur, je fis oui de la tête. Puis il lâcha prise et me laissa partir avant de crier d'une voix de stentor :

– Will !

Celui-ci s'empressa d'accourir et Barney me désigna d'un geste :

– Toi et Bob, vous faites gaffe que le gamin y file pas pendant notre absence. Sinon, t'auras des comptes à me rendre !

Will signifia son assentiment d'un mouvement de tête, tout en me décochant un regard qui ne laissait pas de doute sur le plaisir qu'il aurait à m'attraper.

Lorsque arrivèrent les deux fiacres qui avaient été mandés, les compères y montèrent joyeusement, comme sur le point de se rendre à quelque brillante réception dans un bel hôtel particulier de Mayfair. Will et Bob bouclèrent soigneusement la porte sur la rue et s'installèrent au salon pour boire et jouer aux cartes.

Après les propos tenus par Barney, j'étais plus que jamais décidé à partir, mais je ne voyais pas comment m'y prendre. Passant adroitement de poutre en poutre, j'explorai la maison vide et plongée dans le noir ; une chandelle à la main, j'essayai toutes les planches qui barraient les fenêtres et la porte de derrière. Mais cet examen ne fit que confirmer que je n'avais aucune chance de sortir de là sans outils.

Quelle déception, car je ne pouvais guère espérer plus belle occasion ! Mais une idée me vint : c'était le moment rêvé pour lire en paix le carnet de ma mère. Même si Will et Bob venaient faire un tour à l'étage, je les entendrais approcher et j'aurais le temps de cacher le précieux objet. Je le tirai donc de sa cachette (y laissant le plan et l'ennuyeuse lettre de mon grand-père), et je m'installai confortablement sur mon lit de fortune, la bougie à mes côtés. J'ouvris alors le carnet et mon cœur se mit à battre la chamade en revoyant la main familière de ma mère.

TROISIÈME PARTIE

LA NUIT DE NOCES

I

PREMIER RÉCIT

Le 18 décembre 1819.

Mon très cher Johnnie,

Tu ne comprends pas, et c'est bien naturel. Comment le pourrais-tu ? Tu as été blessant, mais tu ne savais pas ce que tu disais. Tu ignores ce que signifie la présence de Mr Barbellion ici : cela veut dire que notre Ennemi a retrouvé notre trace. Et dire que c'est toi qui l'as amené jusqu'à nous ! Mais ce n'est pas ta faute, tu n'es pas assez grand pour comprendre. Je ne t'en veux pas vraiment. Je vais monter me réconcilier avec toi.

Tu dormais. Je t'ai regardé un moment, craignant que tu ne fasses semblant, mais je crois que tu étais réellement assoupi.

Je veux que tu saches tout, et j'ai donc décidé de coucher sur le papier le récit de ma vie avant ta naissance.

Tu n'en prendras connaissance que quand tu seras grand et en âge de comprendre tout ce que j'y raconte. Certains passages te seront pénibles à lire, comme ils le sont pour moi à écrire – si tant est que j'y parvienne. Je te donnerai à lire ce carnet à ton vingt et unième anniversaire, ou bien je m'arrangerai pour que tu le trouves à ma mort.

Le 19 décembre 1819.

Comme c'est étrange d'apprendre le décès de l'oncle Martin juste au moment où j'entreprends de te parler du passé ! Car une bonne part de ce que j'ai à te dire le concerne.

Je suis née dans la maison de mon père à Charing Cross où j'ai vécu avec lui jusqu'au jour de mon mariage, ma mère étant morte quand j'étais toute petite. Je ne t'en dirai pas l'emplacement exact, parce que je ne veux pas que tu ailles jamais là-bas. C'était une grosse bâtisse ancienne que notre famille habitait depuis de longues, longues années. Ç'avait été jadis une fort élégante demeure, semble-t-il, du temps de ses splendeurs. On avait vue sur les Jardins royaux de Northumberland House depuis le dernier étage. Mais ce quartier n'était déjà plus à la mode, à l'époque où se situent mes souvenirs.

Le voisinage n'était guère plaisant. Des soldats cantonnaient dans les auberges alentour, et ils me faisaient peur avec leurs tresses enduites de graisse et leurs rudes manières. Ils se battaient souvent. Et lorsque le roi tenait salon, des gardes se postaient tout autour du parc et nous interdisaient de passer pour aller nous promener, ma nourrice et moi. Nous n'avions plus qu'à rentrer à la maison, car le parc était le seul endroit où j'étais autorisée à sortir – et encore, uniquement en plein jour, bien que ce ne fût pas toujours une garantie suffisante de sécurité. On m'enjoignait invariablement de baisser les yeux quand nous longions le mur des Jardins royaux. Rummer Tavern se trouvait à deux pas, également.

C'était une drôle de maison, plutôt sinistre – comme elle l'est sans doute toujours, si elle n'a pas été détruite. Mon père racontait qu'elle se dressait sur le site d'un prieuré médiéval – Sainte-Marie-Rouncivall – et il m'avait souvent montré les vieilles sculptures qui ornaient encore l'arrière des maisons donnant sur l'impasse voisine, laquelle, d'après lui, faisait jadis partie du moutier. Notre maison se trouvait dans une impasse tranquille, en retrait de la rue ; elle avait une petite cour pavée où se dressait le porche abritant l'entrée. (L'actuelle façade avant était initialement celle de derrière, mais comme d'autres immeubles s'étaient ensuite construits entre la maison et la rue, on avait inversé les entrées et bâti un porche.) On pouvait aussi rejoindre la rue directement par une petite allée depuis la porte de derrière – c'est un détail important, j'essaierai un jour de t'expliquer pourquoi. C'était une vieille baraque énorme, avec des quantités de chambres sombres, basses de plafond et lambrissées de bois foncé, et un escalier monumental qui partait d'un grand hall dans lequel s'ouvraient toutes les pièces. Un sabre à lame recourbée, croisé avec une hallebarde, était suspendu au mur d'un côté du hall, et Mr Escreet me faisait toujours peur en me racontant que cette épée avait tué quelqu'un, des années auparavant.

Mon papa voyait très peu de monde puisqu'une seule chose l'intéressait. Nous n'avions pour ainsi dire pas de parents, papa ou son père s'étant brouillés avec la plupart. J'occupais deux petites chambres du deuxième étage, donnant sur l'arrière, près de celles de ma gouvernante, et c'était là que je me tenais d'habitude avec elle, ou plus souvent toute seule, car les préceptrices ne restaient jamais très longtemps, et c'est pourquoi je n'ai guère étudié, je le crains [1]. Papa passait le plus clair de son temps dans sa bibliothèque à lire des livres de droit et à rédiger des documents juridiques, quand il n'allait pas consulter ses conseillers en matière de loi à leur cabinet. Car, vois-tu, la seule chose qui lui importait, c'était de recouvrer ses droits de propriété sur le domaine Hougham, dont il estimait avoir été floué.

Mr Escreet était le seul autre habitant de la maison. C'était déjà un monsieur fort âgé quand j'étais petite fille, car il était dans la famille depuis le temps de mon arrière-grand-père. Encore tout jeune homme, il avait été une manière de secrétaire confidentiel pour lui, et maintenant, il aidait papa dans ses travaux de loi, puisqu'il avait toujours baigné dans le droit. C'était un vieux monsieur très gentil – bien qu'il se prît parfois de mélancolie sans que personne ne pût en discerner la raison (*Suivaient des mots barrés :* surtout quand il) – et c'était mon meilleur compagnon de jeu quand j'étais petite.

1. Ainsi s'explique que Mary use parfois d'une orthographe défaillante, dont la traduction a cru bon de ne conserver que quelques traces.

A part Mr Escreet, il y avait juste Mr Fortisquince, oncle Martin, comme je l'appelais alors – qui avait lui aussi des liens très anciens avec notre famille, son père ayant été intendant de Hougham du temps où mon arrière-grand-père possédait le domaine. Il était à peu près du même âge que papa, et ils avaient été élevés presque comme des frères. Vois-tu, mon grand-père était mort quand papa n'avait que quelques mois, et puis sa mère avait décédé quand il n'avait que trois ou quatre ans. La maman d'oncle Martin était aussi morte quand il était tout gamin (tu te souviens, la dame qui avait vécu dans la petite maison que nous avons habitée ?) Alors, le père d'oncle Martin a recueilli papa et l'a emmené vivre avec son fils et lui à Hougham, puisque le père de sir Perceval Mompesson, sir Hugo, avait conservé Mr Fortisquince comme intendant après avoir acheté le domaine à mon grand-père. Mr Fortisquince habitait l'Old Hall (ou tout au moins une partie, car une aile de la gentilhommière était employée à un autre usage). C'est ainsi, vois-tu, que mon pauvre papa a grandi, pauvre orphelin, dans le domaine qui avait jusqu'à une date si récente appartenu à sa famille, et je crois qu'il était ulcéré par l'attitude condescendante des nouveaux propriétaires – quand ils faisaient même attention à lui ! Quand je dis qu'il était pauvre, il faut que j'explique que son seul héritage était une rente annuelle que devait lui verser le domaine et que son père avait stipulée comme clause de la vente. (La triste vérité, c'est que son pauvre père était un panier percé qui avait dilapidé la plus grande part de son héritage avant même de l'avoir reçu, si bien que la propriété était déjà lourdement grevée d'hypothèques à la mort de son propre père, et c'est pour ça qu'il avait été obligé de la vendre dans de mauvaises conditions.)

Papa et oncle Martin firent tous deux leurs études à l'université de Cambridge (il restait juste assez d'argent pour ça) et quand ils descendaient à Londres, Mr Escreet les invitait à loger dans la vieille maison de famille. Il faut que j'explique qu'elle lui avait été léguée (à Mr Escreet, je veux dire) par mon grand-père, en reconnaissance de ses services, et que cela faisait déjà des années qu'il y vivait seul. (Il avait bien été marié, à une époque, mais sa femme était morte depuis longtemps. Il avait eu un enfant, aux dires de papa, qui, bien qu'ayant atteint l'âge adulte, ne lui avait guère procuré de satisfactions et, pour ce que j'en sais, personne à la maison n'abordait jamais le sujet.) Les deux jeunes gens ont donc logé là pendant qu'ils faisaient leur droit. Mr Escreet les a pris en grande affection et papa le lui rendait bien, mais pas l'oncle Martin – ce qui chagrinait beaucoup Mr Escreet. Cet arrangement se prolongea pendant quelques années, jusqu'à ce qu'oncle Martin se marie et s'installe dans sa propre maison. (Sa femme mourut quand j'étais toute petite, le laissant sans enfant.)

Maintenant, il faut que j'explique pourquoi papa était convaincu que je pouvais revendiquer la propriété du domaine de Hougham. Quand il était arrivé à Londres, à l'âge de seize ans, Mr Escreet lui avait confié un secret : il savait avec certitude que mon arrière-grand-père avait ajouté un codycyle à son testammant peu avant de mourir mais que ce papier avait été dissimulé après sa mort. Mr Escreet était cependant convaincu qu'il existait toujours et qu'on pouvait le retrouver. L'important, c'est que ce codycyle instituait un leg inaliénable au profit de mon grand-père, ce qui voulait dire que sa vente du domaine à sir Hugo n'était pas valable, puisque cette disposition n'avait pas été révoquée ou suspendue. Mr Escreet encouragea alors papa à mettre de côté l'argent de sa rente afin de pouvoir un jour racheter le codycyle. Ce projet enthousiasma papa qui se plongea dans le procès de la Chancellerie. (J'ai oublié de dire que le testammant de son grand-père était déjà contesté.) Oncle Martin qui, comme je l'ai dit, n'avait jamais tellement aimé Mr Escreet, l'accusa d'avoir poussé papa à s'imaginer qu'il avait une chance de recouvrer le domaine de Hougham, et donc à gâcher sa vie et gaspiller sa fortune à tenter de le faire. En fait, les événements devaient donner raison à Mr Escreet et tort à oncle Martin, car, quand j'avais dix-sept ans, il se passa une chose qui changea tout.

DEUXIÈME RÉCIT

Le 12 avril.

Attends un peu de voir comme ta maman a été maligne ! Le profit qu'on tirera de mille livres va faire une grosse différence pour nous. Trois cents n'auraient jamais suffi à nous sauver. Nous avons eu tort de lui parler comme nous l'avons fait, c'est une femme loyale. Johnnie, un jour tu regretteras ce que tu m'as dit à son propos. Même quand je lui ai appris que je ne pouvais pas lui payer les gages qu'elle demandait (Mr Sancious me l'avait fortement déconseillé), elle m'a assuré qu'elle demeurerait avec nous.

Revenons à ce que j'avais commencé à te raconter. Une après-midi, papa m'appela dans la bibliothèque. Mr Escreet était là avec lui, et ils avaient l'air très emballés, tous les deux. Papa m'annonça que Mr Escreet venait de lui apprendre qu'il avait retrouvé le codycyle. C'est alors qu'oncle Martin arriva, et mon père demanda à Mr Escreet de tout raconter. Voici son récit, si ma mémoire est fidèle. Comme je crois l'avoir déjà dit, une quarantaine d'années plus tôt, il avait été l'homme de confiance de mon arrière-grand-père, Jeoffrey Huffam. Celui-ci avait si peur de voir son fils (mon grand-père) vendre la propriété pour payer ses dettes, qu'il avait ajouté un codycyle à son testammant, afin de lui rendre la chose malaisée. (Mon grand-papa, James, n'était pas encore marié – et pour d'autres raison aussi –, son père rédigea la clause du leg inaliénable de telle façon que, si mon grand-père mourait sans laisser d'héritier, le domaine reviendrait à Silas Clothier, qui était à l'époque le seul petit-fils de Jeoffrey.) Mais quand le vieux Huffam mourut un ou deux ans plus tard, le codycyle n'était plus là : quelqu'un l'avait secrètement subtilisé. Mr Escreet avait ensuite passé des années à le chercher, car il avait une petite idée (disait-il) de ce qui s'était passé. Il l'avait enfin retrouvé et son propriétaire acceptait de s'en défaire contre quatre mille livres.

Quand Mr Escreet eut fini son récit, oncle Martin lui demanda de bien vouloir se retirer pour quelques minutes. Papa protesta, déclarant qu'il n'avait pas de secret pour le vieux monsieur, mais ce dernier, vexé, insista lui-même pour sortir. Une fois Mr Escreet dehors, oncle Martin demanda à papa s'il croyait à toute cette histoire. Papa s'indigna et affirma que oui, bien sûr, il y croyait. Ils discutèrent alors des moyens de trouver une telle somme, et papa suggéra d'hypothéquer l'annuité qu'il recevait du domaine. L'oncle Martin s'y opposa parce que cela grevait mon avenir, selon lui. Qui plus est, ce ne serait peut-être pas chose aisée que de trouver les fonds sur le marché de l'argent car, à en croire la rumeur, les affaires des Mompesson étaient en mauvaise posture. Bien que sir Perceval et lady Mompesson ne lui en eussent pas soufflé mot lors de sa récente visite annuelle de courtoisie (car il en observait toujours l'usage, eu égard aux liens qui avaient jadis existé entre sa famille et la leur), il était de notoriété publique que les revenus de la propriété s'amenuisaient d'année en année, puisque les maîtres n'entretenaient pas le domaine. Oncle Martin avait alors ajouté : « J'ai peine à l'idée qu'on laisse à l'abandon les améliorations auxquelles mon père avait consacré sa vie. Mais l'essentiel est ailleurs : au lieu de risquer tes revenus dans une folle entreprise de cette sorte, mieux vaudrait t'employer à réduire tes dépenses et à mettre de l'argent de côté, au cas où sa source viendrait à se tarir pour de bon. »

Papa lui répondit : « Une telle prudence n'est pas dans ma nature et en m'y incitant, Martin, tu oublies, je crois, la devise de ma famille : *Tutta rosa coram spynys,* c'est-à-dire : La rose de la sûreté fleurit dans les épines du péril. Voilà pourquoi je te propose la solution suivante : mon cousin, Silas Clothier, pour qui la découverte du codycyle sera également un bien, a beaucoup d'argent. Je vais donc lui offrir de joindre ses fonds aux miens pour l'acheter. » S'asseyant derechef à son bureau, mon père se mit à écrire.

Maintenant, Johnnie, il faut que je t'explique une chose. Bien que considérablement plus âgé que papa, Mr Silas Clothier était néanmoins son cousin germain par sa mère, fille de Jeoffrey Huffam. (Elle s'appelait Sylvia Huffam, et son mariage avait scandalisé sa famille aux yeux de qui les Clothier n'étaient pas suffisamment « comme il faut » pour les Huffam.) C'est ainsi que Silas Clothier était devenu partie prenante au procès de la Chancellerie, mais il y avait belle lurette que papa et lui s'étaient querellés à ce propos et n'avaient plus eu commerce depuis. Silas avait deux fils, Peter et Daniel. Oncle Martin avait quant à lui toujours détesté Mr Clothier, et la suggestion de papa l'horrifia autant qu'elle le surprit. Il voyait aussi une autre raison de ne pas y adhérer, comme il l'expliqua : « Il est vrai que Clothier et toi avez tous les deux une bonne raison de vouloir présenter ce codycyle à la Cour. Mais, outre le fait que cet homme est un fripon, ses intérêts sont directement en conflit avec les tiens car, si Escreet a raison, Clothier (ou ses héritiers) ne peut hériter du domaine Hougham que s'il est encore en vie au moment de ta mort ou de celle de Mary. » A ces mots, papa rit et m'embrassa en disant : « Justement ! C'est tout à fait invraisemblable : Mary a quarante ans de moins que lui ! » Ces propos ne rassurèrent pas oncle Martin qui implora mon père de changer d'avis, allant jusqu'à lui offrir de lui prêter l'argent à certaines conditions, quand il vit qu'il ne cédait pas. Et c'est là qu'il faut que... Non, point besoin de poursuivre sur ce sujet pour l'instant, je tâcherai de tout expliquer bientôt.

Mr Escreet fut alors à nouveau mandé dans la pièce. Je le vis au bord des larmes et m'en sentis très affectée moi-même. Il déclara : « Il y a cinquante ans que je suis au service de votre famille, je n'étais guère plus qu'un gamin quand j'ai commencé, monsieur John. Et dire qu'aujourd'hui on me bannit de ces lieux pour spéculer sur mes mobiles et mes appétits ! C'est trop lourd à supporter pour un simple mortel ! » Papa se leva et le prit dans ses bras : « Cher vieil ami, pardonnez-moi ! Il n'a jamais été question de mettre en doute vos mobiles ! Nous avons une absolue confiance en vous, ma fille et moi. » Mais quand papa lui annonça qu'il comptait demander à Mr Silas Clothier de lui prêter l'argent pour racheter le codycyle, Mr Escreet poussa les hauts cris, arguant que Mr Clothier était le pire ennemi de papa, et il joignit sa voix à celle de l'oncle Martin pour l'exhorter à éviter tout commerce avec le vieux monsieur. Papa resta sourd à leurs appels : les dés étaient jetés, et invitation fut faite à Mr Clothier et ses fils de nous rendre visite un matin.

Ils vinrent nous voir quelques jours plus tard. Mr Escreet disparut dans ses appartements dès qu'il entendit frapper à la porte. Le vieux

Mr Clothier était un petit homme rabougri aux jambes arquées, bien plus chenu que je ne l'avais imaginé, avec un visage vif et rusé qui ne me disait rien qui vaille. Sa vêture à l'ancienne mode était nette et soignée. Son fils aîné, Daniel, était un grand quadragénaire replet, à la figure ronde et pleine, très sobrement habillé. C'était le portrait craché de l'avocat respectable, ce qu'il était bel et bien (avocat, tout au moins !) Il faisait beaucoup plus vieux que son frère : on aurait même pu le prendre pour son père ! A voir Peter, on ne l'aurait jamais cru de la même famille que les deux autres. Mince et de taille moyenne, il avait un visage pâle et mélancolique où brillait un regard fauve. Lorsqu'il souriait, ce qui était fort rare, il se transfigurait et toute trace de tristesse s'évanouissait. Il avait la mise élégante des jeunes gentilshommes à la page.

La bonne servit du vin et des gâteaux et papa et son cousin firent la paix. Le vieux Mr Clothier était évidemment intrigué d'apprendre la raison de cette invitation. Au bout de quelques minutes, papa se leva et prit la parole : « Allons, mon vieil ami ! Occupons-nous de notre affaire, et laissons ces jeunes gens faire connaissance ! » C'était bizarre de l'entendre parler ainsi, lui qui était à peine plus vieux que l'aîné des fils Clothier et qui faisait plus jeune que lui, d'allure et de manières. Prenant le vieux Mr Clothier par le bras pour le guider, il quitta la pièce. Maintenant, Johnnie, il faut que je t'explique tout. Je dois tout te dire sur ton père avant de pouvoir continuer mon récit. Mais j'attendrai d'en avoir la force.

TROISIÈME RÉCIT

Jour de Noël 1822.

La pauvre femme ! Comme elle a souffert ! Et j'ai peur à l'idée de ce qui l'attend chez elle en rentrant ! Que de choses du passé et de Londres me sont revenues à l'esprit en l'écoutant ! Certains points de son histoire ressemblaient fort à la mienne. Ce sont les questions que tu m'as posées à son propos qui m'ont décidée à tout te dire, bien que cela fasse deux ans que je retarde le moment d'écrire ces lignes.

Mais le moment est venu de faire ma confession. Je sais que quand tu liras cela, tu seras assez grand pour comprendre. Je t'ai promis de tout te dire sur ton père, et je vais le faire. Mais il faut d'abord remonter à ce qui s'est passé quand oncle Martin a essayé de dissuader papa d'avoir affaire avec Mr Clothier. Il faut que tu saches que ce que…

(Là, il manquait plusieurs pages que ma mère avait arrachées et qu'elle m'avait forcé à brûler.)

… qui s'est passé la veille du jour où nous sommes arrivés à l'auberge de Hertford, comme tu l'apprendras.

Voilà qui est dit, enfin !

Maintenant, revenons à ma première rencontre avec les Clothier. Tandis que papa s'entretenait avec le vieux monsieur dans la bibliothèque, je m'efforçai de causer avec ses fils. Ce qui n'était point aisé, car l'aîné était bien décidé à dominer la conversation, et son frère se faisait de plus en plus réservé et taciturne, quoique ses propos fussent beaucoup plus à mon goût que ceux de son frère. En effet, l'aîné ne parlait que de lui-même, de sa pratique d'avocat et de son train de maison, comme s'il était seul capable d'éveiller mon intérêt. Lorsqu'il évoqua sa petite fille, j'en profitai pour le questionner, trop contente de changer enfin de sujet. Or, ma question l'obligea à expliquer que sa femme était morte en couches, ce qui fut fort embarrassant – pour moi, sinon pour lui. Je ne savais même pas qu'il était marié, papa ayant négligé de me parler de nos visiteurs.

Papa et Mr Clothier père finirent par nous rejoindre. Le vieux monsieur semblait fort excité. Les trois hommes ne tardèrent pas à prendre congé, non sans nous avoir pressés, papa et moi, de les honorer à notre tour d'une visite. Les visiteurs partis, mon père me prit dans ses bras en s'écriant : « Il est d'accord ! Il est aussi enthousiaste que moi, pour le codycyle ! » Il n'eut pas le temps de m'en dire plus car c'était l'heure de s'habiller pour le dîner. Mais quand Martin arriva, papa nous raconta comment Mr Clothier avait accepté de lui prêter l'argent. Martin s'enquit des conditions du prêt et demanda si le vieux monsieur y avait attaché des stipulations particulières. Papa concéda enfin : « Il a insisté pour que le prêt soit garanti. J'ai donc consenti à prendre un viager à vingt pour cent, en le désignant, lui, comme bénéficiaire de cette rente. » La nouvelle déplut à Martin qui la décréta contraire à mes intérêts, car si papa venait à décéder avant le remboursement du prêt, le principal viendrait grever sa succession. Mais papa s'écria : « Sornettes et balivernes ! J'aurai recouvré la succession et remboursé le prêt bien avant de mourir ! » A quoi Martin objecta : « Tu t'emballes trop vite, John ! Et que se passerait-il si tu mourais plus tôt que tu ne le crois ? » (Ah, que ces paroles m'ont hantée, depuis !) Je les suppliai d'en rester là mais Martin poursuivit : « Je n'ai assorti ma proposition d'aucune condition de cet ordre, *moi* ! Dis-moi franchement, John, y a-t-il d'autres conditions dont tu ne m'aies pas parlé ? » Il était très amer, je m'en rendis compte. Papa se taisait. Martin reprit : « Je suis sûr que vous serez ravis, tous les deux, d'apprendre que je vais enfin me marier. » Mon père se récria : « Eh bien, dans ce cas, tu es un sot ! Comme je te l'ai dit l'autre jour : qu'est-ce qu'un homme de ton âge, qui a su se passer de femme pendant tant d'années, va se mêler d'en prendre une maintenant ? » Vexé par cette remarque, Martin précisa que sa future femme était une de nos cousines, une dénommée Jemima. Papa, qui ne l'avait jamais aimée, envenima encore la situation en ajoutant : « La gueuse en veut à ton argent, c'est tout ! Tu sais fort bien qu'elle n'en a pas et qu'elle est condamnée à devenir gouvernante si elle ne se trouve pas de mari. » J'eus peur que mon père ne raconte à Martin qu'elle avait un jour essayé de le prendre au piège du mariage (je ne l'avais jamais cru) mais qu'il avait déjoué ses manigances. Je ne pouvais rien dire, évidemment. Martin lança alors : « Tu m'as déjà amplement fait comprendre que tu ne croyais pas qu'une jeune femme puisse aimer un barbon comme moi. Si je peux pardonner l'affront que tu fais à mon bon sens, je ne puis ignorer l'injustice de ton propos à l'égard de ma future femme. Reprends tes paroles ou bien je ne saurais demeurer plus longtemps sous ce toit ! » Papa refusa et Martin quitta la maison. J'étais soulagée, mais triste de voir que papa avait – semblait-il – perdu son plus vieil ami.

QUATRIÈME RÉCIT

Le 6 avril 1823.

Peut-être ai-je eu tort de ne pas te mettre au courant, mais j'ai cru faire pour le mieux. Tu as été méchant de me parler comme tu l'as fait. Après tout, Mr Sancious nous avait assuré que l'investissement était sûr, et tu le pensais, toi aussi. Je n'ai pas eu de chance, c'est tout.

Les Clothier revinrent nous voir plusieurs fois au cours des semaines suivantes. Peter avait accompagné son père et son frère lors des trois ou quatre premières visites et, pendant que nos deux pères s'enfermaient pour conférer dans la bibliothèque, nous devisions tous les trois dans le salon. Plus j'apprenais à connaître Peter, plus il me plaisait ; mes sentiments pour Daniel restaient inchangés. Il m'apparut bientôt que quelque chose préoccupait Peter, qui semblait craindre son frère. Et puis un jour, Daniel accompagna son père dans la bibliothèque pour discuter d'un point de droit relatif au prêt, et nous nous retrouvâmes seul à seule pour converser, Peter et moi. Il se montra beaucoup plus loquace, évoquant son enfance et sa mère, décédée quand il n'était encore qu'un petit garçon. Il l'aimait beaucoup et s'était trouvé très seul après sa mort, malheureux à la pension où l'avait envoyé son père. Puis il fit allusion à l'affaire que discutaient son père et le mien et remarqua : « On peut obéir à la loi des hommes tout en enfreignant celle de Dieu. » Son frère, rentrant justement dans la pièce, lui jeta un regard courroucé et lança : « Qu'est-ce que tu racontes ? N'ennuie donc pas la demoiselle. » Les propos de Peter m'avaient au contraire fort intéressée, protestai-je, mais ma remarque ne fit apparemment qu'aggraver l'irritation de son frère. Ils prirent congé peu après.

Le lendemain, nous eûmes la visite de Mr Clothier et de son fils aîné – sans Peter, cette fois. Personne ne fit allusion à son absence, et, pendant que Mr Clothier père se retirait avec papa pour parler affaires, Mr Clothier fils vint s'asseoir près de moi. Comme je lui demandais des nouvelles de son frère, il répondit : « Je crains, Miss Huffam, qu'il ne soit indisposé, aujourd'hui, comme cela lui arrive à l'occasion. » J'exprimai mes regrets de le savoir en mauvaise santé. Daniel prit alors un air mystérieux : « Mais si nous parlions de choses plus gaies ! » (Je le vois encore poser ses mains sur ses genoux tout en parlant, et s'amuser à croiser ses doigts. Il avait des mains rougeaudes et grassouillettes, et des doigts qui me faisaient penser à des saucisses crues.) Il se mit alors à parler de sa fille. L'affection qu'il portait à l'enfant était la seule chose qui m'inclinât à quelque sympathie pour lui. Et puis il évoqua son désir de se remarier et, malgré mes tentatives pour le détourner d'un sujet aussi personnel, il ne lâcha pas prise. Horrifiée, je l'entendis me confier qu'il pensait avoir enfin trouvé la femme qu'il lui fallait. Je feignis de ne pas comprendre où il voulait en venir, et cette manœuvre dilatoire me permit d'être sauvée par l'arrivée de nos pères respectifs.

Le vieux monsieur entra en se frottant les mains et déclara en me regardant d'un air entendu : « J'espère que nous ne vous dérangeons pas ! » Daniel Clothier grimaça un petit sourire supérieur et, consternée, je vis que papa souriait aussi, comme s'il était dans la confidence. Clothier fils déclara : « Eh bien, à vrai dire, père, Miss Huffam et moi étions fort à notre aise sans vous ! » Le vieux monsieur s'exclama à l'adresse de mon père : « Ah, les jeunes, hein, Huffam ! » Heureusement pour moi, ils partirent assez vite, mais je ne pus m'empêcher de crier mon indignation quand papa observa après leur départ : « Ma chère enfant, je suis ravi de voir que Mr Daniel Clothier et toi semblez si bien vous entendre ! » Comme j'avouais que je détestais Daniel, papa s'étonna : « Mais je suis très surpris de l'apprendre, et déçu aussi, je le reconnais. Car, ma chère enfant, as-tu considéré les avantages d'une alliance avec cette famille ? » J'étais incapable d'ouvrir la bouche, et papa poursuivit : « Nos intérêts dans le procès deviendraient les mêmes que ceux de la famille Clothier : le codycyle me rendrait le droit de propriété de mon grand-père sur le domaine de Hougham ; toi, en tant que mon héritière, tu en hériterais, et ton mariage au fils Clothier signifierait que les enfants de votre union hériteraient à la fois de Clothier père et de moi-même. »

Sans trop savoir ce que je disais, je lui demandai de quel fils Clothier il voulait parler. « Pour ma part, poursuivit-il, ça n'a pas d'importance, mais j'ai cru comprendre que Clothier pensait à Daniel. Cela me conviendrait parfaitement, quant à moi, de te laisser le choix, et si l'aîné ne te convient pas, eh bien, naturellement, prends le cadet ! » J'en avais le tournis ! Papa reprit la parole au bout d'un petit moment : « Alors, puis-je signifier ton accord à Clothier père ? » Je poussai un cri d'effroi qui mit papa en colère : « Tu refuses ? » Je protestai : ce n'était pas ce que j'avais voulu dire. Eh bien, au nom du ciel, qu'avais-je *donc* voulu dire ? J'étais incapable de parler, mais papa me pressa : « Allons, ma chère, il faut que tu me donnes une réponse, car Clothier y tient beaucoup. » Puis il s'écria soudain : « Je sais ! Laisse-moi lui dire que tu ne vois pas d'inconvénient à prendre l'un des deux. » Je fis oui de la tête ; mon père m'embrassa et me dit que j'étais sa petite fille à lui. Il envoya porter le message à Mr Clothier. Quelques jours après, papa m'informait de la signature de l'acte stipulant les conditions du prêt.

Tout fut bientôt prêt pour le rachat du codycyle. Mr Clothier et son fils aîné arrivèrent à la maison, un matin. Mr Escreet était là aussi, fort mal à l'aise. Quel étrange spectacle que ce grand homme terrorisé à la vue du petit vieillard rabougri ! Mr Clothier compta l'argent – quatre mille livres en papier monnaie ! – et le tendit à papa qui signa l'acte (Mr Escreet faisant office de témoin) et le lui remit en échange. Papa donna les billets à Mr Escreet qui sortit de la pièce.

Près d'une heure passa, lentement hachée par le tic-tac de l'horloge de grand-père. Mon père faisait les cent pas, en se frottant le nez ; le vieux monsieur mordillait le pommeau de sa canne, assis dans un fauteuil, tandis que son fils regardait fixement par la fenêtre, les bras croisés. Mr Escreet rentra enfin, porteur d'un petit paquet qu'il tendit à mon père. Celui-ci le prit en tremblant, l'apporta à son bureau, et, le présentant à la lumière de la lampe, l'ouvrit ; il examina le parchemin qu'il contenait, sous les yeux avides de MM. Clothier père et fils. Mon père avait les joues en feu, le regard fiévreux, et je remarquai que le vieux Mr Clothier était dans le même état : il grinçait des dents d'impatience et ses yeux noirs lançaient des éclairs. Son fils serrait si fort ses grosses mains boudinées que le rose de la chair en blêmissait. Enfin, papa brisa le silence : « Ce document est authentique. J'en suis aussi certain qu'on puisse l'être de quelque chose. Vous qui êtes un homme de loi, Clothier, voyez donc ce que vous en pensez. » Mr Clothier fils traversa la pièce et faillit lui arracher le papier des mains. Après l'avoir longuement examiné, il confirma les dires de mon père. Sur quoi Clothier l'Ancien ne se tint plus : « Mais lis-le ! Lis-le donc, pour l'amour du ciel ! »

Clothier fils s'exécuta et, la lecture achevée, les trois hommes discutèrent des conséquences du document. Puis Mr Clothier père déclara : « Il y a plus de quarante ans que j'attends de voir ce document présenté au tribunal. Je suis vieux et ne puis guère patienter davantage. J'espère que vous mettrez la procédure en branle dès demain. » Papa roula soigneusement le parchemin et le replaça dans l'étui d'argent dont la vue t'est si familière et qu'il avait fait confectionner spécialement à cet effet. Puis il l'accrocha à la chaîne qui retenait déjà sa montre à son gousset. Il déclara avec un sourire : « C'est demain samedi. Je le ferai dès lundi. Et je peux vous assurer qu'il n'échappera pas un instant à ma vigilance, jusqu'à ce que je le remette à la cour. A présent, messieurs, j'espère que vous nous ferez l'honneur, à ma fille et moi-même, d'accepter notre invitation à dîner ? » Ce qu'ils firent, à mon grand désarroi. Considérant qu'il avait matière à se réjouir, papa arrosa copieusement son repas alors que les deux Clothier restaient sobres et circonspects. La nappe enlevée, je me retirai dans le salon, à l'étage, mais Mr Clothier fils ne tarda pas à m'y rejoindre. Pendant que je servais le thé, il se mit à parler du codycyle et de la manière dont ce document unissait les intérêts de nos deux familles. Et, avant que j'aie pu dire ou faire quoi que ce soit, il formula sa demande en mariage sans autre forme de procès. Je lui répondis que je ne pouvais y songer. En ce cas, il devait y avoir malentendu entre nos pères, répliqua-t-il, furieux, car papa lui avait clairement laissé entendre que j'accueillerais favorablement une telle proposition. C'est alors que les deux messieurs vinrent nous retrouver au salon, et je constatai que papa avait bu plus que de coutume. Quand le fils raconta à son père ce qui s'était passé, le vieux monsieur interpella mon père : « Qu'est-ce que cela veut dire, Huffam ? » Je demandai à papa la permission de me retirer, mais il me retint : « Je me trouve moi aussi en position fichtrement délicate ! J'ai fait part à Clothier de ce que tu m'avais dit. Qu'est-ce qui a bien pu te faire changer d'avis, à présent ? » J'étais muette. Mr Clothier père s'adressa à moi : « C'est vrai, jeune fille. Votre père m'a dit que vous aviez consenti à épouser l'un ou l'autre de mes fils. »

Je réussis à articuler quelques mots : ce que j'avais dit, c'est que je ne n'étais pas défavorable à une demande en mariage de la part d'un de ses fils. Le vieux monsieur s'écria : « Mais où est la différence ? » Je ne pouvais pas parler, mais Mr Daniel Clothier lança : « Ah ! Je la saisis, à présent. C'est *un fils* et non *l'un ou l'autre fils* que cette jeune fille a voulu dire, et je n'ai manifestement pas l'heur d'être celui qui avait ses faveurs ! » Papa s'écria : « Je pense que c'est exact ! Je crois en effet que c'était au jeune Peter qu'elle songeait. Eh bien, parfait. C'est bien un mariage que nous célébrerons… après tout ! » Mais Mr Clothier père s'indigna : « Ah, certes non ! – Mais, quelle différence cela fait-il, s'étonna mon père, qu'elle prenne l'un ou l'autre ? – Mais c'est Daniel qui est mon héritier, et pas Peter ! Et puis, Peter, c'est… » Mr Clothier père s'interrompit et échangea un regard avec son fils qui continua : « Nous avons tenté de vous le cacher, Miss Huffam, mais, à la vérité, mon frère a toujours été bizarre. Bref, il est fou. » Je m'indignai, criant que c'était un cruel mensonge, et le vieux monsieur ajouta : « Tiens donc, vous êtes au courant ? Alors vous devriez savoir que ces dernières semaines, nous avons dû le tenir dans une chambre sûre, gardée par un domestique qui le veille nuit et jour pour s'assurer qu'il ne se fait point de mal ! Quant à vous, Huffam, vous vous êtes engagé à ce que votre fille épouse mon héritier, et il s'avère maintenant que ce n'est pas le cas. – Mais j'ai agi en toute bonne foi, protesta papa. – Vous m'avez grugé, Huffam ! s'écria Clothier. Jamais je n'aurais consenti au prêt sans votre parole sur ce point ! » Ainsi, Martin avait eu raison de soupçonner mon père d'avoir accepté ce mariage comme une des conditions du prêt ! Papa tonna alors : « Vous avez bien dit *grugé ?* Comment un Clothier ose-t-il accuser un Huffam de la sorte ? » Puis il m'attrapa par le bras et le serra si fort qu'il me fit mal : « Tout cela est ta faute ! Vois l'embarras dans lequel tu m'as mis, avec tes ergoteries de gamine. Je n'admettrai pas qu'on m'accuse de déshonorantes manigances, m'entends-tu ? Cesse de rêvasser à Peter et décide-toi à prendre Daniel. » Je fondis aussitôt en larmes et papa dut relâcher sa poigne. Saisissant l'occasion, je quittai le salon en courant. Du dehors, je tournai la clé sur la porte et, dans le noir, je trouvai l'autre porte que je bouclai également derrière moi. Enfin tranquille ! Je sanglotais de plus belle, adossée à la porte, sentant mon cœur près de se briser à la pensée de ce que Peter endurait. Et puis un frisson d'horreur me parcourut quand je pris conscience d'une présence, d'une respiration dans le noir, à quelques pas de moi. Mon cœur se mit à battre à tout rompre. Puis une voix dit : « C'est vous, Miss Mary ? » C'était Mr Escreet. Mes yeux s'accoutumant à l'obscurité, je le vis assis dans son fauteuil habituel, au coin de l'âtre vide. « Personne ne s'est aperçu de mon absence à table, n'est-ce-pas ? » constata-t-il. Et c'était vrai : nul n'avait songé à l'envoyer quérir. « Votre père n'a plus besoin de moi, Miss Mary, reprit-il. Il m'a complètement oublié, maintenant qu'il a le codycyle, même s'il ne l'aurait pas eu sans moi. » Il rit et je me demandai s'il avait bu. « A-t-il aussi oublié que la dernière chose que veulent les Clothier, ajouta-t-il, c'est que vous ayez un héritier, car tout enfant légitime de votre sang ferait obstacle entre le vieux Clothier et le leg inaliénable ? » Je me hâtai de quitter la pièce pour me réfugier dans mes appartements.

CINQUIÈME RÉCIT

Le 5 juillet.

Je vais leur écrire et leur raconter ce qui s'est passé. Je suis certaine qu'il nous aideront quand ils connaîtront toute l'histoire. Après tout, ce sont nos cousins, et il est de leur intérêt que nous restions en vie, toi et moi. Mais je ne t'en parle pas, parce que je veux pas que tu le saches.

J'irai les trouver sans m'en ouvrir à toi.

Je n'ai pratiquement pas dormi de la nuit, après ce qu'ils avaient raconté sur Peter. Certes, je l'avais vu très abattu et silencieux, mais je n'arrivais pas à croire les propos de son cruel frère. Le lendemain et le surlendemain, je demeurai autant que possible dans mes appartements, ne voyant papa que pour le dîner, pendant lequel il observait un mutisme irrité. Mr Escreet prenait ses repas sur un plateau, dans ses pénates, et j'en aurais volontiers fait autant si mon père m'y avait autorisée. Le lendemain, il me déclara pendant le dîner : « Après ton peu gracieux départ du salon, l'autre soir, Mr Clothier et son fils m'ont raconté certaines choses sur le pauvre Peter qu'il faut que tu saches, je crois. Il y a longtemps que sa famille connaissait sa forte prédisposition à la mélancolie, mais depuis quelques années, et plus encore ces derniers mois, Peter, semble-t-il, a développé certaines idées fantasques qui paraissent augurer d'un dérangement mental plus accentué. C'est du reste pour cela qu'ils ont été obligés d'exercer un certain contrôle sur ses ses faits et gestes. Ils ne craignent pas seulement pour la sûreté de Peter mais aussi pour celle de son entourage. Il a, paraît-il, commencé à porter toute sorte d'accusations extravagantes contre son frère et son père. Ils m'ont prévenu de nous tenir sur nos gardes, au cas où Peter réussirait à communiquer avec l'un de nous – ce qui est fort peu vraisemblable, m'ont-ils assuré. Mais ils m'ont expliqué que son état s'était aggravé récemment, à la suite… à la suite de ce qui s'était passé dans cette maison. » Comme je lui demandais ce qu'il entendait par là, il me répondit : « Il manifeste une obsession à ton égard, j'en ai peur. Il répète qu'il est amoureux de toi et qu'il voudrait te voir. » Il marqua une pause pour se racler la gorge et ajouter d'un ton gêné : « A vrai dire, ma chère, ils m'ont avoué qu'il parlait de toi dans des termes d'une familiarité fort peu respectueuse. » La confidence eut un puissant effet sur moi, quoique en sens inverse de ce qui était escompté. Papa poursuivit : il partageait l'avis de Mr Clothier père qui estimait que la meilleure solution serait de nous marier aussi vite que possible, son fils aîné et moi, car Peter ne renoncerait pas avant de me savoir l'épouse de son frère. Mais c'est alors que se produisit un véritable coup de théâtre.

La bonne nous apporta une lettre qui, disait-elle, venait de lui être remise par porteur. Papa la regarda, surpris, et s'écria : « Ça alors ! Elle porte le sceau des Mompesson ! » Je reconnus en effet leurs armes : quatre crabes disposés en carré autour d'un cinquième, au centre, et la devise *Chancerata pereat rosa*. Papa brisa le cachet et se mit à lire. Voyant son visage s'enflammer, je lui demandai si c'était une mauvaise nouvelle : « Une mauvaise nouvelle ? Au contraire. Je n'en ai jamais reçu de meilleure ! C'est la plus excellente nouvelle qu'on puisse imaginer ! » Il refusa d'en dire davantage et se dirigea vers la bibliothèque où il resta jusqu'à ce que je me retire pour la nuit. Lorsque je descendis à l'heure du petit déjeuner, le lendemain, je le trouvai déjà attablé et de fort belle humeur, mais il n'avait visiblement pas dormi. Comme je m'étonnais de ne pas le voir se préparer à partir au Palais de justice, comme à l'accoutumée, il m'expliqua qu'il ne comptait pas aller trouver son avocat ce matin pour lui faire déposer le codycyle au tribunal, car il n'y avait désormais plus de raison de se hâter. Je fus surprise de l'entendre parler ainsi d'un document qu'il avait passé tant d'années à retrouver, et pour lequel il venait de s'endetter considérablement. Puis, m'appelant « Molly » – ce qui ne lui arrivait que dans ses moments de grande affection –, il me déclara : « Tu n'as pas besoin d'épouser Mr Daniel Clothier, si tu ne le souhaites pas. Tu peux prétendre à mieux qu'un Clothier ! » Je n'osai dire qu'un Clothier me suffirait, pourvu que je puisse le choisir moi-même. Mr Clothier père passa chez nous ce soir-là, pour s'enquérir de ce qu'il était advenu au Palais. Papa me décrivit plus tard la rage du vieux monsieur en apprenant que mon père n'avait rien fait dans ce sens, et qu'il n'était plus partisan de mon mariage avec son fils aîné.

II

Melthorpe, le 23 juin.

Oh ! Johnnie, que j'ai peur ! C'était bien le même homme, j'en suis sûre. Grand – horriblement grand ! – et avec sa boucle de cheveux noirs. Et sa figure pâle. Ça ne peut être que lui. Ainsi, j'avais raison : ils nous ont retrouvés ! Mr Barbellion doit travailler pour eux, comme je m'en doutais. Nous sommes perdus ! Il faut fuir au plus vite. Je ne sais pas ce que nous allons devenir. Surtout maintenant que sir Perceval a refusé de nous aider – comme je le craignais. Ils ont été si méchants ! Avec leurs menaces de tout te dire sur ton père. Quelle cruauté !

Mais tu ne peux pas encore comprendre.

Trois semaines passèrent, et l'impatience de Mr Clothier père à l'égard de papa se fit de plus en plus vive. Il venait chez nous presque quotidiennement, au point que papa finit par donner l'ordre de ne plus le recevoir et que le vieux monsieur repartit en tempêtant. Et puis, un matin où j'étais à l'ouvrage dans le grand salon, la bonne vint m'annoncer que Peter Clothier désirait me voir. Je crus d'abord qu'elle s'était trompée de nom, mais elle insista. C'était bien Peter, en effet, mais dans quel état ! Il avait le visage blême, amaigri et pas rasé, les yeux immenses et brillants d'un éclat inhabituel, les vêtements sales et en désordre. Je le priai de s'asseoir dans un fauteuil en face de moi. Après plusieurs tentatives infructueuses, il réussit enfin à parler : « Miss Huffam, je vous prie de m'excuser de paraître devant vous en si piètre état. Je n'ai guère le temps de vous fournir d'explication, car je ne peux pas m'attarder, si je veux parvenir à m'enfuir. » Je m'exclamai malgré moi et il reprit : « On m'a retenu prisonnier dans la maison de mon père, mais j'ai réussi à acheter le valet qui me surveillait. Mon père est en train de manœuvrer pour me faire déclarer fou. » Il régnait la plus totale confusion dans mon esprit : je n'avais pas douté qu'il fût sain d'esprit quand son père l'avait prétendu fou, mais maintenant, à le voir ainsi… « Je n'ai pas le temps de vous expliquer, poursuivit-il. Je suis venu vous avertir, votre père et vous, du complot qui se trame contre vous. Il paraît que vous allez épouser mon frère : je vous préviens, si c'est effectivement le cas, que mon père et mon frère ont l'intention de vous assassiner. » Je me détournai pour lui cacher les larmes qui me montaient aux yeux. Ainsi, ce que son père avait prétendu était vrai : il était fou ! Il se leva en ajoutant : « Il faut que je parte, à présent, si je veux retrouver ma liberté. Je crois bien qu'un agent de mon père m'a reconnu dans la rue, et qu'on m'a suivi jusqu'ici. » Je lui demandai où il partait et qui l'aiderait, à quoi il répliqua : « Londres est une assez grande cachette pour que même ma famille et leurs amis ne puissent m'y retrouver. » Je mourais d'envie de lui dire de rester là, mais que pouvais-je faire ? Si papa le voyait et l'entendait, il le ferait certainement ramener chez son père. Et peut-être serait-ce plus sûr pour lui. Nous nous dirigions vers la porte quand il ajouta : « Ah ! J'ai failli oublier ! Encore une chose : ne révélez à personne de ma famille le nom de la paroisse où les parents de votre père se sont mariés. » Dissimulant ma surprise et mon désarroi, je l'assurai solennellement que je n'en ferais rien, et nous nous serrâmes la main. Je le conjurai de revenir nous voir s'il avait besoin d'aide, il me remercia et repartit. Je le suivis du regard. A peine avait-il disparu, qu'un homme de très haute stature émergea de la voûte d'un porche, en face, et traversa la rue en se hâtant à sa poursuite. Et, Johnnie, figure-toi que c'était *l'homme que tu m'as décrit aujourd'hui !* Celui qui a tenté de t'enlever. J'en suis sûre et certaine.

Je ne savais qu'espérer pour Peter. Peut-être valait-il mieux qu'il soit repris par des agents de sa famille, car il m'était insupportable de le savoir errant tout seul dans la grande ville, l'esprit dérangé, et sans amis. Je remontai dans le boudoir et, après mûre réflexion, je décidai de taire sa visite à papa.

III

Londres, le 22 septembre.

Il s'est passé tant de choses depuis la dernière fois que j'ai consigné des notes dans ce carnet ! Je crois que tu as raison, pour Jemima. Elle me déteste. Je l'ai bien vu à sa façon malveillante de me taquiner à propos de ton père. Je sais que je lui ai fait du tort, mais quand même, c'était méchant de sa part de reparler de cette soirée, de « l'état de mélancolie de Peter » et ainsi de suite. Je n'aurais pas dû aller la trouver, mais j'espérais qu'elle saurait quelque chose (car, comment pouvais-je être à Londres et ne pas chercher à savoir ?) Cependant, il semble bien qu'elle ne soit pas au courant. (Je crois qu'il n'y a qu'une seule personne qui soit informée. L'idée même d'aller la voir m'est insupportable, mais il faudra bien que je le fasse.) D'avoir ainsi évoqué le passé par écrit, il revit dans mon esprit. Pour papa, Jemima était de connivence avec Mr Clothier père. Cependant, je n'arrive pas à le croire d'elle. Tu sais, ça m'a énormément coûté de ne pas pouvoir tout t'expliquer, mais tu étais – tu es, veux-je dire – trop jeune pour comprendre. Tu seras mieux en mesure de le faire quand tu liras ces lignes. J'espère que tu ne jugeras pas ta pauvre mère trop durement. En tout cas, maintenant tu comprends pourquoi elle ne nous aime pas. Tu as été très malin de le remarquer ! Comme cela m'a été pénible de retrouver Londres ! En te voyant si enthousiaste, dans le coche, le passé m'est revenu tout d'un coup, avec son cortège de tourments. Que de nouveautés pour toi, que de douleur pour moi ! Se retrouver au Golden Cross, à Piccadilly, à deux pas de l'ancienne maison de mon père ! En plus, j'étais consciente du peu que tu savais. C'est après qu'ils ont essayé de t'enlever que j'ai décidé qu'il fallait partir, quand j'ai compris que l'homme était celui-là même que Mr Clothier père et son fils avaient employé, tant d'années auparavant. Et quand Mr Barbellion est revenu en août, j'ai résolu de filer sur-le-champ. Il faut fuir pour qu'ils ignorent encore où nous nous cachons. Je ne sais comment ils ont retrouvé notre trace, mais je suis sûre que le cambrioleur qui s'est introduit par effraction chez nous, il y a si longtemps, était à leur solde. Londres sera très dangereux pour nous, et pourtant, c'est la plus sûre des cachettes.

Revenons-en donc au soir du jour où Peter est venu chez nous. Nous étions en train de boire le thé après dîner dans le salon, mon père et moi, quand la bonne annonça que Mr Clothier père demandait à le voir. Mon père fit dire qu'il pouvait le recevoir et je décidai de rester, dans l'espoir de nouvelles de Peter. Mr Clothier rentra donc, s'assit et prit le thé avec nous, tout en bavardant aimablement : parlant de la pluie et du beau temps, de la promenade qu'il avait faite dans les rues de la capitale ce jour-là, soulignant les changements intervenus à Londres depuis son enfance, évoquant la grande rue neuve qui traversait Soho et Saint-James, et la construction du pont du Strand. Il parla des visites que, tout jeune homme, il avait coutume de rendre ici à mon grand-père (qui était son oncle), en compagnie de son propre père. Puis il égraina des souvenirs de mon grand-père, que papa n'avait pas connu, étant encore au berceau quand son père avait trépassé. C'est alors que le vieillard fit soudain remarquer à papa : « Votre père et votre mère ont causé bien du tracas, vous le savez sans doute, avec leur mariage, s'enfuyant pour aller faire leurs épousailles en secret ! A-t-on jamais su où ils étaient allés ? » La question contre laquelle Peter m'avait mise en garde ! Ainsi, je m'étais trompée sur son compte ! Je m'en réjouissais en mon for intérieur quand je me souvins qu'il m'avait prévenue que nous serions en danger, papa et moi, si son père obtenait la réponse. Papa commenta : « C'est en effet une curieuse histoire, que je ne connais que par ouï-dire. Vous n'êtes pas sans savoir que mon grand-père désapprouvait fortement cette alliance, non ? » Que pouvais-je faire ? Et si je feignais de me sentir mal ? Je me torturais tant l'esprit que le vieux monsieur s'en aperçut, je crois, car je vis qu'il me regardait. J'eus peur de trahir Peter en laissant entendre qu'il nous avait mis en garde. Papa reprit : « La famille de ma mère, les Umphraville, étaient de petits propriétaires dont la fortune avait tristement décliné et que mon grand-père ne trouvait pas dignes de son fils. » Mon père continua son récit – j'étais sur des charbons ardents – mais finit par conclure en avouant qu'il ne connaissait pas la réponse à la question de

Mr Clothier. Le vieux monsieur eut l'air extrêmement déçu et soupçonneux.

Quand il fut parti, je racontai à papa la visite de Peter et l'avertissement qu'il m'avait donné à propos du mariage de mes grands-parents. C'est d'un air grave que mon père me répondit : « Cela veut dire que la situation est encore pire que je ne le craignais. Le vieux Clothier est en train de comploter pour invalider notre droit au leg inaliénable laissé par l'ancêtre Huffam, afin de pouvoir, lui, hériter du domaine, dès que le codycyle aura été entériné par la cour. Vois-tu, le mariage de mes parents a toujours été entouré d'un certain mystère, de sorte que certains soutiennent mordicus qu'il n'a jamais eu lieu – ce qui servirait bien leurs intérêts. Ce n'est pas le certificat de mariage qui intéresse Clothier mais sa destruction : il veut absolument faire disparaître le document, s'il existe. J'imagine qu'il a dû fouiller dans tous les registres paroissiaux de Londres et des environs de Hougham, et qu'il n'a rien trouvé. Et, comme les témoins sont tous morts depuis longtemps, il n'y a pas de preuve. » Rassurée, puisque j'avais constaté que les propos de Peter ne trahissaient nullement la folie, je fis part à papa de sa mise en garde quant au projet de m'assassiner que mûrissaient les Clothier. Mon père prit la menace au sérieux, ajoutant que Martin l'avait prévenu des rumeurs qui circulaient sur le compte de Clothier père : il aurait, disait-on, empoisonné sa première femme pour épouser une riche veuve qui avait trépassé, elle aussi. « Je ne dis pas que j'y attache foi, fit-il, mais le fait qu'on raconte de pareilles choses donne une idée de l'opinion dans laquelle il est tenu. Et ta mort servirait bien ses intérêts, puisque, souviens-toi : pour qu'il hérite, il faudrait que nous mourions, toi et moi, sans descendance, du vivant de Clothier père. » (Exactement ce que m'avait expliqué Mr Escreet !) « Par conséquent, je pense que si je présentais le codycyle à la cour, nos deux vies seraient gravement menacées par les Clothier. Et c'est justement pourquoi je n'ai nullement l'intention de le faire. Ce document est très bien là où il est, fit-il en caressant l'étui accroché à sa chaîne de montre. Qui plus est, peut-être n'en aurais-je même pas besoin, à présent. Te rappelles-tu la lettre que j'ai reçue il y a quelques semaines, marquée des armes des Mompesson ? Elle m'était adressée par un membre de cette famille, qui me promettait de se procurer un certain document à la lumière duquel le codycyle n'aurait plus la moindre espèce d'importance. » Il ne voulut rien ajouter, malgré mes questions.

Une semaine après, j'étais en train de lire au salon, tard dans la soirée, quand soudain j'entendis un tapotement discret semblant venir de la fenêtre, comme si le vent faisait battre une branche d'arbre contre un carreau. Pourtant, je savais bien qu'il n'y avait pas de branche à cet endroit-là. Je pris une chandelle avant d'aller entrouvrir les rideaux, et je découvris un pâle visage et des yeux affolés qui me fixaient. Étouffant un cri, j'allais sonner pour appeler à l'aide quand je reconnus Peter. Sans hésiter, je décidai de le laisser entrer malgré son air bizarre, consciente de mon erreur de jugement de la dernière fois. Traversant le hall à pas de loup, j'ouvris la porte du porche – nous y laissions toujours la clé en place, je l'avoue – et je manœuvrai la grosse serrure de la porte d'entrée avant de défaire les énormes verrous. Peter entra et me raconta à la hâte que l'autre fois, après son départ, il avait été suivi par le grand escogriffe que j'avais aperçu – celui que tu as vu à Melthorpe, Johnnie ! L'homme l'avait rattrapé et ramené chez son frère Daniel, où on l'avait enfermé. « Pour être sûr que je ne m'échappe pas, ils avaient posté un domestique devant ma porte. Puis ils ont envoyé chercher le directeur d'un asile de fous, un établissement privé connu de mon père, en lui donnant instruction d'appeler la commission de la Chancellerie “ statuant sur les cas d'aliénation ” pour m'examiner. Si j'étais déclaré fou, je serais privé de tous mes droits et placé sous la tutelle de ma famille. La commission m'a examiné cet après-midi, et comme je soupçonne que les membres en ont été achetés pour retourner un verdict de folie, j'ai décidé de m'évader sans attendre. » Il avait repéré une fenêtre en prévision de sa fuite, et c'est ainsi qu'il avait réussi à s'échapper. « Mais, peut-être suis-je *réellement* fou ? reprit-il. Je commence à me le demander. Qu'en pensez-vous, miss Huffam ? » Il est vrai qu'il parlait très vite et avec une grande exaltation, mais j'étais persuadée qu'il était sain d'esprit et je ne lui laissai aucun doute à ce sujet. Je lui dis à quel point cela me faisait plaisir qu'il soit venu à la maison chercher de l'aide. Il ne faisait que passer pour prendre congé de moi, expliqua-t-il, car il comptait quitter l'Angleterre, mais je réussis à le persuader de me laisser appeler papa. A ma plus grande joie, celui-ci sourit en apercevant Peter qu'il prit dans ses bras en s'écriant : « Mon cher enfant, je vous suis très reconnaissant. C'était un geste honorable et généreux de votre part que de nous mettre en garde contre votre propre père. » Papa insista pour le garder chez nous, puis il manda Mr Escreet pour prendre son avis sur la situation légale de Peter. Les deux hommes conclurent que Peter était en sûreté sous notre toit, même en cas de rapport défavorable de la commission. Papa réunit les domestiques et leur fit jurer le secret.

Les jours suivants, Peter ne quitta pas la maison un seul instant. Bien lui en prit, car on ne cessait de voir rôder quantité d'individus louches, dont le grand escogriffe que j'avais aperçu. Pendant ce temps-là, papa et Mr Escreet étaient très occupés à quelque affaire qui, je le devinais, devait avoir rapport avec la lettre portant le cachet des Mompesson. C'est ainsi que les circonstances nous ayant réunis, Peter et moi, nous eûmes le loisir de découvrir que nous éprouvions les mêmes sentiments l'un pour l'autre. La nouvelle que la commission avait bel et bien émis un jugement de folie fut un grand choc pour Peter. Il sombra dans un profond désespoir en songeant à sa situation et à l'humiliation d'avoir à dépendre de la charité des quasi-étrangers que nous étions pour lui, malgré notre cousinage. Accusé de folie, sans un sou et sans l'espoir d'un emploi, il n'avait aucun droit, estimait-il, de nourrir de tendres sentiments envers moi, et il me le laissa clairement entendre. Finalement, il réussit malgré tout à faire taire ses scrupules et me demanda de l'épouser. Naturellement, j'acceptai. Mais comment papa prendrait-il la nouvelle ? Imagine notre joie quand il se déclara ravi, ajoutant qu'il avait en fait souhaité un tel dénouement. Je me jetai dans ses bras en pleurant de bonheur. Je savais qu'il aimait bien Peter et je trouvais qu'il s'était conduit de belle manière avec nous. Ainsi, vois-tu, Johnnie, mon père et Peter avaient beaucoup d'affection et de respect l'un pour l'autre. C'est en tout cas une chose dont je n'ai jamais douté.

A notre grande surprise, papa décréta : « Le mariage doit se faire aussitôt que possible. Nous n'avons pas besoin d'attendre, puisqu'il n'est pas question de publier les bans ou de prévenir votre père,

Peter, qui saurait ainsi où vous êtes. Fort du certificat de la commission, il pourrait faire empêcher votre mariage et, en dehors de tout autre mobile, il s'y emploierait sûrement parce qu'il serait déshérité si vous aviez un enfant. En revanche, une fois votre mariage célébré, il ne pourra plus rien. » Papa manda Mr Escreet qui expliqua que nous n'avions qu'à nous procurer une licence spéciale au Doctors' Commons [1] et à indiquer l'église de notre choix. « Je suggère demain en huit, fit mon père, dans l'église de la paroisse Saint-Georges. Elle est si loin d'ici qu'il ne devrait pas y avoir de risque. » Nous étions ravis, Peter et moi. « La cérémonie aura lieu dans la plus stricte intimité, poursuivit papa. C'est moi qui te donnerai à ton époux, bien sûr, ma chère, et Mr Escreet fera le garçon d'honneur. Quant aux témoins, nous en trouverons bien sur place. Personne ne doit être au courant, pas même nos domestiques. J'ai une idée ! Nous leur ferons préparer un repas de fête pour ce jour-là, mais nous ne leur dirons la cause des réjouissances qu'à notre retour. » Il ajouta alors un propos stupéfiant : « J'inviterai Martin et sa femme à dîner avec nous, sans leur expliquer ce que nous fêtons, et je ne le leur annoncerai qu'à leur arrivée. » Papa prenait des airs très mystérieux ; je ne savais trop que penser de son intention de se réconcilier avec son vieil ami. Martin allait amener sa nouvelle épouse à ma noce ! Je le surpris plusieurs fois en plein conciliabule avec Mr Escreet et Peter, au cours de la semaine qui suivit, et chaque fois tous aussitôt se taisaient, l'air coupable. J'étais inquiète, sachant à quel point mon père pouvait perdre tout sens commun quand il s'agissait du procès. Cependant, nos préparatifs se poursuivirent comme prévu et l'invitation fut dûment envoyée à Martin qui l'accepta. Un peintre de miniatures vint dans le plus grand secret faire notre portrait – celui que tu as vu dans le médaillon que je t'ai montré.

Enfin arriva le 5 mai, qui aurait dû être le plus merveilleux jour de ma vie. Il faisait beau et la cérémonie se passa très bien. Nous rentrâmes à la maison pour y prendre le déjeuner de noces, peu après midi. Papa annonça alors la nouvelle aux domestiques qui furent enchantés, et plus encore lorsqu'il les autorisa à prendre le

1. Bâtiment de l'ancien Londres, siège de diverses activités juridiques.

reste de la soirée, après le service du dîner. Papa déclara ensuite qu'il avait quelque chose d'important à confier à Peter pour moi : c'était le codycyle, qu'il plaça dans l'étui en argent qu'on nous a volé au cottage, il y a des années. Il me fit promettre de le garder en sûreté et de faire en sorte qu'il profite à mon héritier. Il y ajouta une lettre qui, dit-il, donnait des éclaircissements sur des points de droit. Un peu plus tard, ce soir-là, Martin et Mrs Fortisquince arrivèrent et apprirent la nouvelle. Je n'osais pas regarder oncle Martin. Son épouse et lui eurent des paroles de circonstance, mais je surpris ensuite d'étranges regards de Jemima. La situation était assez délicate, à vrai dire, mais ce fut malgré tout d'assez bonne humeur que nous nous attablâmes pour dîner. Mais, même en un jour comme celui-là, la conversation ne tarda pas à revenir sur le procès, à cause d'une allusion de Martin aux Mompesson : « J'étais à Brook Street, il y a deux jours, et j'y ai trouvé toute la maisonnée sens dessus dessous. Je vais t'en dire la raison, à ce que j'ai pu comprendre. Mais, d'abord, ça me rappelle, John, que j'ai apporté… » Papa le coupa assez brusquement, et je m'étonnai de le voir interrompre ainsi une conversation relative au procès. « Voyons, mon cher vieil ami, protesta-t-il, ne parlons pas affaires un jour comme celui-ci ! » Martin eut l'air surpris mais ne fit aucun commentaire. La conversation reprit et je vis que sa femme le dévisageait, et mon père aussi. Quand vint le moment de servir le dessert, mon père fit appeler les bonnes et la cuisinière et leur fit à chacune présent de quatre bouteilles de vin fin – deux de champagne et deux de madère – en les invitant à les boire à la santé des mariés. Il conclut en les assurant que leur présence n'était plus requise jusqu'à l'heure du coucher. Les domestiques, ravis, s'empressèrent d'obtempérer. Nous étions en train de déguster notre vin, accompagné de fruits et de noix de toute sorte, quand une querelle éclata entre papa et Peter. Elle fut si soudaine que je n'eus même pas le temps d'en comprendre l'origine. Le plus étonnant, c'est que ni l'un ni l'autre ne me jeta un seul regard pendant toute la discussion.

Mr Escreet en fut la cause, bien malgré lui. C'est Martin qui lança la conversation sur ce sujet-là, en demandant à Peter : « Avez-vous idée de ce que vous allez faire plus tard, Mr Clothier ? – Les livres sont le seul domaine où je m'y connaisse, répondit-il. J'espère pouvoir m'établir comme libraire à mon compte. » Mr Escreet constata que cela nécessiterait du capital, à quoi Peter répondit : « En effet, et Mr Huffam m'a généreusement promis un prêt. » Mr Escreet, l'air surpris, interrogea papa : « Mais la somme requise dépasse certainement vos ressources actuelles, monsieur John ? » A quoi papa répondit, s'adressant à Peter : « Il ne me reste pas grand-chose, vu les conditions exorbitantes du prêt que m'a consenti votre respecté père. Je peux néanmoins me permettre de vous avancer cent ou deux cents livres. » Peter tiqua, tandis que Mr Escreet s'écriait : « C'est généreux de votre part, monsieur John, très généreux. » N'eût été ce commentaire, je crois que Peter n'aurait pas réagi. « Généreux, peut-être, répliqua-t-il. Mais je crains fort que deux cents livres – voire le double – ne suffisent pas, Mr Huffam, pour établir une affaire qui me permette d'assurer à votre fille le train de vie que vous souhaitez pour elle, je crois. – Vraiment ? s'écria papa. Et de quelle somme vous êtes-vous imaginé que je *pouvais* disposer ? Combien croyez-vous qu'il me reste, maintenant que votre famille m'a complètement dépouillé ? Si vous voulez de l'argent, arrangez-vous pour que votre brigand de père modère les conditions usuraires de son prêt. – Monsieur, fit Peter très doucement, je dois vous demander de ne pas parler de mon père de la sorte. Il *m*'a fait du tort, certes, mais je ne crois pas qu'il vous en ait fait, à vous. » Papa frappa du poing sur la table en criant : « Comment ? Vous, mon hôte, assis là à ma table, vous défendez la conduite de ce gredin malfaisant de Silas Clothier ? » A ces mots, Martin et Mr Escreet se récrièrent, cependant que Mrs Fortisquince observait la scène, un petit sourire aux lèvres, comme si elle y trouvait une secrète raison de se réjouir. Peter rétorqua : « Vous n'étiez pas obligé de lui emprunter cet argent ! » Papa bondit et se leva, fou de rage, pour lui crier : « C'est bien la morale des commerçants ! Ils profitent de la faiblesse du client pour lui imposer des conditions exorbitantes, et puis ils se félicitent de leur sens des affaires. Dire que l'époux de ma fille est là, assis à ma propre table, en train de défendre une telle morale ! Tout en me demandant de l'argent pour manigancer ses propres tours de chenapan aux dépens des honnêtes gens ! Eh bien, ce que j'en dis, jeune homme, c'est qu'il faut vraiment que vous soyez aussi fou que votre père et votre frère le prétendent pour attendre de moi le moindre capital ! » Il marqua un temps d'arrêt et regarda Peter, qui se leva à son tour. Peter évitait mon regard, et il avait fort étrange allure. Parlant comme s'il avait honte de ses propos, il demanda : « Je vous supplie de peser vos mots, ou bien vous risquez de lâcher des paroles irréparables ! – Des paroles irréparables ! rugit papa. Dites plutôt un *acte* irréparable ! Celui que je viens de commettre en mariant ma fille à un commerçant, au descendant d'une vieille famille de requins usuriers, à un… à un… drapier [1], car je ne trouve pas d'autre mot de la langue anglaise qui exprime mieux mon mépris ! » N'y tenant plus, je me levai en m'écriant : « Père, que dites-vous là ? » Il ne me regarda même pas, et Peter poursuivit : « Monsieur, à moins que vous ne retiriez vos propos, il nous est impossible, ma femme et moi, de demeurer plus longtemps sous votre toit, bien que ce soit notre nuit de noces. – Je ne retirerai pas une seule syllabe de ce que j'ai dit ! fit papa. – Dans ce cas, il ne nous reste plus qu'à partir, déclara Peter. Venez, Mary, levez-vous et préparez-vous. » Il ne me regardait toujours pas. En larmes, je plaidai devant papa, le suppliant de retirer ses paroles ; je conjurai aussi Peter de ne pas se faire un point d'honneur de partir. Martin et Mr Escreet joignirent leurs voix à la mienne, mais Peter et mon père campèrent sur leurs positions. Peter me demanda en aparté si j'avais de l'argent car il ne possédait pas un sou vaillant. Je disposais d'une trentaine de livres. Peter demanda à Mr Escreet de nous commander un fiacre, je montai quérir mes économies et jeter quelques effets dans une malle. N'ayant jamais passé de nuit loin de la maison, je ne savais guère quoi emporter. Je revêtis mon costume de voyage et je descendis. Lorsque le fiacre arriva, je versai des torrents de larmes en faisant mes adieux à papa et aux autres avant d'y monter. Puis la voiture s'éloigna de la maison de mon père. C'est ainsi que débuta ma vie de femme mariée. Peter ordonna au cocher de se rendre à la *Tête de Sarrasin*, à Snow Hill. Assise à ses côtés, je songeai que rarement nuit de noces avait commencé sous de si funestes augures ! Peter s'était conduit comme si nous étions parfaitement étrangers l'un à l'autre. A notre arrivée à l'auberge, il loua un salon où j'attendis,

1. C'est le sens littéral du nom Clothier.

pendant qu'il s'occupait de nos malles avec le cocher. Mon époux revint bientôt, disant qu'il allait trouver l'intendant pour nous réserver des places dans le coche de nuit pour Peterborough (sur la route de Spalding), qui devait partir dans un peu moins d'une heure. Stupéfaite, je lui demandai ce que nous allions faire à Spalding. Y avait-il des amis ? Et pourquoi nous mettre en chemin si tard ? « Ne me pose pas de questions, je t'en supplie » fut sa seule réponse. Puis il ouvrit son sac, dont il tira un surtout écarlate que je ne lui avais encore jamais vu. Ôtant le manteau vert qu'il avait porté jusque-là, il ressortit à la hâte. Je l'attendis, longtemps, mais il ne revenait toujours pas. Quand enfin il rentra, il y avait une quarantaine de minutes qu'il était parti – pas davantage, j'en suis sûre, peut-être trois quarts d'heure, au plus. Il souriait en arrivant dans la chambre (j'en suis tout à fait certaine). Il s'approcha de moi et je vis qu'il avait du sang sur les mains. Horrifiée, j'eus un petit recul. Il regarda ses mains et dit : « Oui, je me suis coupé. Mais ne vous faites pas de souci, ce n'est qu'une simple égratignure. » Il nettoya le sang au lave-mains et, quand il se retourna vers moi, je m'aperçus que la manche de son manteau était déchirée. Je le lui fis remarquer, il sourit et répondit : « Je vous raconterai tout ça quand nous aurons le temps. Ce sera long, car il y a beaucoup à dire. » Quelques minutes plus tard, nous montâmes dans le coche qui fila par les rues noires. Peter se tut jusqu'à la sortie d'Islington, où il éclata de rire, tout à coup. Cette réaction soudaine m'effrayait encore plus que le reste, et je n'ai pas besoin de te dire ce que je redoutais. Comme je ne pouvais pas aborder le sujet qui me préoccupait en présence des autres voyageurs, nous restâmes sans parler.

Quand, vers trois heures du matin, le coche atteignit le premier relais après Londres – le *Dragon Bleu*, à Hertford –, Peter retrouva l'attitude souriante que je lui avais connue par le passé : « Nous allons nous arrêter ici. Vous êtes trop fatiguée pour continuer, et ce n'est pas nécessaire de pousser plus loin. Dès que nous serons seuls, je vous expliquerai tout ce qui s'est passé cette nuit », dit-il en pressant ma main dans les siennes. Descendus de voiture, nous prîmes donc une chambre et commandâmes une sorte de souper. Une fois que nous fûmes attablés devant notre collation, Peter entama son récit : « Ma chère petite, comme vous avez dû avoir peur ! Je n'ose imaginer ce que vous avez pu penser : que vous aviez épousé un fou, pour le moins ! Et que votre père avait lui aussi perdu la raison. A présent, je vais tout vous expliquer, et vous pourrez cesser de vous faire du souci : la scène à laquelle vous avez assisté ce soir était une comédie ! » Je lui demandai de s'expliquer, et il reprit : « C'était du théâtre, de la simulation, une plaisanterie ! Votre père et moi ne nous sommes pas réellement querellés : nous avions tout mis en scène à l'avance. » Imagine-toi, Johnnie : je ne savais que penser ! « N'avez-vous pas remarqué comme je jouais mal mon rôle, poursuivit-il. Votre père, lui, s'est montré si convaincant que j'ai failli me demander s'il n'était pas vraiment en colère. Kemble [1] en personne n'aurait pas fait mieux ! Moi, je n'osais même pas vous regarder, de peur de me couper. » Justement, cela m'avait frappée, et mes doutes commencèrent à se dissiper en entendant ses éclaircissements. Il m'assura que les cruelles attaques de papa avaient été répétées. Mais pourquoi avoir organisé une telle comédie ? demandai-je. Papa et lui avaient douté de ma capacité à dissimuler la vérité. Car cette fausse querelle était destinée à tromper Mr et Mrs Fortisquince, en leur faisant croire à une rupture définitive entre papa et nous. Ce qui était le seul moyen d'assurer notre sûreté et celle de nos enfants. « Non seulement nous ne nous sommes pas disputés pour des questions d'argent, mais votre père m'a même donné deux cents livres », ajouta-t-il, tirant de sa poche un gros rouleau de billets qui me convainquit de la véracité de ses dires. Nous étions recrus de fatigue car il était fort tard à présent, le petit matin approchait même. Tout semblait réglé, mais Peter se remit à parler, un peu plus tard. Sortant de la poche de son surtout écarlate un paquet enveloppé de papier brun, il déclara : « Vous trouverez là toute l'explication. C'est pour chercher cela que je suis reparti chez votre père en vous laissant à la *Tête de Sarrasin.* » Ainsi, il y était retourné. Éberluée, je sentis la tempête se déchaîner à nouveau dans mon esprit.

J'interrogeai Peter sur le contenu du paquet mais il promit de l'ouvrir après le petit déjeuner et de tout m'expliquer à ce moment-là. Je le suppliai de le faire tout de suite : l'aube allait poindre, insis-

1. Grand acteur et metteur en scène anglais du début du XIXe siècle, membre d'une célèbre famille de gens de scène.

tai-je. Après quelque discussion, il se décida enfin à briser le sceau, commença à défaire la peau de chamois et, sans attendre d'avoir fini, il se mit à tirer son contenu. « Voilà ! » s'écria-t-il en le dégageant. Mais, aussitôt, il poussa un cri et le laissa tomber par terre. C'était un gros rouleau de billets de banque, enduit d'une matière sombre et gluante. Peter, les mains toutes rouges, resta planté devant moi et s'exclama, horrifié : « Qu'est-ce que ça signifie ? Comment cela se trouve-t-il là-dedans ? » Il reprit le paquet en mains et chercha fébrilement à l'intérieur : « Ça n'y est pas ! » Je le conjurai de m'expliquer ce qu'il voulait dire mais il resta muet. Il fallait qu'il reparte tout de suite chez papa, insista-t-il, et moi je resterais ici, à l'auberge. J'eus beau protester, il répliqua : « Vous êtes en sécurité ici, car personne ne vous sait là. Si vous rentriez avec moi, nous perdrions tout le bénéfice de notre fuite. » Il sonna un domestique et commanda aussitôt une chaise de poste pour Londres. Puis, ouvrant l'étui en argent, il me montra la lettre et le codycyle qu'elle enveloppait – c'est ainsi qu'il y fit une tache de sang ! – et me les donna en disant : « Souvenez-vous, si le codycyle venait à tomber entre les mains de mon père, votre père et vous seriez en danger. » Il me laissa la plus grande part des deux cents livres que lui avait, paraît-il, données papa et prit les billets maculés, ajoutant : « D'où que viennent ceux-ci, ils ne m'appartiennent pas et il faut que je les rende. » Après quoi il se lava les mains, m'étreignit et s'en fut. Entendant peu après un martèlement de roues et de sabots de chevaux, je mis le nez à la fenêtre : une chaise de poste sortit de la cour et passa sous la voûte pour gagner la rue. Soulagée, je la vis prendre la direction de Londres ; je ne sais pas au juste ce que j'avais craint.

IV

37, Conduit Street, le 24 septembre.

J'ai été toute retournée par ce qu'elle m'a raconté, ça m'a fait repenser à ces terribles événements. Il fallait absolument que j'aille le voir. Mais quelle horreur de retourner dans ces lieux ! Il ne faut pas que j'en dise plus parce que je ne veux pas que tu la trouves jamais, cette maison. Elle était toujours là, telle que dans mon souvenir, quoique encore plus décrépite et abîmée. Je sonnai, j'attendis, puis je resonnai plusieurs fois avant de me rendre compte que la sonnette ne marchait pas. Alors je toquai et je retoquai. Quelqu'un finit par venir à la porte et l'entrouvrit à peine pour jeter un coup d'œil. Je déclinai mon identité : il y eut un long silence. Et puis la porte s'ouvrit : c'était bien lui, Johnnie ! Exactement tel que je l'avais vu la dernière fois ! Vivait-il là tout seul ? questionnai-je, et il répliqua : « Qui voudriez-vous qu'il y ait ici avec moi ? Il y a une vieille femme qui vient faire le ménage tous les jours – quand elle n'est pas ivre. » Je lui demandai si je pouvais entrer : d'abord, il ne broncha pas, puis il ouvrit la porte en grand. Il faisait froid dans le hall obscur qui semblait ne pas avoir été nettoyé depuis des années. Il me suivit en maugréant : « Pourquoi venez-vous maintenant, après toutes ces longues années sans une visite ni une lettre ? » Il paraissait au bord des larmes. Je ne pouvais pas lui répondre. Je repensais à toutes les fois où il avait pris sur ses genoux la petite fille que j'étais. Je remarquai que le sabre et la hallebarde croisés étaient toujours accrochés au mur à leur ancienne place, dans le couloir qui prenait sur le côté du hall. Me voyant les regarder, il commenta : « J'aime voir les choses à leur place, là où elles ont toujours été. »

« Venez dans le cabinet à vaisselle, il y a du feu. » Johnnie, rien que l'idée d'entrer dans cette pièce-là ! Je déclinai l'offre, et il m'emmena dans le salon. Les volets étaient fermés, les rideaux – mités et usés à la corde – tirés. Nous nous assîmes, il m'offrit du vin, que j'acceptai d'un signe de tête. Il m'en versa un verre et le déposa sur la petite table à côté de moi, mais je fus incapable d'y toucher. « Dire que toutes ces années, fit-il, je me suis demandé où vous pouviez bien être ! Je ne savais même pas si vous étiez encore en vie. Fortisquince n'a rien voulu me dire. Rien. Il m'a toujours détesté, je ne sais pas pourquoi. Peut-être qu'il se faisait des idées sur moi, ou qu'il était jaloux parce que votre père m'aimait bien. Ç'a été sa manière de se venger, de vous retourner contre moi et de me priver de votre affection. Que vous a-t-il raconté ? A quel sombre fable vous a-t-il fait croire à mon propos ? » J'eus beau essayer de lui dire qu'il n'y avait rien eu de tel, il s'entêta : « Il a dû vous farcir l'esprit de pensées empoisonnées à mon égard. Pensez seulement, toute une vie de travail au service de votre famille ! Près de soixante-dix ans. Et quand tout à coup votre père que j'aimais comme un fils, quand il... et que je me suis retrouvé rejeté par... Oh ! miss Mary, comme c'était méchant ! » Il y avait si longtemps que personne ne m'avait appelée ainsi, je fondis en larmes. Il me prit la main et me demanda d'une voix pleine de bonté de lui raconter tout ce qui m'était arrivé. Je lui narrai certaines choses et il s'enquit : « Y a-t-il eu un enfant ? Un héritier Huffam ? Il faut que je le sache. » Me souvenant à quel point Martin avait insisté pour que je garde le secret de ta naissance, je lui demandai pourquoi il voulait le savoir. Il se mit en colère, s'indignant de mon manque de confiance : « Dire que j'ai consacré ma vie entière à votre famille ! Que j'y ai tout sacrifié – jusqu'à mon âme, presque. » Quels propos étranges ! « Je sais de quelles bontés ma famille vous est redevable », le rassurai-je. — Non, vous ne le savez pas, s'insurgea-t-il. Personne au monde ne peut le savoir. Savez-vous que j'ai assisté votre arrière-grand-père Jeoffrey sur son lit de mort ? Que j'ai servi votre pauvre, misérable grand-père autant qu'il était en mon pouvoir de le faire ? Et vous me demandez pourquoi je tiens à connaître le sort de cette famille, et à savoir si elle va survivre ? » J'étais prête à répondre à sa question, lui dis-je, si lui me racontait ce qui s'était passé, ce fameux soir, la dernière fois que je l'avais vu. « Ah, voilà donc ce qui vous amène ! s'écria-t-il. Vous n'êtes pas venue faire amende honorable de votre négligence, mais parce que vous attendez quelque chose de moi. » Je ne pouvais pas le nier. « J'ai fait ma déposition pendant l'enquête et j'ai témoigné devant le grand jury. Fortisquince a dû vous le rapporter. Que pourrais-je ajouter d'autre ? » Je lui racontai ce que Peter m'avait dit, à savoir que la querelle n'était qu'une comédie. Était-ce vrai ? « Je vous répondrai, fit-il après une longue pause, mais dites-moi d'abord s'il vous est né un enfant ? » Ma réponse affirmative eut un drôle d'effet sur lui : il se détourna et se plia en deux – sous le coup de la joie ou de la peine, je l'ignorais. Quand il se retourna vers moi, il avait les yeux pleins de larmes : « Dans ce cas, la clause du leg inaliénable est toujours valable. Dites-moi, l'enfant est-il toujours en vie ? Est-ce un garçon ou une fille ? » Je ne satisferais sa curiosité que s'il répondait aussi à ma question, comme promis, répliquai-je. Il s'exécuta : « La querelle était en effet une mise en scène. »

Je le suppliai de m'éclairer un peu plus. Quel était le but de cette comédie ? Pourquoi ne l'avait-il pas révélé à l'enquête ? Alors, Peter était donc innocent ? Il refusa d'ajouter quoi que ce soit et me demanda si mon enfant vivait encore. Je ne dirais rien à moins qu'il ne réponde à mes questions, m'indignai-je. Il se mit alors en colère, bondit de son fauteuil et s'avança vers moi : j'eus une peur terrible, Johnnie ! de voir se dresser devant moi cet homme si grand et à l'air si bizarre, avec son haleine qui sentait le brandy. « Quelle est la véritable raison de votre visite ? s'écria-t-il. Vous n'avez même jamais pensé à moi, pendant toutes ces années, n'est-ce pas ? Et puis vous arrivez ici pour porter toutes ces accusations contre moi ! » Quittant précipitamment le fauteuil, je repris la direction de la porte, lui expliquant que j'avais voulu lui écrire mais que Mr Fortisquince m'en avait empêchée. « Il vous a empoisonné l'esprit à mon égard », répéta-t-il. Quittant le salon pour le hall, j'ouvris la porte du porche. Il me suivit en grommelant : « Il pensait que j'avais grugé votre père. Je suppose que vous en êtes convaincue aussi. Mais si vous croyez que j'ai de l'argent, vous vous trompez. Je n'ai rien. Rien que cette maison sans valeur. J'ai été bien malchanceux. Diablement malchanceux ! » Je sortis dans la rue. J'ignore s'il voulait vraiment me faire du mal, mais je suis en tout cas sûre d'une chose, Johnnie : surtout, ne va jamais là-bas ! Au grand jamais ! Je crois qu'il est dangereux, qu'il a perdu la tête après tant d'années seul dans cette maison. Mais, au moins, je sais maintenant : Peter m'a dit la vérité quant à cette querelle. Je ne vois pas très bien ce que ça signifie, mais au moins, il ne m'a pas menti.

Maintenant, il faut que je revienne en arrière pour te raconter le reste.

Après le départ de Peter, je trouvai le temps long toute la journée. J'entendis des voitures qui partaient et qui arrivaient, des portes qui s'ouvraient et se refermaient, des pas dans le passage, dehors, mais personne ne s'arrêta à ma porte. Je n'avais pas faim. Tard dans la soirée, la femme de chambre frappa à l'huis, apportant des chandelles et une bouillotte. Elle fut étonnée de me trouver là toute seule dans le noir. Je ne fermai pratiquement pas l'œil de la nuit, comme tu peux l'imaginer. Le lendemain commença très tôt pour moi ; il faisait sombre, le temps était couvert. Un autre jour s'écoula, plein de lassitude. Je restai assise à la fenêtre, guettant toutes les voitures, et quand une chaise de poste franchissait la voûte du porche, je tendais l'oreille pour reconnaître le pas de Peter, mais en vain. J'allais me retirer, juste avant minuit, quand on frappa à la porte : c'était Martin. Il me regarda un moment avec une expression indéchiffrable, avant de me raconter ce qui s'était passé.

Je me pâmai. Martin manda la domestique qui attendait dehors. Celle-ci me coucha et envoya quérir un médecin qui m'administra un julep soporifique. Je m'éveillai après quelques heures d'un sommeil agité, et Martin me raconta la fin de l'histoire. Arrivé chez mon père, Peter avait été fouillé et trouvé en possession de billets de banque couverts de sang. Or, c'étaient les billets que la banque avait justement délivrés à mon père – le fait était établi. Peter avait donc été arrêté et accusé de meurtre. Martin m'assura qu'il était convaincu qu'il s'agissait d'une tragique erreur. (Oh ! Johnnie, que pouvais-je dire ? Je savais qu'il était retourné à la maison, et je l'en avais vu revenir avec du sang sur les mains.) Interrogé, Peter avait d'abord refusé de dire mot. Puis, Martin lui ayant parlé seul à seul, Peter lui avait confié où je me trouvais, lui demandant de venir m'y chercher.

Martin avait dû attendre que les enquêteurs prennent sa déposition, puis il était venu directement me retrouver. Il me résuma les faits. Il avait conseillé à Peter de ne rien dire – comme c'était son droit le plus strict. Quant aux témoignages, lui-même, sa femme et Mr Escreet – les témoins – s'étaient arrangés pour passer sous silence la querelle qui avait provoqué le départ de Peter. Heureusement, les domestiques se trouvaient à l'entresol à ce moment-là, et ils n'avaient rien vu ni entendu.

A peine Peter et moi partis, Mrs Fortisquince s'était retirée au premier étage pour préparer le thé, laissant les trois messieurs dans la salle à manger. Martin donna alors à papa un paquet qu'on lui avait confié pour lui, et mon père quitta la pièce en compagnie de Mr Escreet pour le mettre en sécurité dans le cabinet à vaisselle. « Il y avait à peine une minute ou deux qu'ils étaient sortis, continua-t-il, et je m'apprêtais à aller rejoindre mon épouse, n'ayant pas le cœur à siroter mon vin tout seul après les tristes événements de la soirée, quand Escreet est revenu, disant qu'ils ne tarderaient guère et que ton père me priait de l'attendre parce qu'il souhaitait discuter en confidence de ce qui s'était passé. Escreet ayant oublié de refermer la porte en sortant, j'ai vu, quelques instants plus tard, s'y enfiler un inconnu venant du hall. Ce n'était pas Peter, j'en suis certain ; il était à peu près de la même stature que lui, mais il portait un surtout rouge vif et non vert, comme celui de Peter. J'ai pensé que c'était un domestique que je ne connaissais pas. Quelques instants plus tard, la silhouette a repassé la porte. Je commençais à m'interroger sur l'identité de l'inconnu car, s'il y avait eu un nouveau valet dans la maison, j'eusse sans doute été au courant. En admettant qu'il y en eût un, pourquoi n'était-il pas arrivé par l'escalier de l'entresol où se tenait le personnel ? Puis, au bout d'une minute ou deux, à peine, j'ai entendu des cris. Je me suis précipité dans la bibliothèque, qui était vide, puis dans le cabinet à vaisselle, où j'ai découvert un spectacle épouvantable : ton père étendu de tout son long, face contre terre, pourfendu avec le vieux sabre normalement accroché au mur du corridor et qui se dressait encore sur son corps. Escreet était au sol à ses côtés et je l'ai d'abord cru mort lui aussi, car il avait la tête en sang. Le coffre-fort était béant, vidé de son contenu. Là s'est produite une chose que je n'ai pas déclarée à l'enquête : Escreet est assez vite revenu à lui et m'a dit que c'était Peter qui avait fait le coup. Je lui ai fait remarquer qu'il ne devait plus avoir les idées bien claires puisque Peter avait quitté les lieux depuis un bon moment, mais le vieux monsieur a insisté, affirmant que Peter était revenu. Les domestiques sont arrivés, affolés, épouvantés à la pensée qu'un assassin rôdait dans la maison. Je l'ai fouillée de fond en comble : il n'y avait personne. La porte de derrière était bouclée, et seuls la cuisinière et Mr Escreet en possèdent des doubles. Examinant alors l'entrée principale, j'ai constaté que la porte du porche était enfoncée, celle de la maison déverrouillée et ouverte. C'est par là que le meurtrier avait dû entrer. Il avait dû réussir à forcer la serrure de la porte d'entrée, puis à briser les carreaux et les montants de celle du porche. J'en ai déduit que, quand je l'avais vu passer par la porte de la salle à manger, il devait être en train de chercher à sortir par la porte de derrière. L'ayant trouvée close, il avait dû retourner vers l'entrée principale et repartir comme il était venu. Bien sûr, c'est plus tard que j'ai reconstitué tout cela. Sur le moment, je suis sorti dans la rue demander à des passants d'alerter les veilleurs qui ont fait diligence. Entre temps, je suis retourné voir Escreet pour le prévenir que je n'avais trouvé personne dans la maison et qu'il avait dû se tromper en disant avoir reconnu Peter. Il en est tombé d'accord, décidant de ne pas mentionner la chose aux autorités. Il a donc raconté à l'agent de police qu'il n'avait pas vu l'homme qui les avait attaqués. Cependant, comme les domestiques avaient répété à la police les premières paroles d'Escreet, celui-ci a dû s'en expliquer à l'enquête. Il a déclaré qu'il n'avait sans doute pas tous ses esprits quand il avait mentionné le nom de Peter. Il a soutenu qu'ayant été frappé de dos, il n'avait pas pu voir son agresseur. Malheureusement, le coroner a suggéré au jury qu'Escreet mentait pour ne pas incriminer Peter. Le valet de l'auberge du relais de poste, lui aussi appelé à la barre, a témoigné de votre arrivée, à Peter et toi, qui réserviez des places dans le coche de nuit. Il t'avait conduite dans une chambre et n'avait pas vu, sans pouvoir l'affirmer catégoriquement, Peter quitter l'auberge. Au terme de l'enquête, le jury d'instruction a suivi dans son verdict les recommandations du coroner, et Peter a été reconnu coupable d'homicide volontaire, inculpé et mis en détention préventive. Il va devoir comparaître devant un grand jury ; si celui-ci décide qu'il y a suffisamment de preuves contre lui pour établir un acte d'accusation en bonne et due forme, Peter devra passer en jugement. Il y a autre chose, aussi : il a refusé de répondre quand on l'a questionné pour savoir où tu étais. Je te laisse imaginer l'effroi que cela a suscité ! Mais ensuite, j'ai pu le voir brièvement, et il m'a indiqué où je pourrais te trouver, en insistant pour que tu ne rentres pas à Londres. Sa plus grande crainte est de retomber sous la coupe de son père et de son frère qui auraient ainsi peut-être moyen de te faire du mal. » Martin souligna que tout cela était un terrible malentendu et que Peter ne pouvait pas être coupable d'un tel acte. Mais oncle Martin n'en savait pas aussi long que moi ! Les billets de banque étaient la seule preuve contre Peter, expliqua-t-il, et papa avait fort bien pu les lui donner à l'insu de Mr Escreet. Hormis cette présomption de vol, il n'existait aucune autre preuve pouvant suggérer un mobile, puisque personne n'avait mentionné la querelle à la police. Il n'y avait rien qui prouvât, non plus, que Peter était retourné chez mon père. Martin était quasi persuadé que l'homme qu'il avait aperçu n'était pas Peter. Un seul autre point pouvait incriminer Peter : l'assassin avait réussi à ouvrir la porte d'entrée sans la forcer. C'était donc nécessairement quelqu'un qui pouvait se procurer un double de la clé. Mais cela valait autant pour les autres habitants de la maison. En revanche, le meurtrier avait dû démolir la porte du porche pour rentrer, or Peter, si c'était lui, aurait pu avoir un double de cette clé-là aussi. Cela tendait à prouver que l'assassin n'était pas une personne de la maisonnée ou liée à elle, mais quelqu'un qui avait tenté sa chance au hasard et réussi à forcer la serrure, ou même qui l'avait trouvée ouverte. Martin me demanda si je pouvais témoigner en faveur de Peter, par exemple en attestant qu'il était resté tout le temps avec moi à l'auberge. Que faire ? Je me tus. Martin parut étonné et déclara que, dans ce cas-là, mieux valait ne pas m'en mêler du tout, et rester où je me trouvais jusqu'à ce qu'il revînt m'annoncer les résultats de l'audience du grand jury.

La semaine (autant ? moins ? il m'est trop pénible de faire l'effort d'y repenser) s'étira. Martin, enfin de retour, m'apprit que le père et le frère de Peter étaient intervenus. Mr Clothier père avait profité du pouvoir de tutelle accordé par la commission qui avait certifié la folie de Peter pour choisir lui-même le défenseur de son accusé de fils, et l'avocat qu'il avait désigné n'était autre que Mr Daniel Clothier ! Lequel avait aussitôt interdit à quiconque – y compris Martin – de communiquer avec son frère. Appelés devant le grand jury, Martin et les autres témoins avaient répété les mêmes dépositions qu'au moment de l'enquête, sauf Mr Escreet qui, pressé de questions par Mr Daniel Clothier, avait dû avouer que Peter et moi étions partis à cause de la violente querelle qui avait éclaté entre papa et mon mari. Manifestement, Mr Daniel Clothier voulait se servir de cet aveu pour plaider la folie du défendant, et il cherchait donc à démontrer que Peter s'était conduit bizarrement ce soir-là. Martin était furieux parce que Peter aurait eu toutes ses chances, sans cette divulgation. A présent, tout se retournait contre lui. L'inculpé n'avait bien entendu pas le droit de témoigner mais le juge lui avait posé quelques questions. Peter avait tenté à plusieurs reprises de protester qu'il ne voulait pas être représenté par son frère, et que son père avait abusé de son droit de tutelle en le désignant. MM. Clothier père et fils voulaient le faire pendre, avait-il déclaré, parce qu'il savait des choses sur eux qui pourraient les incriminer. Ces déclarations avaient fait très mauvaise impression sur le jury. Mais, surtout, lorsque le juge avait demandé à l'accusé d'expliquer l'altercation qu'il avait eue avec son beau-père, Peter avait raconté la plus invraisemblable des histoires : il ne s'agissait pas d'une vraie dispute mais d'une comédie convenue entre eux et montée avec la complicité de Mr Escreet. Non seulement il n'y avait pas eu de querelle d'argent entre eux, mais papa lui avait donné une partie des billets qui étaient sur lui quand on l'avait arrêté. Peter avait trouvé les autres billets, couverts de sang, dans sa poche, sans explication de leur présence à cet endroit-là. Il était aussitôt reparti pour Londres, dans l'intention d'élucider avec lui ce mystère et de lui restituer les billets. De nouveau interrogé, Mr Escreet avait fait état de son ignorance sur le prétendu cadeau de papa à Peter, bien qu'en qualité d'homme de confiance de mon père, il fût au courant de toutes ses opérations financières. Quant à l'histoire selon laquelle la querelle n'aurait été qu'une comédie combinée à l'avance, il aurait préféré que ce fût effectivement le cas. Sur ces entrefaites, Mr Daniel Clothier avait informé la cour que Peter avait récemment été certifié fou par la commission statuant sur les cas d'aliénation, ajoutant que Mr Silas Clothier et ses domestiques étaient prêts à témoigner de la bizarrerie du comportement de l'accusé au cours des derniers mois. Suivant la recommandation du juge, le jury avait statué que la folie de Peter le rendait inapte à comparaître. Le juge avait alors rendu une ordonnance plaçant Peter sous la tutelle de son père, qui s'engagea à le confier à la surveillance du directeur d'un établissement nommé le *Refuge* où il serait interné. Le magistrat avait décidé de ne pas annuler l'inculpation, qui resterait enregistrée au casier judiciaire. Ce qui voulait dire, ajouta Martin, que Peter demeurerait dans la maison de fous pour le restant de ses jours et que, si jamais il venait à retrouver la raison, il serait jugé pour meurtre.

J'étais bien trop choquée pour me préoccuper de l'avenir, mais Martin insista pour que je reste cachée loin de Londres, de peur que Mr Clothier père ne tente de régenter ma vie afin de s'emparer du codycyle. Car, une fois celui-ci présenté au tribunal, les Clothier auraient tout intérêt à ma mort, comme me le rappela Martin, puisque j'étais maintenant la seule descendante Huffam dont l'existence empêchât le vieux Mr Clothier d'hériter du domaine. Martin me confia qu'il possédait toujours la vieille maison de son père à Melthorpe, qui était inoccupée, et il m'offrit d'y loger gratuitement. Comme j'objectai qu'il était peut-être malavisé de se cacher si près de Hougham, Martin répondit que ce serait au contraire bien plus sûr, puisque personne ne penserait jamais à venir me chercher là. (Il ajouta en plaisantant que c'était vivre selon la devise de ma famille que de chercher la sûreté au voisinage du danger.) C'était là un geste de pure bonté de sa part, me dis-je, et j'acceptai son offre avec gratitude. Il m'emmena donc sur place et m'installa dans la maison. Je m'étais choisi le nom de *Mrs Mellamphy* pendant le trajet, et nous nous étions accordés pour raconter que je sortais d'un récent veuvage et que Martin était le père de mon défunt époux. Grâce au ciel, je n'ai pas besoin d'évoquer encore une fois cet épisode, que je t'ai déjà raconté. M'ayant aidée à engager des domestiques – Mrs Belflower et Bissett – et à rendre la maison confortable, Martin rentra à Londres pour tâcher d'y débrouiller mes affaires. Évidemment, tout ceci compromit quelque peu ma réputation – ce qui explique l'attitude qu'eurent à mon égard les gens de qualité du village. Surtout quand, quelques mois plus tard, ma situation éclata au grand jour.

Martin était l'exécuteur testamentaire de mon père, papa ayant négligé de modifier cette disposition après leur brouille. J'étais bien entendu son héritière, bien qu'il n'y eût pas grand-chose à hériter, en dehors de la rente de Hougham, puisque même la maison n'appartenait pas à papa mais à Mr Escreet. Oncle Martin dut vendre les meubles et la vaisselle pour payer les dettes de papa, la plus grosse étant les quatre mille livres qu'il devait à Mr Clothier père. (Martin réussit cependant à sauver un peu de vaisselle et de porcelaine, ainsi que quelques ouvrages.) Une fois la succession liquidée, il ne restait guère que quelques centaines de livres et la rente. Cependant, mes biens appartenaient à mon époux, puisque j'étais mariée, mais, Peter ayant été certifié fou, le comité de tutelle était son représentant légal, autrement dit Mr Clothier père. Martin craignait donc que le vieux monsieur n'exigeât que la rente lui fût payée à la place de son fils, et les faits vinrent confirmer ses craintes. Les Mompesson refusant alors de la payer à quiconque, Mr Clothier père porta plainte auprès de la Chancellerie, ces poursuites venant se greffer sur le procès qu'il y menait déjà depuis des années (une fois une affaire portée à l'attention de la Chancellerie, celle-ci s'emploie à en connaître tous les tenants et les aboutissants). Le règlement du litige risquait de prendre des années, Martin en avait bien peur. (Au fait, il me raconta que Mr Daniel Clothier s'était publiquement disputé avec son père et l'avait rejeté, se déclarant honteux et indigné de la manière dont son père avait traité Peter. Il avait cessé toute participation à ses affaires, allant, paraît-il, jusqu'à changer de nom pour adopter celui de sa seconde épouse quand il s'était remarié, à peu près à ce moment-là, comme Martin l'avait appris par la *Gazette*.)

Les premiers mois, je vécus de l'argent que Peter m'avait laissé, Martin m'aidant un peu aussi. Mais je m'aperçus bientôt que j'attendais un enfant. C'est à ce moment-là (comme je te l'ai déjà dit) que Martin me donna les deux mille livres de fonds consolidés qui nous permirent de vivre jusqu'à ce que j'en fusse spoliée. Il souligna toutefois que (à cause de Jemima) c'était la dernière fois qu'il pouvait m'aider, en dehors de la permission d'habiter sa maison pour rien. Il se pouvait aussi, m'avertit-il, que le vieux Mr Clothier profitât de la tutelle qui lui avait été dévolue sur mon mari pour obtenir ta garde, Johnnie, si jamais il apprenait ton existence. En effet, un enfant né de moi l'empêcherait d'hériter du domaine de Hougham. Voilà pourquoi il fallait absolument que la naissance de mon enfant et mon lieu de résidence fussent tenus secrets. En dehors des habitants de Melthorpe, où l'on ne me connaissait que sous le nom de Mrs Mellamphy, personne ne savait rien de toi. Martin eut beau garder le secret envers sa femme, il ne l'empêcha pas de l'éventer – comme tu le sais – quand il ne fut plus à même de conduire seul ses affaires. Après ta naissance, il cessa ses visites, à cause d'elle. Quant à moi, ma pensée revenait toujours au mystère de l'assassinat de papa, et j'en vis un triste rappel, à la fin de cette première année – dans le mois de décembre qui précéda ta naissance – quand deux familles habitant au bord de la grand-route de Ratcliffe furent massacrées par un inconnu qui s'était introduit nuitamment chez elles. Dans mon désir que l'assassin de papa fût un inconnu et non Peter, je me demandai même si l'auteur de ces crimes-là n'était pas le même individu. Mais les autorités attrapèrent celui qu'elles tenaient pour responsable et celui-ci se pendit avant le procès, si bien que je ne sus jamais le fin mot de l'affaire. Le temps passant, j'échafaudai toutes sortes d'explications. Je soupçonnai tout le monde, sans exception : Peter, Mr Escreet et même… Oh Johnnie ! Quel tourment de penser que le père de mon enfant avait pu tuer mon propre père ! Tant et tant de choses que j'imaginai… J'eus même peur d'avoir été responsable – sans le faire exprès – de l'assassinat de mon père et de l'emprisonnement de mon mari. Je me disais que ce n'était pas la faute de Peter, que sa passion pour moi l'avait conduit à agir de la sorte.

Je devenais de plus en plus pauvre, au fil des ans, et bien que Martin m'eût promis de veiller à nous éviter la gêne, je redoutais ce qui se passerait s'il venait à mourir bientôt – ce qui était possible, vu son mauvais état de santé –, parce qu'il m'avait avoué qu'il n'avait rien osé me léguer. C'est ainsi que quand tu avais deux ans, j'ai fait une grosse bêtise, une chose stupide qui a été la cause de tous les malheurs qui ont suivi. Je m'étais mis dans l'idée de tenter de me servir du codycyle pour me procurer des fonds. Je demandai à Martin si j'avais quelque avantage à présenter le codycyle à la Chancellerie, comme c'était initialement l'intention de papa, mais il m'assura que je n'avais rien à y gagner, au contraire : une telle démarche nous mettrait en danger, toi et moi, en nous exposant à de graves ennuis de la part des Clothier. Martin m'encouragea instamment à faire ce qu'il y avait de mieux à ses yeux : vendre le document aux Mompesson qui s'empresseraient certainement de le détruire pour éliminer la menace qu'il représentait pour la légitimité de leur droit de propriété du domaine, et nous serions ainsi tranquilles, toi et moi. Je refusai, malgré tout, à cause de la promesse que j'avais faite à papa, quelques heures avant son… J'avais le sentiment que ce papier lui avait coûté la vie et que le fait de nous l'avoir transmis à moi et à mon héritier était la seule réussite de son existence. Ce serait vile trahison vis-à-vis de lui que de laisser détruire le codycyle. J'en vins à me demander pourquoi Martin paraissait si soucieux de voir les Mompesson acquérir le document, et je le soupçonnai même de prendre leurs intérêts plus à cœur que les miens. Si ce que Peter m'avait raconté était vrai, cela voulait dire que papa ne faisait pas confiance à Martin, pour une raison ou pour une autre. (Maintenant que je sais avec certitude que Peter disait la vérité, je m'interroge plus que jamais sur le bien-fondé de mes soupçons.)

Je décidai donc d'agir à l'insu de Martin et d'envoyer copie du codycyle à sir Perceval à l'appui de ma demande de paiement de la rente. Je pourrais ainsi à la fois tenir la promesse faite à mon père et obtenir mon dû. Ne comprenant pas que le codycyle menaçait la légitimité de son droit de propriété du domaine, je ne savais pas que Mr Mompesson allait croire à un chantage de ma part – c'est pour cela qu'il était si furieux, la fois où nous allâmes le trouver, toi et moi. Si seulement je n'avais pas si mal conduit toute l'affaire ! Je crois qu'il m'aurait aidée, car nous sommes cousins. Mais tout le mal est venu de là. Puisque c'est pour me cacher de sir Perceval que j'ai dû engager un homme de loi, Mr Sancious, que j'ai choisi au hasard d'un compte rendu d'audience dans un journal. Je lui ai écrit indirectement, confiant à Martin le soin de lui expédier ma lettre. Je demandais à Mr Sancious de bien vouloir se charger de faire suivre du courrier pour moi, et il y consentit. J'ai alors moi-même copié le codycyle et j'en ai fait tenir la copie à sir Perceval par le truchement de cet homme de loi. Martin ignorait tout de ces tractations, et, en principe, Mr Sancious et les Mompesson n'avaient quant à eux aucun moyen de connaître notre lieu de résidence. Comme tu le sais, tous deux le découvrirent malgré tout – je n'ai jamais su comment. Il m'arrive parfois de me demander si Martin n'en a pas parlé à sir Perceval.

V

Parlament Street, Bethnal Green, le 29 mars.

Comment a-t-elle pu faire ça ? A moi, qui avais été si bonne pour elle ? Me trahir de la sorte ! Nous obliger à fuir comme des criminels ! En abandonnant tout : tous mes habits, tout ce que je possédais. J'ai pourtant toujours été gentille avec elle, pour sûr. Je la laissais mettre l'ouvrage sur le dos de Sukey. Je croyais qu'elle nous voulait du bien. Pourquoi les gens… Et puis, cette horrible Mrs Malltrat !

Il s'est passé tant de choses depuis mes dernières notes. Si j'avais su que ce serait aussi dur, nous ne serions pas venus à Londres ! Mais quelle malchance de se faire voler dès notre arrivée par cette méchante, méchante femme ! C'est là que tout a commencé, parce que j'ai perdu ma broderie et que ça nous aurait sauvés.

Il y a une semaine que nous sommes là. C'est affreux ! Cette petite chambre si sombre ! Le quartier a énormément changé depuis l'époque où je le connaissais. J'ai essayé de ne pas montrer à Johnnie à quel point j'étais déçue. Avant c'était tout vert, rien que des jardins, et les sales petites baraques étaient bien plus loin. Maintenant, il y en a partout. Mais la femme est gentille, à vrai dire, même si elle est bien ordinaire et vulgaire. Johnnie a tort. Il devient très têtu. Elle ne nous veut pas de mal, mais son mari ne me plaît guère.

Le 10 avril.

Il a été gentil d'acheter des habits neufs à Johnnie, je crois qu'il l'aime bien. Pourtant, ce n'est pas un homme comme il faut. Elle me raconte qu'il la bat. On devient assez amies maintenant, mais elle me fait travailler si dur !

Le 29 avril.

Affreuse bonne femme, vraiment affreuse ! Comme elle m'a humiliée ! Il faut absolument que nous partions.

Orchard Street, le 15 juin.

Je crois qu'elle va être gentille avec nous. Elle semble bonne et honnête. Mais nous n'aurions pas dû quitter ces gens-là, nous étions en sûreté et, au moins, il y avait à manger. Johnnie devient un vrai tyran. Comme il ressemble à mon père ! Je pense à lui si souvent, maintenant. Parce que nous sommes si près de la vieille maison, je suppose. S'il me voyait comme ça ! Je n'ai pas osé lui raconter mon cauchemar, quand il m'a réveillée la nuit dernière, Johnnie. J'ai rêvé que papa était tout couvert de sang, son visage, son cher visage tant aimé, quand il était… A-t-il reconnu le… Il a eu l'air si étonné, comme s'il connaissait celui qui… Et il a dit que c'était moi qui lui avais fait… Que je l'avais amené.

Le 24 juillet.

Pas le temps d'écrire. Je crois que je travaille encore plus dur pour Helen et les Peachment que pour l'autre femme. J'ai dit à Johnnie qu'on n'aurait pas dû quitter. Juste deux gouttes.

Le 30 août.

J'aimerais bien avoir de jolies robes. Je serais furieuse d'avoir l'air d'un épouvantail devant tous ces gens !

Le 1er septembre.

C'était horrible ! Horrible. J'ai tellement honte. Nous n'aurions pas dû rester. Et à la fin, ce monsieur – non, ce n'était pas un homme de qualité – que je croyais bien mieux que Mr Pentecost… Il m'a raccompagnée mais Helen est restée !

Le 16 octobre. Minuit.

Ça m'a brisé le cœur de m'en séparer. Johnnie est si cruel de m'obliger à le faire. Mais, un jour, je le rachèterai. Ça m'a tout remis en esprit ! Ces horribles échoppes de prêt sur gages ! Les choses que Peter m'a racontées. Tout ce qui s'est passé à ce moment-là. Je n'arrive pas à dormir, à force d'y penser.

2 heures du matin.

J'ai tout raconté à Helen. La mort de papa. Mon mariage qui n'en fut pas un. Qui est le père de Johnnie. Tout. Elle m'a donné un julep soporifique.

Le 18 octobre.

De si doux rêves !

Le 5 novembre.

Elle dit qu'il faut que je commence à tenir un compte.

2.

Le 8 novembre.

3.

Le 9 novembre.

3.

Le 10 novembre.

5.
7.
6.
9.
10.

Décembre.

11.
10.
12.
11.
14.
14.
13.

11.
15.
14.
14.

Janvier.

17.
12.
14.
15.
18.
18.
19.
17.
19.
20.
24.

Le 19 mai.

Ça a été terrible. Je ne pensais pas survivre à tant d'horreurs, mais j'y suis arrivée avec l'aide d'Helen. Jamais plus je ne prendrai de cette substance maléfique !

Le 22 juin.

Quelle triste histoire ! Que de malchance elle a eue ! Presque autant que moi. Lady Mompesson est bien dure, semble-t-il. Si vindicative ! Peut-être que je me suis trompée en imaginant qu'ils seraient bien disposés à mon égard.

Le 16 juillet.

Ils nous ont retrouvés ! Cet homme ! Cet horrible grand escogriffe ! Celui qui a suivi Peter, ce soir-là, et qui a essayé d'enlever Johnnie à Melthorpe. Nous ne pouvons pas rester ici. Mais comment savaient-ils où ?

27, Golden Square, le 19 juillet.

Elle nous a reçus avec tant de bonté que j'en étais émue. J'ai eu tort de laisser Johnnie me persuader qu'il ne fallait pas lui faire confiance. Elle ne me déteste pas du tout ! J'ai cru jadis, quand j'étais jeune fille, qu'elle ne m'aimait pas, parce que j'avais tant de choses et qu'elle n'avait rien. Après tout, j'ai quand même été bonne avec elle, à l'époque. Je lui ai donné mes anciennes robes quand elle n'avait rien à se mettre. Et si elle m'a détestée et qu'elle ait voulu se venger, eh bien, après tout… Je crois que je lui ai fait du tort. Mais comment Helen a-t-elle pu me trahir ? Je ne peux même pas y penser.

Le 20 juillet.

Mr Steplight est un drôle de petit bonhomme, mais très courtois. Avec ses manières de gentilhomme. Je n'ai pas l'impression que Jemima le porte dans son cœur.

Great Earl Street, le 22 juillet.

Ça ne finira donc jamais ? Juste quand je nous croyais enfin en sûreté. Si seulement j'avais… Cet endroit et ces horribles gens me sont insupportables. Mais comment se fait-il que le billet soit en sa possession ? Johnnie ne doit pas savoir que notre Ennemi l'a entre les mains : nous sommes maintenant en son pouvoir…

Le 23 juillet.

J'ai un terrible pressentiment à propos de Johnnie, comme si je ne devais jamais le revoir. J'ai pleuré toutes les larmes de mon corps après son départ avec Mr Steplight. Au moins, il sera en sûreté à présent.

Le 26 juillet.

L'homme de Mr Steplight n'a toujours pas apporté l'argent promis. Mrs Fortisquince n'est pas venue me voir hier, mais je l'attends aujourd'hui, dans la journée.

Le 28 juillet.

Mr Steplight n'est pas venu, bien qu'il doive être de retour en ville. Je veux des nouvelles de Johnnie. Mrs Fortisquince est passée aujourd'hui. Elle a dit que c'était gaspiller l'argent que de me faire la charité, parce que je ne faisais que le dépenser. Pourquoi est-elle si… La fille a dit qu'elle m'en procurerait. J'ai juste ce qu'il faut pour une petite dose. Pas plus, car je ne supporterais pas d'endurer à nouveau les mêmes tourments.

1.

Le 13 août

A peine quelques shillings de reste, et l'horrible bonhomme, ici, m'a dit ce qui m'arrivera si le complément n'est pas réglé dans les deux jours : je serai traînée devant le magistrat et incarcérée. Il faut que j'aille leur demander de l'aide. Il est d'accord pour m'emmener chez eux pour dix shillings. Mes dernières pièces. Nous irons demain.

1.

Je suis perdue. C'est Mr Assinder, l'intendant, qui m'a reçue, et quand je lui ai tout expliqué, il est parti consulter sir Perceval. Il est revenu en annonçant que sir Perceval l'avait chargé de dire qu'il n'avait aucune communication à me faire et qu'il ne souhaitait plus être dérangé à ce sujet. Maintenant que Johnnie est en sûreté, ils n'ont plus cure de ce qui peut m'arriver !

2.

The Common Side, 18 août.

C'est la première fois que je peux écrire, depuis qu'ils m'ont amenée ici. Quelle humiliation ! Ils ne pouvaient rien me faire de pire. Au moins, Johnnie est en lieu sûr.

2.

Le 20 août.

Il est toujours là ! Je ne l'ai jamais aimé, il me semblait pire que son ami. Je ne veux rien avoir à faire avec lui, même si sa lettre a l'air amicale et gentille.

The Master's Side, le 30 août.

La femme qui m'a soignée quand j'étais malade, et dont je croyais qu'elle le faisait par bonté d'âme, était payée par lui ! Elle me l'a avoué (bien qu'elle se soit engagée à se taire, il avait insisté), et je lui ai envoyé un mot. L'époux de cette femme est l'homme avec qui il « crèche », comme ils disent ici. C'est lui qui m'a fait déménager. Il viendra quand j'irai mieux.

Le 2 septembre.

Il m'a expliqué tellement de choses ! Je ne peux rien écrire tant que je n'aurai pas eu le temps d'y réfléchir.

Le 3 septembre.

Il a été très malade et sa vie est toujours en danger. Il est si bon ! Je m'étais trompée à son sujet. Il a tout compris, après ce que je lui ai raconté. Il craint que Mrs Fortisquince ne m'ait trahie, mais pourquoi ? Il dit qu'il ne cherche pas à le deviner, car il ne se risque jamais à conjecturer. Dire qu'elle m'a laissé envoyer dans cet endroit ! C'est même peut-être elle qui a appris à mon Ennemi où je me trouvais. (Malgré tout, je ne comprends pas pourquoi Helen m'a trahie, ou pourquoi sir Perceval a refusé de m'aider.) Il me conseille de m'en tenir à ce que je sais de façon certaine, sans me livrer à la spéculation. Lui, il n'essaie jamais de deviner les mobiles des autres, au-delà de ce qui lui apparaît manifestement comme leur intérêt évident. Quant à la manière dont Mr Clothier s'est arrangé pour avoir ma créance, il paraît que c'est Mr Sancious qui a dû la lui vendre. Mais comment ces deux-là en sont-ils venus à se liguer contre moi ?

Le 4 septembre.

Il dit qu'il voudrait bien me sortir d'ici mais qu'il ne peut pas m'aider parce qu'il n'a rien, et qu'il est lui-même toujours dans de grosses dettes. Il est en train d'essayer de trouver assez d'argent pour que je puisse passer au régime des Rules. Il s'est endetté parce qu'il a enfreint ses plus chers principes en garantissant une créance pour un ami qui avait si mal mené ses affaires qu'il risquait d'y perdre son négoce. (Il l'a tout de même perdu, et ils se sont retrouvés ici, tous les deux.)

Le 6 septembre.

Il est de nouveau très malade, on désespère de lui.

Le 8 septembre.

Quelle triste nouvelle, pour Mr Pentecost ! Me voilà à nouveau sans ami. Maintenant, il ne reste plus qu'une seule personne qui puisse m'aider. Mais puis-je me souvenir de son adresse ?

12, East Harding Street, le 10 septembre.

Heureusement que j'ai pensé à elle, grâce au ciel ! Elle a été la bonté incarnée ; je suis en sûreté et j'ai tout ce que je pourrais souhaiter. Elle est accourue dès qu'elle a reçu ma lettre, et elle a tout arrangé avec les autorités en payant une caution, pour que je puisse passer au régime des Rules et y habiter en « externe » de la prison. Je ne sais comment je pourrai jamais la rembourser. Quand je lui ai dit ça, elle m'a répondu de ne pas m'inquiéter de ces choses-là avant d'aller mieux et d'avoir repris des forces. Elle est *vraiment* bonne.

Le 13 septembre.

Je lui ai raconté comment Helen avait trahi ma confiance. Elle était horrifiée, et elle a juré de refuser tout commerce avec elle, si jamais elle la rencontre. Elle m'a présentée à quelques-unes des dames qui habitent chez elle. Je ne leur ai parlé que très brièvement, mais elles m'ont paru très agréables. L'une d'elles m'a confié qu'il y avait toujours beaucoup de monde qui venait en visite. Il y a si longtemps que je n'ai pas été en bonne compagnie ! Elle m'a promis de m'acheter une nouvelle robe pour que je puisse aussi recevoir des visiteurs. C'est vraiment une femme très généreuse et puis, comme elle dit, il faut bien s'entraider, dans ce monde. Je suis pourvue au mieux, maintenant : j'ai une bonne pour me servir, ma propre chambre, et tout est exactement comme j'aime.

Le 14 septembre.

Elle m'a commandé une belle robe neuve en soie chez la couturière. Je ne sais comment je pourrai jamais la rembourser, ni quand j'aurai l'occasion de la porter, mais elle m'a dit de ne pas me faire de souci.

Le 15 septembre.

Elle m'a dit qu'elle aimerait que je reçoive des visiteurs, à présent. Je n'ai point osé décliner l'offre, vu qu'elle a été si bonne pour moi, mais je ne comprends pas pourquoi ses amis auraient envie de me voir. Néanmoins, j'ai accepté. Mrs Purviance a dit que je pourrais mettre ma robe neuve. Ainsi, je vais à nouveau paraître en compagnie demain, pour la première fois depuis fort longtemps.

Le 16 septembre.

Le ciel soit loué ! Il est en sécurité. C'est mon seul souci, à présent. Quelle importance, ce qui m'arrive à moi !

Le 17 septembre.

Dois partir d'ici, mais je n'ai pas d'habits – sauf ceux qu'elle m'a donnés et elle dit qu'ils lui appartiennent – et pas d'argent non plus, et où aller ? Je repense toujours à ces créatures au pied du mur d'enceinte des Jardins privés de la Couronne.

Le 18 septembre.

Elle m'a dit que j'étais une gourde, que je ne comprenais pas comment le monde tournait, que personne ne vous faisait de faveurs pour rien, et comment j'avais pu être assez bête pour le croire. Fallait-il que je sois une dissimulatrice et une gourgandine, et elle ne voulait pas supporter plus longtemps mes faux-fuyants.

Le 23 septembre.

On me suit dans la rue. Si je tente de fuir, on va m'accuser de vouloir voler la robe.

Le 24 septembre.

Une des femmes m'a dit qu'elle m'aiderait à m'en procurer.

Le 25 septembre.

Le ciel soit loué ! Il y a quand même une personne gentille ici. A présent, je ne me soucierai plus tant de mon sort.

1.

Le 4 octobre.

J'ai vu Helen aujourd'hui ! Ici même, dans cette maison ! Elle a rougi de honte sous mes reproches. Ainsi, Mrs Purviance m'a menti ; elle l'avait cachée dans une autre de ses maisons. Me tromper de la sorte ! Il faut que je m'en aille. J'ai mal agi. J'ai été si stupide !

3.

Le 7 octobre.

De nouveau été malade. Elle a été très méchante avec moi. Je ne sais pas pourquoi j'écris ça, car il ne le verra jamais. Je détruirai tout. Il ne faut pas qu'il me revoie, jamais. Il ne faut pas qu'il apprenne la vérité sur moi.

5.

Le 9 octobre.

5.

Le 13 octobre.

6.

Le 28 octobre.

7.
9.
6.
9.
10.

QUATRIÈME PARTIE

LE VOILE

I

Conjecture – folie pure ! Allez donc savoir ce qui pousse, dans le fond, les uns et les autres à agir ! Et puisqu'on ne peut jamais l'affirmer, autant s'abstenir de vaines spéculations – c'est plus sage et plus juste. Prenez Mr Vulliamy : en l'occurrence, il n'y a rien d'autre à dire que rapporter ce qu'il fit. Était-il ému ou irrité par la mauvaise nouvelle, fut-il animé par l'intérêt personnel et le désir de vengeance, après ce que Mr Sancious venait de lui apprendre ? Je ne saurais trancher.

Intéressons-nous d'abord à Mr Sancious. Tandis qu'il déambule dans les rues glacées, soufflant sur ses mains gantées pour les réchauffer, il est sûrement sourd et aveugle à la fête qui se prépare alentour. L'esprit agité par d'autres préoccupations, il se dirige vers une maison de commerce de miteuse apparence, sise au bord du vieux quai.

Arrivé dans le bureau, il n'y trouve que le commis et Mr Vulliamy qui le salue :

– Bonjour, monsieur Sancious. Mr Clothier est à la Grande Bourse. Il ne va pas tarder, il vous attendait bien à cette heure-ci.

Mr Sancious prend le premier clerc par le bras et l'entraîne à l'écart du bureau de l'entrée, où se tient le commis ; près du cabinet privé qui se trouve sur l'arrière, l'homme de loi chuchote :

– C'est une sale affaire, monsieur Vulliamy.

Le clerc hoche la tête :

– Jamais vu ça ! Pas même en 97, quand j'étais pas plus vieux que le mioche. (Un sacré hiver, que c'était aussi !) C'était l'année où la Banque d'Angleterre a suspendu ses paiements, pour la première et dernière fois – du moins, c'est à espérer !

Mr Sancious frissonne et ajoute :

– Aux dernières nouvelles des comtés, il y a encore trois maisons de province qui vont fermer. A franchement parler, j'ai moi-même été bien échaudé, et je redoute pis encore.

– Je suis sincèrement désolé de l'apprendre, monsieur Sancious. J'ai peine pour les pauvres veuves et les orphelins qui ont tout perdu. Toutes ces familles privées de père, Dieu les bénisse !

Il s'essuie les yeux avant de poursuivre :

– La Noël va être bien triste pour eux ! Quoique, à la vérité, il faut reconnaître que les choses pourraient difficilement être pires pour les gens de ma condition.

Mr Sancious le regarde en hochant la tête d'un air incrédule :

– Vous en êtes bien sûr ?

– Sûr et certain. Vous savez, je n'ai rien à perdre, grâce au ciel ! s'exclame-t-il en riant. Mr Clothier détient trois cents livres de créances portant ma signature. Alors, non seulement je n'ai pas un penny, mais j'ai tellement de dettes que les événements actuels ne peuvent guère aggraver ma situation.

– Mais le vieux va en prendre un sacré coup ! De plein fouet, on peut dire : il paraît que *Quintard and Mimpriss* sont au bord de la banqueroute. Il va sûrement vouloir se renflouer : gare à votre livre de chair [1] !

Le clerc semble un instant alarmé, puis il esquisse un petit sourire :

– Ce ne sont pas mes trois cents livres qui changeront quoi que ce soit, Dieu vous bénisse, Monsieur ! De toute façon, il sait que je n'ai pas de quoi le rembourser. Et puis, ça lui convient de me laisser une épée de Damoclès au-dessus de la tête.

– Mais vous ne m'avez pas compris, mon cher vieil ami ! Ce que je veux vous dire, c'est que, dans les faits, la *Pimlico and Westminster*

1. Allusion au *Marchand de Venise*, de Shakespeare, où Shylok entend ainsi récupérer sa créance.

Land Company et vous, désormais, c'est une seule et même chose : mettez-vous bien dans la tête qu'il n'est plus question, maintenant, de revendre la jouissance d'une seule de ces maisons !

Mr Vulliamy le regarde, surpris :

– C'est ma foi vrai, Monsieur, mais comme j'ai dit, ça n'aggrave pas ma situation.

– Erreur, mon cher. Heureusement que je vous ai trouvé seul, grâce au ciel ! Il y a déjà un moment que je voulais vous confier un secret qui me pèse : votre patron a spéculé sur des titres achetés avec le capital de la société et vous comprenez bien que, la déroute actuelle ayant causé les pertes que vous imaginez, le dépôt de bilan soit la seule porte de sortie. Dès lors, à vous la paille humide des cachots !

– Je ne peux pas y croire ! Il n'aurait pas fait une chose pareille ! s'exclame-t-il avant de reprendre, après un instant de réflexion : Si, je peux bien le croire, en fin de compte. Le vieux brigand ! Après tant d'années de bons et loyaux services !

– Dieu merci, enfin j'ai la conscience tranquille, s'écrie l'homme de loi. Pourriez-vous me rendre un service à votre tour ?

– Oui, oui, marmonne l'autre, l'esprit ailleurs.

– Monsieur Vulliamy… le rappelle à l'ordre l'homme de loi d'une voix douce, les lèvres angéliques.

Le clerc émerge de sa rêverie :

– A votre service, Monsieur. Naturellement. Tout ce que vous voudrez. Car, à vrai dire, monsieur Sancious, je crois que vous m'avez peut-être sauvé la mise.

– J'en suis fort aise. Eh bien, voici : qu'évoque pour vous le nom de Fortisquince ?

Mr Vulliamy le regarde, alarmé.

– Ah, ah ! Ainsi, cela vous dit quelque chose, n'est-ce pas ? interroge Sancious.

– Non, euh, ou plutôt oui…

Il jette des regards inquiets à la ronde :

– Nous ne pouvons pas parler présentement, monsieur Sancious. Prenons rendez-vous, je vous prie.

Profitant de l'instant où le commis est requis par un coup de sonnette, Mr Sancious souffle à mi-voix :

– Je vous attends à mon cabinet, jeudi prochain, dans la soirée.

C'était le maître de maison, autour de qui le commis s'empresse, pour le défaire du grand cache-col où il s'est emmitouflé : c'est une ronde qui rappelle la danse du bouffon autour de l'arbre de mai. Tout en se prêtant à la pantomime, l'homme n'a pas un instant détourné son visage émacié et ses regards noirs de l'homme de loi.

– J'arrive à l'instant du marché de l'argent. *Amphlett and Leator* ont fermé, *Bazalgette* aussi, *Hornbuckle and Ditmas*, de même.

Vulliamy hoche la tête, atterré, considérant son employeur avec attention.

Sans un regard pour le clerc, le vieux monsieur fait signe à l'avocat de l'accompagner dans son cabinet privé.

– C'est mauvais, très mauvais ! commente Mr Sancious tandis que les portes se referment derrière eux. Quelques-unes des meilleures maisons se sont effondrées. J'ai entendu dire que *Quintard and Mimpriss* eux-mêmes passeraient un sale quart d'heure.

– Comment ça, mais pas le moins du monde ! se récrie le vieux monsieur avec véhémence.

– En êtes-vous bien certain ?

– Je le tiens d'un informateur au-dessus de tout soupçon.

– Tiens, tiens, marmonne l'homme de loi. Pourtant, on m'a proposé des titres de la société avec une ristourne de cinquante pour cent.

– Prenez ! s'écrie le vieil homme. Prenez tout ce que vous pouvez vous-même, et achetez le reste pour moi.

– Je n'achète pas pour mon compte mais pour une tierce partie. Car, hélas, monsieur Clothier, je n'ai plus de liquidités. Nos spéculations m'ont mis à fond de cale, outre qu'elles ont acculé la *Pimlico and Westminster* à l'impossibilité de faire face à son passif, je le crains bien.

– La compagnie va être mise en liquidation, chuchote le vieux, avec un signe de tête en direction du bureau.

– Alors il va... ? fait Mr Sancious à mi-voix en jetant un coup d'oeil en direction de la porte.

D'un doigt, le vieux esquisse le geste de tirer un trait devant sa gorge décharnée. Un pâle sourire s'inscrit sur ses lèvres.

– Pour rattraper cela, annonce Mr Sancious, j'ai d'excellentes nouvelles concernant notre autre affaire. Voyons, quelle est celle que vous attendez avec le plus d'impatience ?

Mr Clothier le regarde fixement et sa bouche forme silencieusement un mot.

L'avocat sourit :

– Exactement. J'ai été informé par mon agent que c'était effectivement le cas.

– Excellent ! s'exclame le vieillard qui applaudit et bondit de joie sur son fauteuil.

Puis, ramenant son attention sur l'avocat, il demande :

– Pouvez-vous m'en fournir la preuve ? Une preuve qui tiendrait devant un tribunal ?

– Pas encore, bien que je m'y sois déjà employé. Et je pense être bientôt en mesure de vous donner satisfaction. Toutefois, ni vous ni moi n'avions prévu cette complication, monsieur Clothier, et la facture s'en ressentira. En attendant, je vais déjà prendre ce qui m'est dû jusqu'ici.

– Moitié maintenant, et l'autre moitié quand vous me montrerez la preuve, insiste Mr Clothier.

L'avocat y consent d'un signe de tête, où se lit quelque regret. Le coffre-fort est ouvert, une fois encore, et un paquet de billets de banque change de mains.

– Et maintenant, qu'en est-il du garçon ? commence le vieux monsieur.

– L'affaire est en train, Mr Clothier. Car la deuxième bonne nouvelle, c'est qu'il se trouve à nouveau en lieu sûr.

Mr Clothier exulte et se trémousse. Puis il se calme et ajoute :

– Mais, écoutez-moi bien attentivement ! J'entends qu'on suive mes instructions à la lettre.

Puisque vous connaissez aussi bien que moi la teneur de leurs accords, nous allons laisser ces messieurs à leurs affaires.

Pendant ce temps-là, dans le bureau, Mr Vulliamy demande au gamin :

– Dis donc, Charley, file me chercher une bouteille du meilleur Hollands.

– Mais, faut au moins aller jusqu'au cimetière de l'église Saint-Paul pour en trouver, monsieur Vulliamy.

– Pas le savoir ! Exécution !

Le garçon sorti, Mr Vulliamy écoute le murmure de voix qui lui parvient du cabinet clos. Puis, prenant un morceau de chandelle, il le fait chauffer à la flamme d'une bougie et le triture entre ses doigts. Quand la cire est ramollie, il retire la grosse clé qui est sur la porte d'entrée et en prend vivement l'empreinte.

II

Parvenu à la fin du récit de ma mère, je m'étais recroquevillé sur moi-même, la tête entre mes bras croisés, me balançant doucement d'avant en arrière, en proie aux affres d'une insoutenable douleur. J'étais déchiré par la violence des émotions qui s'affrontaient en moi. Le noir secret, si longtemps dissimulé par ma mère, m'était enfin révélé : mon grand-père avait été brutalement assassiné, et presque certainement par… Je n'osais y songer. Quelle bataille ma mère n'avait-elle pas dû livrer à chaque heure de sa vie, pour chasser cette pensée de son esprit ! Comme c'était étrange ! Dire que je croyais si bien la connaître, et que j'étais totalement passé à côté de son drame ! Dans le fond, n'avais-je pas rien compris ? Attendre jusqu'à présent pour apprendre qui était mon père (je croyais du moins faire cette découverte), pour savoir que je m'appelais Clothier, apparemment ! Et pourtant, même à ce moment-là, j'eus des doutes. Quel titre a ce nom sur moi ? M'appartenait-il plus que celui qui avait si longtemps passé pour mien, ou que ceux que ma mère et moi nous étions choisis ? Certes, c'était bien le nom déclaré à mon baptême, mais je n'en voulais pas. En outre, plus j'en apprenais sur mon passé, plus je mesurais tout ce qui me restait obscur. Que contenaient les pages déchirées par ma mère ? Était-ce en rapport avec mon père ? Celui-ci vivait-il toujours ? Était-il sain d'esprit, puisque Mr Escreet avait confirmé la véracité de son incroyable récit ? Et si oui, cela n'aggravait-il pas sa culpabilité ? Mes pensées ne cessaient de tourner en rond, prisonnières de ce cercle vicieux : s'il était sain d'esprit, mon père faisait un coupable de la pire espèce et, pour n'être pas coupable, il lui fallait l'excuse de la folie. Fou ou mauvais, mauvais ou fou : pas moyen de sortir du dilemme. Comment accepter pareil père ? Inlassablement, je me répétais les paroles de ma mère : « Comment supporter la pensée que le père de mon enfant avait tué mon propre père ? » Cela m'était insupportable, à moi aussi. Et si c'était un autre homme qui fût mon père ? Maints passages du cahier ne rendaient-ils pas plausible l'hypothèse qu'il s'agît de Martin Fortisquince ? (Et Dieu sait quelles bonnes raisons j'avais de ne pas vouloir y adhérer davantage !)

Pourquoi le vieil homme de confiance de mon grand-père n'avait-il rien voulu dire de plus ? Détenait-il d'autres sombres révélations qu'il avait épargnées à ma mère ? Et si j'essayais de retrouver la maison et de lui parler moi-même ? Peut-être pourrait-il m'apprendre quelque détail de nature à réhabiliter mon père ? Car, malgré les preuves qui l'accablaient, d'autres personnes me semblaient n'avoir pas manqué de puissants mobiles : le vieux Mr Clothier et son fils aîné étaient si pressés de voir le codicille présenté au tribunal qu'ils n'eussent pas reculé devant un meurtre pour s'en assurer. Tandis que les Mompesson, eux, avaient d'excellentes raisons de vouloir tout faire pour empêcher la chose. Et je n'avais pas oublié que Sancious (alias Steplight) était arrivé chez Mrs Fortisquince dans une voiture à leurs armes. Il existait donc un rapport entre eux et lui, aussi invraisemblable que cela pût paraître.

C'était le milieu de la nuit, et le silence où baignait cette colonie de maisons vides et inachevées me changeait du tout au tout de la cacophonie dont résonnaient les taudis surpeuplés que j'avais connus. Si la lecture du carnet m'avait absorbé au point que je n'avais pas pris garde au froid grandissant, je dus pour lors me blottir sous les couvertures.

Je songeai à la malheureuse vie de ma mère, à cette existence gâchée. La pauvre s'était montrée trop confiante mais, surtout, elle n'avait eu aucun but, aucun dessein particulier, et elle avait trop cru à la chance. De surcroît, son amour des autres l'avait rendue vulnérable. Tout cela avait fait d'elle une victime dérivant au gré des flots d'une vie dénuée de sens, vers une fin qui n'en eut pas davantage. Je ne commettrais pas la même erreur : je ne me fierais désormais à nul autre que moi. Les êtres chers à mon cœur ayant quitté ce monde, je devenais libre et invulnérable. Il n'y a pas de chance qui tienne ; on a tout au plus des occasions à saisir. Dorénavant, je me définirais un projet : tant pis si aujourd'hui j'étais trop bouleversé pour pouvoir dire lequel. Car j'éprouvais à présent d'autres émotions que la simple pitié et l'horreur : je bouillais de rage. J'en voulais à Mrs Purviance, à Mr Sancious, à Mrs Fortisquince. J'avais envie – besoin, même – de les faire souffrir. Surtout la dernière nommée : comment avait-elle pu se conduire de la sorte ? Cela dépassait mon entendement. Qu'est-ce qui avait bien pu la pousser à harceler ainsi ma mère, l'acculant à la mort ? Quel vieux grief nourrissait-elle contre elle ? Ma mère avait fait allusion à un tort qu'elle aurait eu, si je me souvenais bien, mais comment savoir ce qu'elle avait voulu dire au juste ? Et puis il y avait aussi les Mompesson et leur agent, Assinder, car je comprenais à présent les propos que ma mère m'avait tenus juste avant sa mort. J'avais eu beau m'efforcer de la réconforter, elle savait pertinemment qu'aucune aide ne viendrait de ce côté-là. Il eût pourtant si peu coûté à sir Perceval d'aider une femme que sa famille avait à ce point lésée ! Une femme fondée à lui demander son aide au double titre des liens du sang et de la justice. En même temps, je ne comprenais pas les raisons de son refus, un simple calcul égoïste et prudent pouvant lui représenter que, dans cette affaire de propriété du domaine, il était capital pour lui que survécût la descendance bénéficiaire du legs inaliénable.

Tout revenait à ce fameux droit de propriété contesté. Tant de points obscurs du récit de ma mère s'y rapportaient ! Pourquoi mon grand-père avait-il décidé tout d'un coup de ne pas présenter au tribunal le codicille enfin retrouvé après tant d'années d'efforts, contractant pour l'acheter une énorme dette auprès d'un homme dont il se méfiait ? Que de questions sans réponses ! Si mon père était sain d'esprit et coupable, pourquoi avoir avoué à ma mère qu'il était retourné chez mon aïeul pendant qu'elle l'attendait au relais de poste ? Et que s'était-il passé à son arrivée dans la maison de Londres ? Avait-il été réellement surpris de découvrir les billets de banque ensanglantés dans le paquet qu'il avait ouvert à l'auberge de Hertford ? Cette pensée me fit souvenir de la lettre de mon grand-père et je frissonnai : je connaissais maintenant la nature de la tache qui m'avait tellement fasciné, petit garçon, et que mon imagination enfantine m'avait alors fait prendre pour du sang. A la réflexion, peut-être avais-je trop vite conclu à l'inutilité de cette missive, le soir où j'avais essayé de la lire, quelques jours après la mort de ma mère.

Je me rappelais qu'il y était question d'un « testament », mais j'avais cru à quelque idée fantasmagorique née de la hantise de la succession Hougham chez John Huffam. Et si un tel document existait ? Cette éventualité pourrait expliquer certaines bizarreries du comportement de mon grand-père. Expliquer aussi pourquoi il s'était soudain – et de manière si inattendue – complètement désintéressé du codicille. Et si le document qui était tombé entre ses mains – ou qu'il espérait se procurer – rendait le codicille caduc et inutile ? Auquel cas il ne pouvait s'agir que d'un testament de Jeoffrey, postérieur au codicille, et se substituant vraisemblablement aux dispositions du testament initial ! Je me souvenais de ce que m'avaient appris Mr Pentecost et Mr Silverlight : il n'y avait pas de clause de forclusion, en matière testamentaire. Par conséquent, les dispositions d'un tel testament, s'il existait, auraient force de loi — force de Loi, devrais-je dire [1] ! Mais alors, quelles étaient ces dispositions ? A la hâte, je fis mon chemin de poutre en poutre jusqu'à l'endroit où j'avais caché la lettre et l'y récupérai. Un papier tomba en même temps de la cachette : c'était le plan – ou plutôt les morceaux qui en restaient – que j'avais emporté en quittant Melthorpe, et confié par la suite à ma mère. Une idée me traversa l'esprit : pourquoi ne pas tenter d'y repérer la maison de mon grand-père ?

Rapprochant la chandelle, je lissai de la main le papier froissé. La maison, sise à Charing Cross, donnait sur Northumberland Gardens, et se trouvait dans une cour reliée à la rue par une allée. D'après le plan, elle aurait pu se situer dans l'impasse Northumberland, à l'est du Palais, ou dans l'une des autres

1. Le français n'est pas familier avec cette opposition entre *Law*, le droit commun, et *Æquity*, qui le transcende (voir *Le Quinconce*, tome 1).

impasses du côté ouest : Trinity Place, une autre sans nom, et Craigs Court. La plus plausible me semblait celle qui n'avait pas de nom.

Je me repenchai alors sur la lettre de mon grand-père. Je venais de la déplier et m'apprêtais à la lire quand me parvint le bruit d'une voiture dont les roues raclaient le sol encore raboteux de la chaussée en chantier. Prestement, je remis la lettre et le plan dans le journal de ma mère et, abandonnant le refuge des couvertures pour le froid mordant du grenier, je fourrai le carnet dans la poche de ma jaquette posée par terre. Puis, éteignant la bougie, je glissai un œil dehors en manœuvrant la planche : Barney et les autres, qui s'étaient arrangés je ne sais comment pour amener des cochers à s'aventurer de nuit dans un tel quartier, descendaient de deux voitures.

La porte s'ouvrait ; je me glissai en catimini sur le palier supérieur, juste au moment où la bruyante bande, encore plus exubérante qu'à l'accoutumée, gagnait avec force rires et cris le salon.

Je descendis l'escalier à pas de loup, entrai dans la chambre qui dominait la salle et d'où, l'absence de plafond aidant, rien ne m'échappait de la conversation, sinon le spectacle des personnes.

– T'as été magnifique, Barney ! s'exclama Sally. J' sais pas comment t'as fait mais tu t'es débrouillé comme un as. Un vrai artiste de la scène, que t'as été !

Quelques rires approbateurs saluèrent ces propos.

– On a eu d' la veine, s'pas ! fit Barney, assis sur le sofa et dont j'apercevais à peine le haut de la tête. On les a coiffés su'l' poteau, et comment ! ajouta-t-il.

– Pour combien d' temps qu'y z-en ont ? demanda Meg.

– Dans les deux heures, qu'a dit Jack, répondit Barney.

– Sam m'a dit qu'y croyait qu' ça serait plus long que ça, s'étonna Sally.

– Ma foi, on sera pas fâchés de les voir de retour ! Dame oui ! s'écria Meg.

Tout le monde signifia bruyamment son accord.

– Eh, faites pas languir ! protesta Will, moi et Bob on attend après le rapport, pour l'amour de Dieu.

– Le gamin y s'a tenu tranquille ? interrogea Barney.

– Ouais, fit Bob. L'a pas bronché.

– On n'a pas eu besoin de lui, après tout, expliqua Barney. Joey que v'là, c'est lui qu'est venu et qu'a fait l'boulot.

Je me penchai pour essayer d'apercevoir celui dont il parlait, mais c'était impossible d'où je me trouvais.

– D'abord premièrement, y a une chose que je dois faire avant que j'oublie, fit Barney.

Je m'inclinai encore un peu pour tenter de le suivre du regard, mais j'atteignais les limites de mon équilibre au-dessus des poutres. Puis, à n'entendre plus que les autres, je compris, horrifié, que Barney avait quitté la pièce. Je regagnais le palier de toute la vitesse de mes jambes, veillant à ne pas faire de bruit, quand je l'entendis monter l'escalier. Par bonheur, la quasi-obscurité, jointe à son état un peu avancé d'ébriété et à la conception de l'escalier, rendait sa progression lente. Grimpant à l'étage supérieur, je réussis à ne pas me faire voir et à réintégrer ma chambre avec un peu d'avance sur lui ; je me jetai précipitamment sur mon lit de fortune, tirai les couvertures par-dessus moi et fermai les yeux. Quelques secondes plus tard, son pas lourd martelait les poutres du palier : il entra dans la pièce et se planta à quelques pieds de moi.

Je perçus l'éclat d'une lanterne, derrière mes paupières closes. Ses pas se rapprochèrent. A l'odeur de gin et de tabac, et au souffle lourd que je sentis, je devinai qu'il se penchait sur moi. Je craignais d'arborer une suspecte grimace, à force de fermer les yeux pour contrefaire le sommeil. N'allait-il pas trouver louche que la lumière ne me réveillât pas, ou bien était-il déjà trop ivre pour se rendre compte de tout le vacarme qu'il faisait ?

J'allais ouvrir les yeux quand je l'entendis s'éloigner du lit et arpenter la chambre de son pas de plomb. D'abord, je n'osai regarder, de peur qu'il ne m'observât, puis je finis par soulever les paupières avec d'infinies précautions, tâchant d'éviter de fournir à la flamme de la lanterne, avec les globes humides de mes yeux, un miroir tout trouvé. Il était debout devant moi, comme s'il me faisait face, mais en réalité il baissait la tête, occupé à examiner mes vêtements, qu'il avait ramassés sur le plancher là où je les avais laissés.

Comme je l'avais en plein vis-à-vis, je pouvais remarquer son front lourd, ses yeux protubérants, son gros nez et sa mâchoire en galoche : ce fut comme si un voile se déchirait, me découvrant son visage pour la première fois. Les années s'effacèrent et je redevins le petit garçon qui faisait semblant de dormir – comme maintenant –, dans son petit lit d'enfant, chez sa mère, brusquement réveillé de son cauchemar par ce qui se passait dans sa chambre : la face que je contemplais était celle du cambrioleur que j'avais vu apparaître à la fenêtre, à Melthorpe !

Refermant les yeux, je restai couché, le cœur battant à tout rompre, si fort que j'avais peur qu'il ne l'entendît lui aussi. Sous le choc de la frayeur, je ne pus croire que cette extraordinaire rencontre fût une simple coïncidence, et cet homme, dressé à quelques pas de moi, m'apparut comme l'instrument de quelque inexorable et complexe machination destructrice à laquelle me soumettait la fatalité du destin, et qui allait précipiter ma ruine, après avoir entraîné celle de mon grand-père et de mes parents.

Barney quitta enfin les lieux et, quand je fus sûr qu'il était redescendu, je battis le briquet pour rallumer ma bougie car j'avais besoin du secours de la lumière pour tenter de démêler le sens de mon extraordinaire découverte. Je compris tout d'un coup qu'il avait su dès le premier jour que nous avions déjà eu affaire l'un à l'autre. Je l'avais alerté sur mon identité en mentionnant Melthorpe, car n'était-ce pas à l'instant même où j'avais prononcé ce mot-là qu'il avait si mystérieusement changé d'avis et décidé de me laisser rentrer ? Mais pourquoi s'intéressait-il à moi ? *Ferait-il partie de la conjuration où trempaient Sancious et les Clothier ?* C'était donc cela ! Je repensai à l'homme de loi auquel il avait fait allusion, celui qui lui fournissait ses créances frauduleuses : c'était sûrement Sancious ! Mais d'où venait ce lien entre Barney et moi ? La question ne débouchait sur rien, puisque j'ignorais l'identité du cambrioleur et s'il s'était introduit chez ma mère par hasard, ou mandé par nos ennemis. Alors, qu'est-ce qui avait mis de nouveau Barney sur mon chemin ? Je reconstituai mentalement mon itinéraire : j'étais arrivé ici sur les indications de Pulvertaft, lui-même trouvé grâce aux renseignements du vieux Samuel, que j'avais rencontré en cherchant les Digweed.

Les Digweed ! Là devait se trouver la réponse, car c'étaient eux qui rattachaient Barney à la maison de ma mère. A peine cette pensée formée dans mon esprit, ce fut comme si quantité de maillons épars se raccrochaient soudain les uns aux autres, reconstituant la chaîne qui m'emprisonnait : je la voyais bien clairement, à présent. Et si Mrs Digweed et son fils étaient arrivés chez nous non par hasard, comme ils le prétendaient, mais en rapport avec ce cambriolage de notre maison, tant d'années auparavant ? Un souvenir me revint : lorsqu'ils avaient passé la nuit chez nous, j'avais surpris Joey à fouiller, selon toute apparence, dans l'écritoire de ma mère. S'agissait-il du même Joey que celui dont Barney venait juste de parler ? Pourtant, tout cet échafaudage paraissait une construction bien fragile et précaire. La stricte logique ne m'autorisait aucune certitude quant à un éventuel rapport entre Barney et Mrs Digweed. S'il y en avait un, malgré tout, peut-être était-il son mari. Encore qu'il me suffît de repenser à la franchise et à la gentillesse de cette femme pour avoir peine, pour répugner à voir en elle l'épouse d'un criminel. Elle, venue chez ma mère sous un faux prétexte, avoir abusé de sa bonté et de sa confiance ! L'idée m'était trop odieuse pour m'offrir une piste à creuser. Et pourtant, quelle autre explication trouver, sauf à supposer que la réapparition du cambrioleur dans ma vie n'était qu'un simple effet du hasard ? Même alors, la question n'était pas résolue : car si vraiment la rencontre était accidentelle, son caractère fortuit dénotait une espèce particulière et paradoxale d'enchaînement concerté. J'en avais le vertige rien que d'y penser. C'est alors que me revint le souvenir de Barney se vantant d'avoir tué un homme. A ses dires, cela avait dû se passer à peu près un an avant ma naissance. S'il était ainsi mystérieusement lié à ma famille et à moi, et s'il avait agi à la solde des Clothier, se pouvait-il que le meurtre en question fût celui de… ? Non, j'étais fou de pousser si loin la spéculation ! Pourtant, tout semblait lié, tout coïncidait.

Une idée me frappa alors : il y avait bel et bien un dessein qui dirigeait ma vie, mais il était conçu par un autre ! Qui donc tenait le lacs, qui l'avait noué et pourquoi ? J'avais par chance découvert le réseau filé par l'araignée à temps pour y échapper. Dorénavant, je cesserais d'être un vulgaire pion manipulé par le destin. Je donnerais un but à ma vie : que passe la Justice ! Que justice soit rendue à ma mère, à mon père, à mon grand-père et à moi-même, contre ceux qui nous avaient fait du tort. Contre Mrs Fortisquince et sa duplicité maquillée de sourires ; contre les arrogants Mompesson au cœur de glace ; et contre Silas Clothier, surtout. Car c'était sûrement lui qui sécrétait le fil de la toile.

De toute façon, je savais qu'il fallait m'enfuir, et cette nuit même. Rapide et silencieux, je me levai et m'habillai. Je ne revêtis pas les beaux vêtements que Sally m'avait achetés dans le West End, mais les vieux oripeaux qu'elle m'avait procurés à Shepherd's Market et que j'avais troqués contre mes guenilles. En dépit de ma réticence à rien emporter qui appartînt à Barney, je fus obligé, bien à contrecœur, de prendre le manteau et les bottines.

Une fois vêtu, les chaussures à la main, je jetai un regard circulaire sur la chambre avant d'éteindre la bougie. Je n'oubliais rien. Mon bras toucha par hasard la poche de ma jaquette et je m'aperçus, anéanti, qu'elle était vide. J'eus beau inspecter fébrilement le plancher, force me fut de constater la terrible évidence : tout avait disparu – le carnet de ma mère, la copie du codicille établie par mes soins, la carte, et la lettre de mon grand-père. Voilà à quoi Barney était occupé quand j'avais ouvert les yeux et que je l'avais reconnu ! Ressentant la perte du journal comme une attaque de plus contre ma mère et ce qui me liait à elle, je me laissai un instant aller à la rage et à la peine. La disparition des autres documents m'affecta plutôt comme une sorte de douleur sourde qui me ferait souffrir plus tard, mais sur laquelle je n'avais pas le loisir de m'appesantir pour l'instant. Soufflant la flamme, je quittai la pièce.

Je descendis l'escalier sur la pointe des pieds, m'interrogeant sur le moyen de fuir puisque la porte sur la rue – à supposer qu'elle ne fût pas gardée – était la seule issue, et que pour y parvenir, il fallait passer devant la porte du salon donnant dans le hall. Dans la vague intention d'attendre que tout le monde fût endormi, je retournai me poster dans la chambre au-dessus du salon et je tendis l'oreille.

J'avais manifestement raté le récit des exploits de la soirée.

– Ben, ça alors ! s'exclamait Will, accompagné d'un grand concert de rires et de cris.

– Bon sang ! s'écria Bob. Qu'est-ce que j'aurais pas payé pour voir la fiole des gandins, quand c'est Jack qu'y z-ont eu dans leurs mirettes !

Les bouchons sautaient, la fête battait son plein. Les heures tournaient ; il me fallait rester vigilant pour ne pas manquer un éventuel bruit de pas dans l'escalier et surtout ne pas tomber endormi, la tête la première dans la pièce d'en dessous.

Ils se mirent à jouer aux cartes, un air de crincrin se fit entendre et j'entrevis des silhouettes qui virevoltaient au-dessous de moi. Les heures de la nuit s'étiraient paresseusement tandis que la compagnie buvait, jouait, se disputait – ils en vinrent même aux mains –, et je fus le témoin de scènes d'une dépravation sans frein, toujours aussi choquante pour moi, quelle que fût la fréquentation forcée que j'en avais.

La voix de Meg me tira brusquement de ma quasi-somnolence :

– Hé, quelle heure qu'y s' fait ?

– Un peu plus d' quatre heures un quart, répondit Bob.

– Dites donc, où qu'y sont passés, Sam et Jack, hein ? fit-elle.

– Ah, mais c'est vrai ! s'écria Barney. Y devraient être dans les foyers, à c't' heure.

– Y a quèqu' chose qui cloche ! s'exclama Sally.

On entendit frapper à la porte. Moyennant un léger mouvement de bascule, je vis Bob quitter la pièce. Sa voix ne tarda pas à se faire entendre :

– Qui va là ?

La réponse ne parvint pas jusqu'à moi, mais Bob cria à la cantonade :

– C'est Jack !

Il s'affaira pour ouvrir les verrous tandis que l'excitation montait dans le salon.

Dans le grand brouhaha des voix, j'entendis fuser des questions :

– Qu'est-ce qu'y s'est passé ? Où c' qu'il est, Sam ?

La voix de Barney domina le vacarme ambiant :

– Vous bilez pas. Y avait qu' Jack d'attendu, pas Sam.

– Qu'est-ce que tu veux dire ? lança Will.

– Moi et Jack, on va vous raccorder. Et c'est une histoire ben intéressante que vous allez esgourder, je vous le dis !

Tout à coup, il s'interrompit et cria :

– Dieu du ciel, Jack ! Mais qu'est-ce qui t'a donc arrivé ?

Il y eut aussitôt un silence. Sally poussa un cri et Jack dit d'une voix faible :

– Ça va, ça va ! J' suis pas à l'article d' la mort, mignonne.

– Mais t'as du sang de partout ! gémit-elle.

– J'ai pris quèqu's gnons !

– Qu'est-ce qu'y s'a donc passé, Jack, questionna Barney, inquiet.

– Où qu'est Sam ? clama Meg.

– Où qu'est la braise ? interrogea Bob.

– Sam reviendra point et y a point de braise. Pulvertaft me l'a grimée !

Il s'ensuivit une clameur d'indignation générale. La voix de Barney, mugissement furieux d'un taureau enragé, réussit au bout d'un moment à l'emporter, puis à calmer suffisamment les autres pour permettre à Jack de se faire entendre.

– Crache-leur le morceau, Barney, murmura-t-il, épuisé, pendant que je reprends mon souffle.

Je le vis s'installer sur le sofa, aidé de Sally qui s'assit près de lui et se mit à essuyer le sang qui maculait le visage de son bon ami. Ce faisant, elle laissa tomber l'objet qu'elle tenait dans une de ses mains.

– Voyez, commença Barney, Jack et moi, on était rencardé sur quèqu' chose qu'on pouvait pas vous filer le pot-aux-roses. C'est Sam qu'était la mouche de Pulvertaft, depuis le début !

Un concert d'exclamations accueillit cette révélation, qui me fit regarder sous un jour nouveau l'escapade de Sam, le jour où Sally et lui m'avaient emmené dans le West End.

– Qu'est-ce que tu nous chantes là ? s'écria Bob. Et Nan, alors ?

– Elle avait rien fait, concéda Barney. On a juste battu le job, histoire de faire semblant d'y croire.

– Tu veux dire que vous nous avez menés en bateau, Jack et toi ? fit Will.

– Ouais, et Sam aussi, sauf qu'y savait que c'était point elle, vu que c'était lui, mais y savait pas que nous, on le savait !

– J'y entrave nibergue ! s'écria Sally.

Les autres étaient manifestement aussi stupéfaits qu'elle.

– Eh ben, reprit Barney, vous vous rappelez de la fois où que le mioche a radiné avec le boniment du marchand de mou ? Même que c'est comme ça qu'on a su qu'on nous avait débinés…

Tandis que les autres s'exclamaient à l'évocation de ce jour-là, je tentai de distinguer l'objet échappé des mains de Sally, soupçonnant que c'était le carnet de ma mère – j'en étais même de plus en plus persuadé.

– Bon, eh ben, juste après ça, poursuivit Barney, Jack a entravé que c'était Sam le mouchard. Déballe-leur un peu, Jack !

– Ma foi, c'est Sal qui m'a mis sur la piste. Elle m'a raconté qu'un jour, elle l'avait vu en train de jaspiner avec un gonce, un chauve à la jambe de bois.

Voilà qui expliquait la conversation que j'avais surprise entre Barney et Jack, quand Jack avait rapporté que Sally lui avait appris une chose très importante dont elle ne mesurait pas elle-même la signification.

Observant Sally, je fus frappé de constater que ces propos parurent la surprendre et qu'elle posa sur Jack un regard appuyé.

– Peg ! s'écrièrent plusieurs voix à la fois, faisant allusion à celui que nous avions vu pendre et que j'avais connu sous le nom de Blueskin.

– Tout juste, confirma Barney. Alors je t'en ai causé, Sal, pas vrai, et tu m'as dit que c'était ben ça.

Le regardant fixement, Sally fit lentement un signe de tête pour marquer son acquiescement.

– C'est comme ça que j'ai appris que Jack, il était sur la trace du mouchard, fit Barney.

– Et juste pour en avoir le cœur net, précisa Jack, un jour que je lui ai filé le train, je l'ai vu qu'allait à l'Old Mint et qui rentrait dans la bicoque où que Pulvertaft y crèche. Alors, je suis rentré et j'ai dit comme ça à Barney…

– Moi et Jack, interrompit Barney, on a décidé qu'y fallait larguer Sam, et le faire sans que Pulvertaft y soye au courant qu'on l'avait démasqué. C'était le seul moyen de l'empêcher de gâcher tous nos plans pour la feinte. Alors on a décidé de raconter à Sam qu'on pensait que Nan, c'était elle la moucharde.

Ainsi, il ne m'avait manqué que de suivre jusqu'au bout la conversation de Jack et de Barney, ce fameux jour, pour comprendre leur plan : faire croire à Sam qu'ils étaient convaincus de la trahison de Nan. Je suppose que c'était par simple jalousie que Sally s'était prêtée au jeu pour la faire accuser. Seulement, moi je savais que c'était bien entendu Jack, et non Sam, qui agissait comme agent secret de Pulvertaft !

– Alors, Nan, elle était blanche ? interrogea Will d'une voix pleine de colère.

– Oui, répondit Barney. Ensuite, moi et Jack on a fait croire à Sam qu'on pensait être débarrassés du mouchard de Pulvertaft. Et, pour prendre Pulvertaft à contre-pied, on a décidé d'avancer la date d'une semaine. Mais on a juste fait ça pour faire marcher Sam : soi-disant que Pulvertaft il y verrait que du feu, mais on se doutait ben que Sam trouverait moyen d'en croquer.

– Mais quand est-ce que Sam il a eu l'occasion de macaronner ? demanda Meg.

– Raconte, Sal, ordonna Barney.

Elle resta muette.

– Sal m'a raconté, dit Jack, comme quoi Sam avait filé, le jour où il l'avait accompagnée pour acheter des fringues au gosse. C'est ben ça, Sal ?

Pâle comme un linge, elle fit oui de la tête.

– Comme ça, reprit Barney, on savait que Pulvertaft allait essayer de nous piquer la braise quand on aurait mis la main dessus. Quand Sam a insisté pour que lui et Jack aillent tout droit à la crèche de Thrawl Street avec la braise, on a deviné que Pulvertaft, soit y ferait une embuscade en chemin ou soit y les attendrait sur place.

– Pardi ! fit Bob. C'est comme ça que je ferais, si je serais que de Pulvertaft ! Je laisserais Sam et Jack me livrer la braise où que j'avais décidé, ensuite de quoi je leur tomberais dessus avec une couple de dessalés !

– T'as tout pigé, Bob ! confirma Barney.

Il marqua une pause avant d'ajouter :

– C'est pour ça que moi et Jack, on a décidé qu'y faudrait reprendre la braise à Sam avant ça !

– Mais alors, qu'est-ce qu'y s'a passé, Jack ? demanda Will.

– On venait à peine de quitter le tripot, moi et Sam, pour s'enfiler dans c'te venelle étroite qui va de Bedford Court à Bedford Bury, que le v'là qu'y dégaine un surin et va pour me piquer ! Mais moi, j'étais paré : avec mon p'tit pistolet de fouille, que je te l'ai escoffié !

Un silence choqué tomba sur les compères.

Sally poussa soudain un hurlement terrible qui me dressa les cheveux sur la nuque. C'est vrai qu'elle avait le béguin pour Sam !

– Voyons, Sally, fit Barney d'un ton chagrin, te mets pas dans tous tes états ! Je t'ai expliqué pourquoi qu'on a été obligés de le faire.

Sally se cacha la tête dans les mains. Jack voulut se rapprocher d'elle, mais elle changea de place sur le sofa pour s'éloigner.

– Écoute, Sal, expliqua Jack, j'ai pas osé attendre plus longtemps. C'est lui qui m'aurait fait le coup, si j'y en avais laissé la chance.

Il y eut des murmures d'approbation. Des voix s'élevèrent pour exhorter Sally à « ne point faire une telle comédie », certains constatant que son attitude semblait confirmer les soupçons de Jack quant aux sentiments qu'elle portait à Sam. Mais ces commentaires ne changèrent rien au chagrin et aux larmes de la jeune femme.

– Alors, qu'est-ce qu'est arrivé à la braise, dans tout ça ? demanda Barney.

– J'avais d'jà trop tardé, concéda Jack avec tristesse. Y a Pulvertaft et un autre zigue qu'ont rappliqué illico. J'ai pas eu le temps de recharger le pétard qu'y me sont tombés dessus. Y m'ont abîmé le portrait, y m'ont piqué le sac et alors j'ai troussé mes quilles !

L'auditoire accueillit le récit de Jack avec commisération, car il suffisait de le voir pour constater qu'il avait écopé.

L'ambiance était sinistre, à présent. Si les compères continuaient à boire, ce n'était plus pour faire la fête mais pour noyer leur cruelle déception, car ils commençaient à se rendre compte qu'ils s'étaient fait gruger, en dépit de toutes leurs précautions. Les griefs que les uns et les autres avaient accumulés et gardés pour eux tant qu'ils travaillaient à leur but commun refirent surface, et de violentes querelles éclatèrent dont certaines dégénérèrent en véritables batailles rangées. Les bruits seuls me renseignaient sur l'essentiel de la scène qui se déroulait, mais à un moment donné, je parvins à avoir Sally dans mon champ de vision : elle se levait et quittait le sofa pour éviter Jack qui tentait de la prendre dans ses bras.

Moi qui m'interrogeais depuis un certain temps sur le degré de turpitude dont ces gens-là étaient capables dans leurs agissements, je m'apercevais que la réalité dépassait mes pires craintes, avec ce meurtre commis de sang-froid, uniquement motivé par le profit et l'intérêt égoïste. Assassinat d'un ami et d'un associé, qui pis est, même si celui-ci avait été déloyal. La noirceur d'un tel acte confirmait mes soupçons, et n'avait d'égale que la vile conduite de Jack. Il fallait absolument m'échapper de ce repaire de brigands, même au péril de ma vie.

Quelques heures plus tard, les grognements qui montaient du salon m'informèrent que mes anciens compagnons avaient sombré dans le lourd sommeil de l'ivresse. C'était le moment que j'attendais : la porte ne serait pas gardée et l'obscurité me permettrait de traverser le hall sans risquer d'être vu de la pièce, car l'aube de ce jour de fin décembre n'avait pas encore point.

Je descendis l'escalier à pas de velours – exercice périlleux sans lumière – et, retenant mon souffle, je passai devant l'entrée du salon. Il en émanait un concert de ronflements et de marmonnements avinés qui suggérait que les compères étaient vautrés un peu partout, sur les tapis et les sofas, dans la promiscuité et le désordre qui leur étaient familiers et que j'avais observés tant de fois.

Aussi silencieusement que je le pus, j'entrepris de défaire les verrous et les chaînes qui fermaient la porte d'entrée. J'y étais à demi parvenu quand, soudain, rendu malhabile par l'obscurité, je laissai échapper celle des grosses chaînes où tenait encore le cadenas : en tombant, elle produisit un fracas qui sembla remplir toute la maison, tant il se répercuta en mille échos dans le hall aussi bien que dans les chambres vides dépourvues de tapis capables d'amortir les sons. Je ne pouvais rien faire : il me restait à affronter encore trop de verrous et de chaînes pour obéir à mon envie de dire adieu prudence en ouvrant la porte à la volée afin de me jeter dehors.

Je me figeai sur place, attendant le verdict du destin. Mais, à mon grand étonnement, personne ne sortit du salon pour m'arrêter. J'en étais à me dire que mon imagination avait amplifié le bruit, quand je crus percevoir un léger frottement, un trottinement de rat. Je retins mon souffle aussi longtemps que possible et, sûr de ne plus rien entendre, je décidai que j'avais la voie libre. Manœuvrant le dernier verrou, je poussai la porte pour sortir.

L'instant d'après, j'émergeais à l'air libre : la nuit était froide. Je pris soin de tirer le battant derrière moi, afin de maquiller l'escapade et de retarder autant que faire se pouvait le moment de sa découverte, et je me mis à marcher sur la route inégale, me retournant de temps à autre pour jeter un regard par-dessus mon épaule. Arrivé au coin de la rue fantôme, je lançai un dernier coup d'œil en arrière : j'eus l'impression qu'on avait rouvert et qu'une petite silhouette se dressait sur le perron. Mais peut-être n'était-ce qu'une ombre : il faisait trop noir pour avoir une certitude ; je me dépêchai de tourner le coin.

Quand je me fus suffisamment éloigné de la maison pour me sentir en sécurité, je m'arrêtai un instant pour enfiler mes bottines. Levant les yeux, j'avisai une plaque de bois où était écrit : « Terrain à vendre pour constructions. S'adresser à Mr Haldimand, *The West London Building Company*. » C'était la compagnie qui avait grugé les Digweed et qui avait sans doute – j'en étais sûr – participé à la spéculation qui avait ruiné ma mère ! Et si la maison que je venais de quitter était une de celles dans lesquelles elle avait investi ? Encore des coïncidences ! N'ayant guère le loisir d'y songer, je me remis en route en toute hâte.

III

Marchant vers le nord-est, je sortis assez vite des rues vides du grand terrain vague à demi construit, traversai la route de Vauxhall Bridge, et remontai rapidement Rochester Row. C'est avec un certain soulagement que, tel le lapin qui plonge dans les galeries de son terrier, je retrouvai Westminster et le territoire familier des environs de Pye Street et Orchard Street. Je continuais à me retourner fréquemment, au début, et il me sembla une ou deux fois entrevoir une silhouette dans la pénombre, qui se figea sous mon regard. Mais les rues commençaient à être trop fréquentées, même en cette heure matinale, pour me permettre de continuer à surveiller mes arrières.

J'eus beau guetter plusieurs fois en traversant Saint-James' Park – à l'époque simple marécage où un pont chinois enjambait Dutch Canal –, je n'aperçus derrière moi que les sombres silhouettes des dames du parc, misérables créatures que leur visage déformé par la maladie condamne à n'exercer leur négoce que dans l'obscurité complice des jardins publics sans réverbères.

Je n'avais pas la moindre idée de mon but, mais je savais d'instinct que les rues bondées de la métropole étaient le meilleur asile. Je laissai à gauche le grand ensemble désert de Carlton House Palace, bâtiments à l'abandon qui attendaient depuis cinq ans le coup de pioche des démolisseurs, longeai le chantier de la nouvelle place projetée sur le site d'Old Royal Mews, en face de Northumberland House, et gardai le cap sur la City que l'aube naissante éclaboussait de rose orangé : superbe spectacle, mais qui ne laissait pas d'être inquiétant, avec la chute de température dont il était le prodrome.

Profondément soulagé, d'un côté, d'avoir fui la maison et ses étranges habitants, de l'autre, je me rendais bien compte de ce que ma situation avait de désespéré. J'avais faim, j'étais sans le sou et mes vêtements, à part le manteau et les bottines, qui m'auraient fait défaut contre les frimas de décembre, ne valaient pas la peine d'être troqués pour des hardes moins chères. L'asile de nuit de Playhouse Yard, qui n'ouvrait que quand le froid tombait au-dessous de zéro, devait bien accueillir des sans-logis à présent, mais il fallait un ticket pour y entrer.

Quand le pâle soleil se leva, je ne sais par quel hasard je me retrouvai sur la placette humide et bruyante, près de la Fleet, où j'avais suivi ma mère un peu plus d'un mois auparavant. Je me souvenais bien de la date – ce fatidique 13 novembre ! – mais j'ignorais celle du jour présent. A contempler le laid tumulus allongé sous lequel elle reposait, je me demandai dans combien de temps j'irais l'y rejoindre. Ces macabres songeries m'occupèrent un grand moment, et seul finit par m'en tirer l'appel de l'action. Il était midi quand je me décidai enfin à partir.

Je passai la journée à errer par les rues glaciales, grelottant sous la morsure du froid, et traînant à grand-peine des pieds meurtris par mes bottines. Incapable de mendier franchement, j'imaginai de regarder dans les yeux les passants qui avaient l'air bon. Mais personne ne s'arrêtait pour me faire l'aumône : oui, trop de mendiants me concurrençaient, plus acharnés et plus experts ! Aussi aurait-il fallu, si je voulais vraiment obtenir la charité, user d'une méthode d'interpellation plus directe envers les bonnes âmes, et je n'y étais pas aguerri.

Je passai mentalement en revue les personnes que je pourrais aller trouver pour demander de l'aide. Évidemment, il n'était plus question désormais de solliciter Mrs Fortisquince ni les Mompesson : non seulement eux n'étaient pas disposés à m'assister, mais j'eusse préféré mourir plutôt que de les en prier ; Miss Quilliam ne pouvait pas grand-chose pour moi, et de toute façon, elle était à Paris ; maintenant que j'avais reconnu Barney, il n'y avait plus rien de bon à espérer du côté de Mrs Digweed ; il ne restait qu'Henry Bellringer, mais je ne pouvais me résoudre à aller le voir, conscient de la gêne dans laquelle il vivait lui-même. Et voilà tout, car comment aurais-je osé m'aventurer chez Mr Escreet, après la manière dont il avait reçu ma mère, et sachant que celle-ci me l'avait formellement interdit ? De toute façon, j'ignorais dans quelle rue se trouvait la maison.

Cette nuit-là, je tentai de trouver un petit coin pour dormir dans un couloir ou un escalier de maison, sur Drury Lane ou une rue avoisinante, mais je me fis partout renvoyer avec force insultes et coups. Le lendemain, n'y tenant plus et m'étant assuré qu'il n'y avait ni policier ni vigile dans les parages, je me mis à mendier, tendant la main vers les passants tout en proférant quelques mots pour en appeler à leurs bons sentiments. Au bout de quelques minutes, un estropié apparut sur le trottoir : il se dirigeait vers moi, ses moignons de jambe ballants entre deux béquilles qui lui faisaient la démarche sautillante d'un moineau. Arrivé à quelques pieds de moi, il prit appui sur une de ses cannes et, sans me laisser le temps de deviner son intention, il se saisit de l'autre pour me frapper à la tête. Mon écart réussit à lui offrir l'épaule, qu'atteignit un coup douloureux.

– Hé ! dis donc ! Je me l'ai payé, ce bout de trottoir ! s'écria-t-il. J'acquitte mon dû pour turbiner dans ces rues. Fous-moi le camp !

L'expérience s'étant renouvelée ailleurs, j'appris ainsi que toutes les rues des beaux quartiers « appartenaient » à la police et aux vigiles qui les louaient aux mendiants.

– Essaie donc du côté de *Garding*, me conseilla un quidam en me voyant rudoyé par une maîtresse femme en haillons. C'est là que vont les garçons comme toi.

Comme je ne comprenais pas, il ajouta avec son fort accent cockney :

– *Common Garding !*

Suivant son conseil, j'arrivai à Covent Garden [1] à la tombée de la nuit. Le marché du jour pliait boutique. Seules s'attardaient quelques vieilles assises sur de gros paniers retournés, en train d'écosser des pois, tandis que les maraîchers balayaient avant de partir. Le sol était jonché de détritus – de la paille, des copeaux de bois, des caisses cassées – et des gamins en haillons fouillaient les tas d'ordures dans l'espoir d'y trouver quelques fruits ou légumes avariés. Ils me crièrent de décamper quand je tentai de les imiter, mais un des gamins, qui pouvait avoir un ou deux ans de moins que moi et qui était affligé d'un bras estropié se balançant sans vie dans sa manche, intervint :

– Fichez-lui la paix !

A partir de ce moment-là, les autres m'ignorèrent et je réussis à trouver deux pommes et une tomate en partie mangeables. Soudain, mes nouveaux compagnons sursautèrent et déguerpirent illico, aussi vite que leurs jambes pouvaient les porter.

Celui qui avait été gentil avec moi me cria :

– Vingt-deux ! V'là le suisse !

J'aperçus la silhouette imposante du gardien du marché qui s'approchait d'une rangée d'éventaires, avec ses épaulettes dorées, son bâton, et son tricorne, et je pris moi aussi mes jambes à mon cou.

Je perdis la trace des autres en courant dans l'avenue voisine, mais une tête pointa tout à coup au-dessus d'un éventaire vide et je m'entendis appeler à mi-voix :

– Psst, par ici !

Je plongeai sous l'éventaire et me tapis dans la paille. Mon sau-

1. C'était à l'époque la halle aux fruits et légumes.

veteur était de nouveau le garçon au bras estropié. Tandis que nous attendions le départ du bedeau dans notre cachette, il me confia qu'il s'appelait Luke.

– Y a combien de temps que t'as la clé des rues ? me demanda-t-il.

– Quelques jours seulement. Et toi ?

– Plus longtemps que je saurais dire. Depuis que j'ai joué la fille de l'air avec mon maître. A part les trois mois qu'on m'a mis à l'ombre (et bellement fouetté, par-dessus le marché !), vu que j'avais piqué deux p'tits pains et huit biscuits à un pâtissier de Bishopgate. C'était quand je créchais dans une briqueterie du côté de Hackney. Avant ça, j'habitais un non meublé sous le pont de Waterloo, mais le voisinage était plutôt dur, là-bas.

– Et tes parents ? demandai-je quand nous quittâmes notre refuge pour nous remettre en quête de nourriture.

– Ah ! je revois pas du tout qui c'est. La première chose que je me souviens, c'est que j'étais aide-ramoneur à Lambeth. Ça allait pas trop mal, sauf qu'y avait de ces cheminées à vous faire mourir, tellement qu'elles étaient étroites, mais mon maître, il a trépassé, et c'est le fils qui m'a repris avec le négoce. Il a été vraiment mauvais avec moi : je mangeais les bougies, le soir, pour pas crever la dalle. Y m'a tellement battu, un jour, qu'y m'a cassé le bras, qui s'a jamais remis, et maintenant, y sert plus à rien. Alors, finalement, je me suis tiré des flûtes.

Je lui racontai à mon tour une partie de mon histoire, sans lui cacher que je n'avais pas le sou.

– Je te parie que je pourrai tirer quèqu' chose de ça, fit-il en désignant l'anneau que m'avait donné Henrietta.

J'en doutais fort. Le prévenant que la bague ne valait guère plus d'un penny ou deux, je la lui échangeai contre un quignon de pain, après un bref instant de regret. Le garçon partit alors et, ne pensant pas le revoir, je continuai à chercher de quoi manger – sans grand succès. Vers minuit, je remarquai que les marchands des quatre-saisons et les charretiers montés de la campagne dormaient sous leurs voitures, en se protégeant par des couvertures ou des manteaux empilés. J'étais en train de me demander où j'allais passer la nuit quand je sentis qu'on me poussait du coude : c'était Luke, qui me regardait avec un grand sourire.

– Ah, je t'ai retrouvé ! fit-il en brandissant deux tourtes à la viande et une paire de saucisses.

– Tu as réussi à vendre l'anneau ? m'étonnai-je, prenant la tourte qu'il me tendait. Et à qui ?

Hochant la tête, il mordit sa tourte à pleines dents, indiquant clairement que la conversation était remise à plus tard. Quand nous eûmes fini de manger, gardant les saucisses pour le petit déjeuner, Luke suggéra de trouver un fourgon laissé sans surveillance, sous lequel nous pourrions passer la nuit.

– On ne va pas avoir trop froid ? demandai-je.

– Moi, j'ai jamais froid ! déclara-t-il. Je m'enveloppe dans le *Tiser*. Y en a point d'autre qui fasse aussi bien l'affaire !

Tout en parlant, il fouillait dans un tas de journaux empilés par terre. Il en retira un :

– Je reconnais le *Tiser* au chat et au cheval qu'y a en première page !

Intrigué par ses propos, je jetai un coup d'œil sur la gazette pour vérifier de quoi il parlait, et je découvris le lion et la licorne figurant à l'en-tête du *Morning Advertiser*. J'eus beau suivre le conseil de Luke, le fameux journal ne m'empêcha pas de passer une nuit blanche. Mes pensées me faisaient autant souffrir que la morsure du froid : s'il fallait vivre ainsi, autant ne point vivre du tout ! Henry Bellringer était ma dernière planche de salut, malgré son propre dénuement. La misère qui me réduisait à mourir de faim ne justifiait-elle pas que je fisse appel à lui, en souvenir de son demi-frère ?

Je réussis à vaincre mes derniers scrupules au moment où l'aurore brumeuse nimbait de ses pâles lueurs le dôme noir de Saint-Paul. Ayant fait mes adieux à Luke, je partis pour le cabinet d'Henry tout en avalant mon déjeuner.

Arrivé au carrefour de Chancery Lane et Cursitor Street, je reconnus une silhouette familière :

– Justice ! m'écriai-je. Le vieillard tourna son visage d'aveugle dans ma direction, tel un animal qui renifle la terre pour trouver son chemin.

Il n'avait pas changé : seule nouveauté, il n'avait plus de compagnon et maintenant il portait sa besace de cuir en bandoulière.

Il sourit tandis que je m'approchais de lui :

– Je me souviens de vous à votre voix, maître John ! C'est la grande bénédiction de la cécité, quand voilà si longtemps qu'on en est affligé !

Repensant à une remarque entendue de la bouche des compères de Barney, je lui demandai :

– Êtes-vous aveugle de naissance, ou bien vous a-t-on crevé les yeux, enfant, pour vous envoyer mendier ?

Il eut un petit rire amusé :

– Ah ! voilà donc les histoires que les gens racontent ? Non, la vérité c'est que j'ai perdu la vue dans les geôles, à cause d'une mauvaise fièvre que j'y ai attrapée, avec la maigre provende et l'obscurité. Les gardes-chiourmes m'avaient surnommé « Justice aveugle », car ils disaient que j'étais aussi aveugle que la Justice.

– La Justice n'est point *aveugle*, protestai-je sans réfléchir, décontenancé par ce que je venais d'entendre. Elle a les *yeux bandés* pour montrer son impartialité.

– Vraiment ? fit-il avec un sourire bienveillant.

Le souvenir d'une remarque de Mr Pentecost – qui prétendait que le vieux mendiant avait sacrifié sa vue à ses principes – me revint tout à coup et acheva de me déconcerter, car il était malaisé de concilier deux explications aussi différentes.

– Comment vivez-vous à présent ? demandai-je. Et où est Wolf ?

– Eh bien, c'est pour lui que je mendie, répondit-il en touchant sa besace. Je fais ma tournée quotidienne, parce que maintenant, les gens nous connaissent, lui et moi, et ils me donnent des restes pour mon vieux chien. Cette bête a le chic pour faire sortir le meilleur de ce que les gens ont en eux !

Il fit une pause, et je serais tenté d'écrire qu'il m'examina longuement, si ce n'était absurde. Puis il reprit :

– Je sens bien que vous vous demandez pourquoi j'étais en taule. Eh bien, vu que vous êtes un ami de Mr Pentecost, je m'en vas vous le dire. Quand j'étais jeune homme – ça remonte à plus de trente ans, maintenant, au tout début des guerres avec les Français –, moi et d'autres jeunots, des apprentis et des compagnons artisans pour la plupart, on appartenait à la société des radicaux. Tout ce qu'on faisait, c'était se réunir et discuter de l'idée d'un soulèvement, comme les Français. Mais y avait un espion du gouvernement parmi nous, un monsieur qui se faisait passer pour un radical, comme nous autres. Et même plus radical, en fait. Peut-être même qu'il l'était, et qu'on l'avait intimidé pour le forcer à faire sa sale besogne. Qui sait pourquoi les gens agissent comme ils le font ? Ils ne le savent souvent pas eux-mêmes ! Quoi qu'il en soit, çui-là avait cafardé : on nous a tous épinglés, traînés devant le Conseil privé du roi, et condamnés pour trahison. Ce que le mouchard a raconté au procès n'était qu'un tissu de mensonges, mais y z-y ont cru. Y en a eu deux de pendus, et le reste a été « mariné » – déporté, ça veut dire. On m'a envoyé croupir dans les carcasses de navires de Gravesend pour sept ans, mais j'ai été libéré au bout de trois, rapport à ce que j'avais perdu la vue. Le plus étonnant, jeune maître, c'est que je crois ben avoir entendu sa voix récemment – celle du mouchard, après toutes ces années ! C'était même la fois que je vous ai rencontré dans la rue avec Mr Pentecost.

Je restai un instant silencieux. A présent, je comprenais ce que Mr Pentecost avait voulu dire à propos des principes du vieil aveugle.

– Au fait, j'ai appris que Mr Pentecost était mort, repris-je.

Le vieil homme soupira en hochant la tête :

– Le plus grand cœur que j'aie connu !

– Où habitez-vous, maintenant ?

– Euh, à vrai dire, je n'ai pas de logement fixe. Il m'arrive de payer mes deux pence pour une nuit en chambre mais, autrement, je dors à la belle étoile. Et vous-même ? Êtes-vous prospère et en bonne santé, vous et votre maman ?

– Oui, répondis-je.

Et, autant pour détourner la conversation que pour de plus nobles raisons, j'ajoutai :

– Laissez-moi vous donner ceci pour Wolf, c'est une demi-saucisse.

Il hésita avant de répondre en baissant la voix :

– J' peux pas vous mentir à vous, maître John, en souvenir de Mr Pentecost : il est mort, le vieux Wolf !

Je restai la main tendue, offrant ma moitié de saucisse. Retrouvant mes esprits, j'ajoutai :

– Tenez, prenez-la quand même !

Il l'accepta. Nous prîmes congé l'un de l'autre et je repartis en direction de Barnards Inn. Mais, cette fois, je ne sus pas me montrer assez rapide pour passer en catimini devant la loge. Le concierge bondit aussitôt hors de son fief et m'attrapa au collet :

– Où que tu comptes aller comme ça, gamin, hein ?

– Je suis un ami de Mr Henry Bellringer, et je vais lui rendre visite.

– Ah ! môssieur est un ami de Mr Henry Bellringer et il va lui rendre visite, s'pas ! répéta-t-il en me secouant. Faudrait d'abord que t'arrives à me convaincre qu'il a envie de te voir, jeune homme ! Môssieur aurait p't-être la bonté de lui envoyer sa carte, non ?

– Voulez-vous bien lui dire que…

– Et puis quoi encore ? Tu t'imagines p't-être que je vais te porter tes messages en plus, hein ? T'es simplet ou quoi ?

– Mais qui va le faire, alors ?

– Je suis tout seul ici. Mais on est jeudi, pas vrai ? Y a sa blanchisseuse qui doit venir sous peu. P't-être qu'elle lui portera ton message, si des fois ça lui chante.

Je me postai pour attendre dans la rue glacée. Confortablement installé dans son fauteuil au coin d'un bon feu, le concierge reprit la lecture de son journal, tout en me surveillant par intermittence à travers ses carreaux.

Une paire d'heures plus tard arrivait une hideuse vieille, la tête surmontée d'une énorme corbeille à linge. Coiffée d'un bonnet sale d'où s'échappaient quelques mèches roussâtres, elle avait une pipe de maïs vissée à la bouche.

– V'là à qui que tu dois causer, me lança le concierge par la fenêtre.

– Pouvez-vous porter un message à Mr Henry Bellringer ? demandai-je à la vieille.

Elle me toisa d'un air malcommode :

– Et qu'est-ce que ça me rapportera ?

– Je n'ai rien à vous offrir, répondis-je. Mais je suis sûr que Mr Henry Bellringer vous en sera reconnaissant.

– Lui ? ricana-t-elle, dédaigneuse. La reconnaissance, c'est à peu près tout ce qu'on peut attendre de lui !

Puis elle ajouta :

– Et alors, de quoi qu'y s'agit ?

– Dites-lui, je vous prie, que John, l'ami de Stephen, aimerait le voir.

Semblant acquiescer d'un signe de tête peu aimable, elle rentra dans l'immeuble.

Je passai des heures à attendre dans un froid qui devenait de plus en plus glacial. Je faisais les cent pas dans la rue, en face de la loge, balançant vigoureusement les bras, pour essayer de me réchauffer.

La vieille réapparut enfin :

– Comment, mais t'es encore là, toi ? s'écria-t-elle.

– Alors, qu'a-t-il dit ?

Elle me jeta un regard pénétrant pour répondre :

– L'était point là ! L'est parti soudainement.

– Pour combien de temps ?

Il y eut un échange de regards entendus entre la vieille et le concierge, qui derrière sa fenêtre arborait un petit sourire ironique.

– Ce que je sais, moi ! Quèques semaines, à ce que je crois, lança-t-elle par-dessus son épaule en ressortant dans la rue, la corbeille sur la tête.

Le concierge entrouvrit la fenêtre :

– Eh bien, tu vois ! Et je pense pas que ce soit la peine que tu reviennes traîner tes guêtres par ici !

Je repartis à travers les rues, démoralisé, ne sachant où aller. La fin de l'après-midi approchait et la neige se mit à tomber. Je n'osais envisager une autre nuit dehors, le ventre creux. Une idée s'imposa bientôt à moi avec une grande clarté, malgré la confusion où baignait mon esprit embrumé : en me barrant toute autre issue, le destin me forçait à braver l'interdiction formelle de ma mère. Il fallait retrouver l'ancienne maison de mon grand-père et m'en remettre à la magnanimité de Mr Escreet. Après tout, je n'avais jamais promis à ma mère de ne pas y aller. Mais un problème subsistait : comment retrouver l'endroit ?

Mobilisant le peu de forces qui me restait, je partis pour Charing Cross. Le ciel à présent dégagé était celui d'une belle fin d'après-midi, malgré le froid. Je me dirigeais vers l'ouest, admirant le spectacle du couchant : le soleil déclinant teintait le ciel d'un bleu vif. Un bleu qui tirait sur le mauve quand la lumière vespérale perçait la gaze des nuages follets au cœur violet et frangés de parme. Une légère brume apparut, qui fit virer les maisons alentour au gris uniforme et en effaça tous les détails.

Je me rendis d'abord à Northumberland Court : c'était une étroite ruelle bordée de petites maisons en rang d'oignons, prises entre les jardins des villas de Northumberland Street, d'un côté, et le mur d'enceinte du Palais, de l'autre. Ces maisons de taille modeste ne correspondaient guère à la description que ma mère avait faite de la demeure de mon grand-père. Me souvenant que la carte signalait une série d'impasses de l'autre côté, je longeai le Palais, auguste édifice XVIIe siècle, et me glissai dans une venelle qui se faufilait entre deux grandes vieilles maisons pour donner accès aux impasses. Je pénétrai d'abord dans Trinity Place et n'y trouvai qu'une enfilade de masures divisées en garnis. J'en ressortis pour examiner l'impasse suivante, aux maisons enclavées entre l'arrière des bâtisses de Trinity Place et de Charing Cross, à l'exception d'une grande vieille demeure qui se dressait devant moi, à l'écart des autres, et qui semblait avoir été édifiée là à une époque où il n'y avait rien d'autre autour. Ceinte d'une palissade sur le devant, elle était flanquée d'un atelier de peausserie sur l'arrière, et, à en juger par l'odeur, les lieux devaient faire office de fabrique de suif, à présent. La maison correspondait assez bien à celle que je cherchais, à ceci près qu'il lui manquait un porche. Elle était déserte, réserve faite d'un homme en casquette lustrée, rencogné dans une avancée de la maison, à fumer tranquillement une pipe à long tuyau.

Découragé, je passai devant lui pour contourner la bâtisse, et c'est alors que j'aperçus deux hideux visages sculptés sur la façade arrière d'un grand immeuble de l'impasse voisine : la pierre en était toute piquetée et usée. Je me souvins que ma mère avait évoqué les sculptures de Mitre Court dans son journal, racontant qu'elle les avait confondues avec celles qui se trouvaient près de la maison de son père. J'avais donc retrouvé l'endroit correspondant à sa description ! Me retournant sur la droite, je découvris en effet une deuxième grande et vieille bâtisse, que la première m'avait jusque-là cachée. *Et celle-ci avait un bel et bien un porche !*

Épuisé, je sentis les larmes me monter aux yeux tandis que je contemplais la demeure où tant de drames s'étaient joués. C'était un grand édifice lugubre et délabré, isolé du reste de l'impasse par une grille rouillée. Les volets étaient ou fermés ou absents et, là où il en manquait, on voyait des carreaux cassés ; les gouttières pendouillaient, et des ardoises tombées du toit gisaient, brisées, au pied des murs.

J'allai droit vers l'entrée, qui, du fait du fameux porche, formait saillie. Les petites fenêtres à barreaux étaient noires de crasse. La peinture de la vieille porte avait tellement pelé que les planches étaient à nu. L'huis était percé d'une énorme serrure cerclée de fer, avec un trou si gros que j'aurais pu y introduire tous mes doigts à la fois. A peu près à hauteur de mes yeux, j'avisai une autre ouverture, minuscule celle-là, également ceinte de métal, et que je pris pour un judas. Sur une plaque de cuivre presque lisse figurait une inscription que j'eus du mal à déchiffrer et qui ne me disait rien : « Numéro 17 ». Remarquant alors un heurtoir en fer, lourd et massif, j'y reconnus le dessin familier d'une rose à quatre pétales. Il n'y avait plus de doute : c'était bien la maison que je cherchais !

Je soulevai le heurtoir ; il retomba avec un grand bruit qui sembla résonner dans toute l'impasse. J'attendis, mais il ne se produisit rien. Je frappai à nouveau, toujours en vain. Désespérant d'arriver à mes fins, je toquai de plus belle, me souvenant que ma mère avait été obligée, naguère, d'en faire autant.

J'entendis enfin un léger bruit – ou le crus-je ? Il me sembla qu'on découvrait le judas de l'intérieur, mais je ne vis rien lorsque j'y collai un œil.

M'approchant tout contre la porte, je parlai sans choisir mes mots, qui me vinrent avec la force de l'inévitable :

– Je m'appelle John Clothier. Je suis le fils de Mary. Ma mère est morte. Je n'ai plus rien. Aidez-moi, je vous en prie !

Il y eut un silence, puis j'eus l'impression que quelqu'un faisait très doucement glisser l'opercule. J'attendis que la porte s'ouvrît mais elle ne bougea pas.

Je ne sais combien de temps j'ai dû rester là, debout, à attendre – longtemps, je crois –, avant de comprendre que cette porte ne s'ouvrirait pas. Je me suis senti basculer dans le délire, après quoi je ne me souviens guère de ce qui s'est passé.

Je me rappelle avoir éprouvé une rage terrible de me voir traité comme si je n'existais pas – car c'est ainsi que j'interprétai la scène. Ayant désobéi aux dernières volontés de ma mère sur son lit de mort, je m'étais cru prêt à tout : à braver les insultes et les soupçons, à affronter l'horreur de nouvelles révélations, d'autres terribles dangers encore. Mais je ne m'étais pas attendu qu'on m'ignorât, purement et simplement. Mr Escreet – ce devait être lui, derrière la porte – n'avait pas le droit de m'interdire l'entrée d'une maison qui avait si longtemps appartenu à ma famille !

Je me rappelle avoir tambouriné à la grande porte jusqu'à avoir mal aux poings ; j'avais dû crier, je crois – quoi, je l'ignore. J'ai souvenir de m'être appuyé de tout mon poids contre l'huis et d'avoir pleuré, jusqu'à ce que l'épuisement eût raison de moi, pour finir par me laisser tomber sur le seuil où je restai assis contre la porte, la tête appuyée sur le vieux bois.

Il neigeait fort, à présent, les flocons s'amoncelaient sur ma tête et sur ma jaquette. Il me vint l'idée qu'il y avait une étrange harmonie dans le fait que je dusse attendre la mort à la porte de la maison où la grande Faucheuse s'était jadis si cruellement introduite pour emporter mon grand-père, projetant ainsi son ombre impitoyable sur les vies de mon père et de ma mère, et sur la mienne par conséquent. La lignée des Huffam finirait ici même, décidai-je. La boucle serait bouclée.

IV

Y avait-il des minutes ou des heures que j'étais ainsi affalé, pris dans la tourmente blanche mais flottant déjà au delà du froid et de l'épuisement, n'attendant que le grand sommeil dont je ne m'éveillerais plus ? Je pris soudain conscience d'un regard posé sur moi. Un garçon d'à peu près mon âge était planté sur le pavé, qui me considérait avec un air de curiosité et, me sembla-t-il, de compassion.

– T'as l'air au bout du rouleau, constata-t-il.

Je n'avais même pas la force de faire oui de la tête.

– T'as faim ?

Il s'approcha et tira de sa poche un petit pain à un penny. Comme j'hésitais, il étendit le bras vers moi et le merveilleux fumet du pain frais me chatouilla les narines. Ma main s'en saisit à mon insu et l'enfourna avec avidité dans ma bouche, si desséchée et si enflée que j'eus grand peine à mâcher et à avaler.

– Ma foi, commenta-t-il, t'avais sacrément faim ! Et on dirait que t'as passé la nuit dehors, ces jours-ci, non ?

Je fis oui de la tête. C'eût été un trop gros effort de parler.

– Où c'est-ti que tu vas pioncer, ce soir ?

Je signifiai d'un hochement de tête que je n'en savais rien.

– J'ai pas de ronds, déclara-t-il, mais je connais un endroit où on peut aller. Y fait chaud, on peut pioncer dans de vrais pagnes, et la pitance est bath itou.

Ses paroles évoquèrent une sorte de rêve éveillé, sorti d'un conte des *Mille et Une Nuits*. Dans l'espèce d'état second où je me trouvais, j'avais l'impression qu'il me suffirait de rester là et d'attendre, pour que toutes ces merveilles vinssent à moi d'elles-mêmes. Pas besoin de courir après, comme le suggérait ce garçon. Il se faisait des illusions. Je me sentais bien plus sage et plus avisé que lui. Il ferait mieux de s'asseoir et d'attendre avec moi !

– Et y demande point de braise, là-bas, poursuivit mon informateur, tenace. Y fait ça par bon cœur.

Je hochai la tête en signe de dénégation.

– Si, si ! insista-t-il. C'est un ami des gueux. Moi, j'y vais, là. Viens donc avec moi, et tu verras !

Je n'avais pas la force de bouger.

– Allez, viens, répéta-t-il en me secouant par l'épaule.

Mais j'étais bien où je me trouvais : je ne sentais plus la douleur lancinante de la faim, et même le froid paraissait moins mordant.

– Viens donc, fit-il à plusieurs reprises, tentant de me prendre par le bras.

Il semblait aussi irrité de mon obstination que soucieux de mon bien-être. Il m'aida à me remettre sur mes pieds. Après tout, il était plus aisé de lui obéir que de lui résister, moins pénible de rester debout que de s'effondrer dans la neige. Me tenant fermement par le bras, il me remmena vers la rue. Je marchais à ses côtés, partagé entre le désir de savoir le pourquoi de son intérêt et le ressentiment d'avoir eu mon bien-être dérangé.

Nous avancions comme en dehors du temps, dans un monde soudain réduit au silence par la neige, dont le manteau ouaté étouffait le pas des rares piétons et les martèlements de roues et de sabots des attelages qui s'aventuraient par les rues. J'avais l'impression que plus rien n'existait, en dehors du mouvement de mes jambes et de la douce blancheur des flocons qui voltigeaient au-dessus de nous.

Au bout d'un moment, le garçon me lâcha le bras, sans renoncer, comme je marchais sur ses talons, à se retourner régulièrement pour s'assurer que je le suivais toujours. Je ne prêtais guère attention aux rues que nous traversions, remarquant seulement que nous avions tourné le dos à la rivière pour nous diriger droit sur un canton du nord de la métropole qui m'était inconnu.

La distance qui nous séparait avait grandi : le garçon s'arrêta pour me permettre de le rattraper.

– C'est encore loin, expliqua-t-il. Tu vas pouvoir y arriver ?

J'esquissai un oui de la tête.

– T'as besoin de quèqu' chose dans le ventre. Si seulement y me restait de quoi becqueter ! Mais je t'ai filé la fin. Attends, on va s'arrêter dans une maison qu'est sur le chemin.

Je fis non de la tête : on risquait de tomber sur des gens peu compréhensifs capables de vous remettre entre les mains des veilleurs.

– Oh ! t'en fais pas, fit-il, lisant mes craintes sur mon visage. On n'aura pas d'ennuis. Je sais reconnaître les maisons où qu'on est bien traité. Je m'ai jamais gouré !

Je n'avais pas la force de discuter et nous continuâmes à marcher. Mon compagnon examinait soigneusement les maisons au passage et les rejetait toutes. Nous traversions un quartier nouvellement construit à l'ouest et au sud d'Islington, tout quadrillé de rues élégantes et de places plaisantes. A la plupart des fenêtres brillait une grande bougie blanche, piquée dans une couronne de verdure. Les portes s'ornaient de bouquets de houx et de laurier, et il nous arriva maintes fois de croiser des hommes qui livraient en fourgon d'énormes corbeilles de victuailles de fête d'une guinée chacune.

Tout en cheminant ainsi à la traîne de mon nouvel ami, j'eus le sentiment que l'étrangeté des circonstances évoquait un écho dans ma mémoire : la neige, le froid, la faim, la fatigue et ce garçon qui me pressait d'avancer en promettant l'accueil d'un inconnu, tout semblait ressusciter un événement que j'avais déjà vécu. Ou bien était-ce le souvenir d'une lecture, voire d'un récit qu'on m'eût fait ? Je n'étais plus capable de distinguer le rêve de la réalité, les songes des souvenirs. Finalement, je penchai pour l'histoire du « goubelin » contée par Sukey : voilà ce que me rappelait la scène actuelle. Le garçon devait être mon autre moi, venu me conduire à la mort – une constatation qui ne m'inspira ni peur ni trouble.

Mon guide s'arrêta enfin dans une rue prospère, devant une maison qui me parut en tout point semblable aux autres. Mais en le rejoignant, je le trouvai le nez entre les barreaux de la grille, qui épiait les fenêtres d'une pièce du rez-de-chaussée, située à peine au-dessus du niveau de la rue. Comme les rideaux n'étaient pas tirés malgré l'heure tardive, et que la salle était brillamment éclairée, l'intérieur s'offrait au regard aussi clairement qu'un décor de théâtre – bien que l'analogie ne me vînt pas à l'esprit à ce moment-là, puisque je n'avais pas encore fréquenté les temples de l'art dramatique. L'état second dans lequel je me trouvais amplifiait et aiguisait mes perceptions, renforçant l'impression de spectacle que j'éprouvais. J'avais sous les yeux l'image d'une famille aimante et gaie, installée à table pour dîner : il y avait là le père et la mère, élégants et de fort belle humeur, occupant chacun un bout de la table, et couvant d'un regard comblé deux jeunes gens assis entre eux. Ceux-ci étaient de toute évidence leurs enfants : une jeune femme et un garçon de deux ou trois ans de moins que moi, qui se souriaient d'un air de bonheur.

La table croulait sous une abondance de mets appétissants disposés autour des restes d'une oie rôtie, tandis que des monceaux de friandises attendaient le bon plaisir des convives sur un bahut, au fond de la pièce : tartes aux fruits, crèmes, gelées, oranges, marrons et fruits de serre, prêts à titiller les papilles des dîneurs. Une porte s'ouvrit sur une femme d'âge mûr à la mine avenante, en tablier blanc immaculé, qui apportait un pudding en train de flamber : elle éleva solennellement son plat pour le faire admirer à la ronde avant de le déposer sur la table. Dans son sillage apparut une jeune bonne avec un plateau d'argent sur lequel fumait un grand bol à punch.

Parents et enfants applaudirent de joie et échangèrent des sourires ravis. Fasciné, je contemplais la mystérieuse flamme bleue qui courait encore sur les flancs rebondis du pudding. C'est alors que je remarquai le gui et le houx accrochés à la frise des murs : mais bien sûr, c'était la Noël ! Quantité de souvenirs de Noëls anciens resurgirent pêle-mêle dans mon esprit et, fut-ce la force de l'émotion ou simplement l'effet de la faim, je me sentis soudain pris de vertige et dus m'accrocher à la grille pour ne pas défaillir.

Le pudding ayant été déposé avec force cérémonie à la place d'honneur, le père se leva et alla embrasser sa femme, à l'autre bout de la table. Puis les deux parents échangèrent des baisers avec leurs enfants, qui en firent de même entre eux. Après quoi le père se rassit et s'employa à couper le pudding.

Debout dans le froid de la nuit, nous nous regardâmes, mon compagnon et moi. Puis il s'approcha du perron et, à ma grande surprise, il ne tira pas sur la cloche de l'office mais sur la sonnette de la porte d'entrée. La tête me tournant de plus belle, je vis de mon point d'observation sur le trottoir que les quatre convives s'interrogeaient, étonnés, se demandant lequel de leurs amis pouvait bien leur rendre visite si tardivement, une veille de Noël. Mais je commençais à avoir du mal à discerner la scène, comme si le cadre lumineux à travers lequel j'observais la pièce s'était peu à peu enténébré de noires ombres apparues à son pourtour.

Me tournant vers le perron, j'aperçus la servante âgée qui ouvrait la porte d'entrée. Je l'entendis parler à mon compagnon, mais ne distinguai qu'un bourdonnement sans signification. Ils regardèrent vers moi, tous les deux. Puis je ne me rendis plus compte de rien : la lumière qui brillait aux fenêtres s'obscurcit tout d'un coup, et je fus entièrement englouti par une grande vague noire.

Il dut s'écouler un certain temps, vide pour moi de tout souvenir. Lorsque je revins à moi, je gisais de tout mon long dans la neige, entouré d'inconnus qui me considéraient d'un œil inquiet. Pourtant, ces visages ne m'étaient pas tous étrangers, j'y reconnaissais ceux que j'avais observés plus tôt – le père, la mère, les deux jeunes gens et les domestiques. A part la mère et la fille qui avaient jeté un châle sur leurs épaules, tout le monde était sorti sans se couvrir, et la neige tombait à gros flocons sur ces bonnes gens. Derrière la famille se tenait le garçon qui m'avait amené jusqu'ici.

– Pauvre petit, s'écria la mère compatissante, il a l'air à demi mort de faim !

– En effet, approuva la jeune fille. Et presque mort de froid, aussi ! La malheureuse créature ! Voyez un peu ces hardes de rien !

– Il faut aider ce pauvre garçon, affirma la mère. Dire qu'il est à peine plus vieux que Nicholas ! Que peut-on faire pour lui ?

– Faisons le rentrer, proposa le père. On ne peut pas le laisser mourir de faim dehors, surtout un jour comme celui-ci !

C'était un trop gros effort de garder les yeux ouverts, je cessai de lutter. Je me sentis soulevé avec précaution et porté jusqu'en haut du perron. Entrouvrant avec peine les paupières, je m'aperçus que c'était le père et la vieille servante qui me portaient. Lorsque nous arrivâmes à la porte d'entrée, je jetai un coup d'œil en arrière, sur le garçon qui m'avait escorté : il me considérait d'un drôle d'air, debout au pied des marches. Était-il songeur ou envieux de me voir ainsi transporté vers un havre de chaleur et d'abondance, tandis qu'il restait, lui, dehors, sans que personne fît attention à lui ? Non, ce n'étaient pas de tels sentiments qui se lisaient sur son visage.

– Merci, lui lançai-je, merci !

Puis, m'adressant au père :

– Je vous en prie, donnez-lui quelque chose aussi ! C'est lui qui m'a amené chez vous, et il est aussi démuni que moi.

– Oh, ne vous faites pas de souci pour lui ! répondit le père. Il sera récompensé.

– Merci… répétai-je au garçon.

Je n'arrivais toujours pas à déchiffrer l'expression de son regard. Il me lança, très vite :

– Je reviendrai prendre des nouvelles. Si j'ai la permission, bien sûr.

Je n'eus pas le temps de répondre qu'on me soulevait de nouveau pour me faire franchir le seuil et traverser le hall, avant de m'amener dans la pièce que j'avais observée par la fenêtre, où l'on m'étendit sur un sofa. Je me sentis défaillir une fois de plus, seulement conscient de mains qui s'affairaient pour m'aider et de visages soucieux remplis de sollicitude. On m'approcha des lèvres un verre de vin chaud dont je bus quelques gorgées, on m'enveloppa d'épaisses couvertures, une main fraîche se posa sur mon front, et on me présenta un bol rempli d'un liquide chaud et épais. Je ne pus y toucher, car le contraste était trop brusque : la chaleur et la lumière, le bruit des voix – j'étais trop faible pour ce soudain retour à la vie. Je m'évanouis, cette fois avec l'impression de tomber dans un puits sans fond.

V

Je vécus ensuite une période de confusion peuplée d'étranges expériences : je rêvais, sans savoir si je dormais ou si j'étais éveillé, incapable de distinguer le songe de la réalité. Je voyageais en calèche à travers la nuit ; je luttais pour garder l'équilibre sur le pont d'un navire en pleine tempête ; je cheminais péniblement dans la neige avec une femme qui semblait être ma mère, mais qui ne l'était pas, tout en étant celle d'un autre ; je me retrouvais dans la puanteur de la chambre bondée où ma mère avait trépassé… Les images changeaient, mais j'avais constamment le sentiment de l'imminence d'une catastrophe. A d'autres moments, j'avais l'impression d'être couché dans une petite pièce réchauffée par une flambée qui pétillait dans l'âtre. Mais les flammes montaient à l'assaut de mon lit et embrasaient tout : poursuivi par de longues langues de feu, je fuyais par les rues enfumées d'une ville qui brûlait.

Quand j'émergeais du sommeil, il me semblait voir des visages penchés sur moi, des mains tendues pour me caresser les joues, pour me border ou rajuster la literie. Nombre de ces visages m'étaient bien connus : celui de ma mère m'apparaissait souvent, souriant, mais son sourire dégénérait bientôt en grimace de douleur. Par moments, c'étaient les traits de Mrs Fortisquince, de Mr Barbellion, de Miss Quilliam, de sir Perceval et d'autres encore qui jaillissaient de l'obscurité pour prendre soudain forme devant moi, comme les acteurs apparaissent sur la scène quand s'allument les feux de la rampe. Puis les personnages se fondaient les uns dans les autres avant de s'évanouir pour de bon.

Les visages étaient souvent ceux des membres de la famille qui m'avait recueilli avec tant de bonté, et pourtant, ils semblaient toujours affectés par d'étranges transformations qui les faisaient ressembler à des bêtes : le nez du père s'étirait et s'épaississait, ses narines s'aplatissaient pour devenir les trous béants d'un groin de cochon. Les yeux de la jeune femme prenaient l'aspect de deux fentes étroites et allongées, surplombées par la broussaille noire d'énormes sourcils, et rayant de noir le pâle visage qui tournait à la froideur cireuse du marbre.

Un médecin vint plusieurs fois à mon chevet. Je reconnus l'homme de l'art à la façon dont il m'observait en me prenant le poignet. Il avait un visage froid et cruel qui me faisait peur, mais le plus effrayant était sans doute le petit sourire faux qu'il arborait à mon endroit pendant qu'il s'entretenait avec le père et la mère.

D'autres gens encore semblèrent défiler dans ma chambre. Lizzie, la femme du taudis, arriva porteuse d'un plateau, puis se transforma pour devenir la servante la plus âgée. Mr Quigg se dressa à mon chevet, puis finit par prendre les traits du père de famille. Un jour, j'eus même la nette impression d'avoir vu entrer Mr Steplight (autrement dit Mr Sancious) en compagnie du père et de sa fille : il avait regardé ma forme couchée, hoché la tête et échangé des sourires entendus avec les deux autres. Une autre fois, la pièce me parut pleine de gens en train de danser autour de mon lit : lady Mompesson valsait avec Mr Beaglehole, l'huissier, et Barney entraînait Mrs Purviance dans un quadrille, tandis que Mr Isbister violonait à tour de bras. Je n'arrivais pas à distinguer tous ces gens qui faisaient la bacchanale autour de moi, mais le vacarme devint vite intolérable : j'eus soudain le sentiment que le lit décollait du plancher et se mettait à flotter au milieu de la pièce. Ensuite… je ne me souviens plus de rien.

Le visiteur qui me parut le plus réel, sur le moment – je me dis par la suite qu'ils devaient tous être le fruit de mon imagination –, fut un petit vieillard hideux qui entra en compagnie de la jeune femme. Il m'examina avec un sourire satisfait et, animé d'une joie fébrile, se frotta les flancs comme s'il voulait s'étreindre lui-même.

Tandis qu'il arpentait la pièce, ivre de la sorte de plaisir que procure le triomphe du mal, je lui trouvai – horreur ! – l'air d'une énorme araignée blanchâtre, avec ses grands bras en mouvement, ses jambes maigres et torses, moulées dans des chausses serrées, sous l'avancée de sa bedaine proéminente.

Un jour, enfin, je sentis en m'éveillant que j'allais mieux. J'étais dans une petite chambre confortable, couché entre des draps blancs parfumés à la lavande, un sachet de camphre suspendu près de ma tête. Un feu pétillait joyeusement dans la cheminée où l'on faisait brûler du vinaigre dans une petite pelle. C'était la pièce que mes visions de délire avaient si horriblement déformée. Assise sur un fauteuil au coin de l'âtre, la jeune femme lisait.

Elle ne tarda pas à se tourner vers moi et remarqua aussitôt que les brumes de la fièvre avaient disparu de mon regard.

– Ah, Dieu soit loué ! s'exclama-t-elle. Vous allez mieux !

Elle me parut très belle avec son teint de lys, ses yeux bleus, ses cheveux noirs et lustrés dont les boucles tombaient en cascade sur le col de sa robe de jour en mousseline.

– Oui, acquiesçai-je. Je crois que je suis rétabli.

– Nous nous sommes fait tant de souci pour vous, continua-t-elle, délaissant son fauteuil pour venir s'asseoir au bout de mon lit.

– Vous avez été très bons pour moi. Mais pourquoi avoir prodigué tant de bontés à un inconnu ?

– A-t-on besoin de raisons pour être charitable ? fit-elle en souriant.

Voyant que j'avais la bouche ouverte pour répondre, elle ajouta :

– Non, ne parlez pas, n'épuisez pas vos forces. Il sera bien temps de trouver des réponses plus tard. Pour l'heure, dites-moi simplement votre nom.

– John, répondis-je. Ou Johnnie.

– Tout court ? taquina-t-elle avec un sourire.

Je ne me sentais pas assez fort pour réfléchir à ce qu'il convenait de raconter à ces bonnes âmes : que leur dire de moi et de mon histoire ? Décider du nom que je leur donnerais revenait à choisir entre avouer la vérité et jouer la comédie.

– Cela vous suffirait-il pour l'instant ? Je suis si las ! déclarai-je.

– Mais naturellement ! se récria-t-elle.

– Et vous, comment vous appelez-vous ?

– Emma.

– C'est un joli nom, murmurai-je, ma langue devenant trop lourde pour parler.

– Et quel est votre nom de famille, réussis-je à articuler.

– Mon père s'appelle Mr Porteous.

– Miss Emma Porteous, énonçai-je.

– Je vous en prie, appelez-moi Emma !

– Emma, chuchotai-je.

– Il faut dormir, maintenant, Johnnie ! fit gentiment Emma.

Le conseil était inutile car je sombrai aussitôt dans l'inconscience.

Les jours suivants, Emma était toujours présente à mon chevet chaque fois que je m'éveillais. Ce fut de ses blanches mains que je reçus la nourriture qui m'aida peu à peu à retrouver la santé : du pain trempé dans du lait et du miel, pour commencer. Sa mère la remplaçait parfois, mais il y avait constamment l'une ou l'autre dans la chambre. Quand je me réveillais la nuit, j'étais sûr d'apercevoir Emma au coin du feu, en train de lire ou de broder à la lueur dansante des flammes. J'étais très touché du soin que les deux femmes prenaient à me veiller elles-mêmes, au lieu de me confier à leurs bonnes. Du reste, à part Ellen, la servante âgée, qui apportait et remportait les plats ou les affaires, je ne voyais même pas les domestiques.

A mesure que je reprenais vie, que mes sens restaient plus longtemps en éveil, que je retrouvais la force de converser, les différents membres de la famille vinrent de temps à autre s'asseoir à mon chevet. Grave et réservé, le père d'Emma me regardait fixement de ses petits yeux tout en tripotant nerveusement ses doigts boudinés, comme pour en exprimer des sujets de conversation. Cependant je sentais qu'en dépit de ses manières guindées, il cherchait à me manifester sa bienveillance et ses bonnes intentions. (Emma m'expliqua par la suite qu'il était très préoccupé par son travail.) Sa femme se montrait pleine de sollicitude, fort loquace, et plutôt fatigante à vrai dire. Le garçon, qui s'appelait Nicholas, était très gentil, mais trop jeune de quelques années pour que naisse une amitié entre nous, et il ne tarda pas à se lasser de ma compagnie. Ma préférence allait à Emma, et c'était elle qui venait me voir le plus souvent et qui restait le plus longtemps.

Un ou deux jours après notre première conversation, elle remarqua, en me tendant une tasse de citronnade chaude additionnée d'orgeat :

– Je ne connais toujours pas votre nom de famille, Johnnie.

J'avais eu le temps de préparer ma réponse. Tentant de vaincre ma répugnance à tromper des personnes qui s'étaient montrées si bonnes envers un étranger, j'avais décidé que mon nom leur importait peu, finalement, puisqu'ils ne savaient rien de moi. Ce ne serait pas mentir que de leur en donner un quelconque, puisque je ne m'emploierais pas pour autant à nier la vérité. Après tout, je ne ferais qu'indiquer le patronyme par lequel je désirais qu'on m'appelât ; alors, pourquoi ne pas en prendre un autre ? Cependant, j'eus beau raisonner tout mon soûl, je ne pus m'empêcher de penser que ce serait bien mal les rétribuer de leurs gentillesses.

D'un autre côté, il pouvait être dangereux de reconnaître que je m'appelais Clothier : le récit de ma mère m'avait appris que c'était un nom bien connu dans le monde du commerce londonien – pour ne pas dire de sinistre réputation ! En avouant mon patronyme, je révélerais mes liens avec les Clothier, et je serais alors obligé de demander aux âmes charitables qui m'avaient recueilli de garder le secret sur mon identité. Or, pour leur expliquer la nécessité du secret, je serais contraint de raconter une bonne partie de mon histoire. Et je n'en avais guère envie, d'abord parce que je préférais ne pas y penser, mais aussi parce que je n'étais pas sûr de l'effet qu'un tel récit produirait sur mes bienfaiteurs.

Emma m'observait avec curiosité pendant que ces réflexions se bousculaient dans ma tête.

– J'ai déjà porté tant de noms différents dans ma vie que je ne sais plus guère lequel est le vrai ! répondis-je.

– Comme c'est mystérieux ! s'écria-t-elle. Et quels étaient ces noms ?

Je marquai un temps d'hésitation :

– L'un d'eux vous conviendrait-il : Cavander ?

Je m'étais souvenu de ce nom que je n'avais utilisé qu'une fois ou deux, après m'être enfui de la ferme des Quigg.

– Voulez-vous dire, fit-elle gravement, que ce n'est pas le nom de votre père ?

Je tiquai involontairement. S'en apercevant, elle en interpréta mal la raison – du moins, le crus-je – et s'empressa d'ajouter :

– Ou que ce n'est pas le patronyme enregistré lors de votre baptême ?

Je fis oui de la tête.

– Vous ne me faites donc pas confiance ? s'étonna-t-elle.

– Surtout, n'allez pas croire cela, je vous en prie, m'écriai-je, déconcerté. Après toutes les bontés que vous avez eues pour moi, qui n'avais aucun droit à une telle générosité de votre part ! Seulement, si je vous disais mon vrai nom, je serais obligé de vous expliquer des quantités d'autres choses.

– Eh bien, pourquoi pas ? Craignez-vous de m'ennuyer ? Comme c'est stupide ! fit-elle avec un sourire. Je serais ravie d'entendre votre histoire ; qu'importe le temps qu'il faudra !

– Vous êtes si bonne ! m'exclamai-je, au bord des larmes. Mais il n'y a pas que cela.

– Ah ! je comprends, répondit-elle d'un ton de commisération. Je me suis montrée insensible et égoïste : ce serait trop pénible pour vous de tout raconter.

Puis, elle ajouta avec une grande douceur :

– On a trahi votre confiance, n'est-ce pas ?

– En effet, mais pourquoi dites-vous cela ?

– Parce que, malgré l'amitié que vous avez pour moi, je crois, je me rends bien compte que vous n'êtes pas sûr de pouvoir vous fier à moi.

– J'éprouve une vive amitié pour vous, c'est vrai, m'écriai-je, et j'ai confiance en vous. Je remettrais ma vie entre vos mains. Vos parents et vous m'avez accueilli et soigné, moi qui n'étais pourtant qu'un étranger pour vous !

Elle me sourit en pressant amicalement ma main dans les siennes :

– Je suis contente que vous m'aimiez bien. Maintenant, laissez-moi vous rassurer, puisque vous êtes si méfiant. Il y a quelques jours, vous m'avez interrogée sur la raison qui avait pu pousser mes parents à vous recueillir, eh bien, je vais vous la dire.

Elle fit une pause et son visage devint grave :

– Mes parents ont eu un autre enfant, entre ma naissance et celle de Nicholas. Un garçon, qu'ils ont appelé David. C'était un bébé maladif et…

Elle s'interrompit un instant avant de reprendre :

– Il aurait à peu près votre âge, maintenant, et je sais que mes parents pensent souvent à lui. Je crois que c'est en partie en souvenir de lui qu'ils ont agi comme ils l'ont fait l'autre soir.

Ses beaux yeux étaient brillants de larmes. Mais elle les leva soudain sur moi et me lança, souriante :

– Est-ce un mobile suffisamment égoïste pour tranquilliser votre esprit désabusé et misanthrope ?

Tendant le bras pour poser ma main sur la sienne, je m'écriai :

– Je vous ai bien mal récompensée de votre générosité et de votre confiance ! Je vais vous avouer mon vrai nom, bien qu'il m'écorche la bouche tant je le déteste : je m'appelle Clothier.

Je crus surprendre un léger tressaillement chez elle, comme si elle reconnaissait ce patronyme.

– Vous connaissez ce nom-là ? demandai-je.

– Je l'ai déjà entendu, me semble-t-il – sans plus.

– Je vous en prie, ne le mentionnez à personne, en dehors de votre mère et de votre père. Je vous expliquerai pourquoi lorsque je m'en sentirai la force.

– Je vous le promets. Mais dites-moi tout de même une chose, si cela ne vous est pas trop pénible : avez-vous des amis, et où sont-ils ? Et votre père et votre mère, surtout ?

– Mon père… je l'ignore. Ma mère est morte.

– Oh ! Johnnie, fit-elle. Je suis navrée. Est-elle décédée récemment ?

– Oui, très récemment.

– Ces dernières semaines, voulez-vous dire ?

– Presque. Elle est morte le 12 novembre dernier.

– Comme je suis triste de l'apprendre ! Je crains de vous avoir fait peine. Mais racontez-moi, si cela ne vous chagrine point trop : où cela s'est-il passé ?

– Ici, à Londres.

– Je voulais dire : dans quelle paroisse ? Où a-t-elle été enterrée ?

Bien que la question fût posée gentiment, elle ravivait avec une vigueur insoutenable le souvenir de l'obscur galetas, de l'impasse étouffante et de la petite place humide avec son cimetière aux odeurs pestilentielles.

– Je ne puis en parler, bredouillai-je en fondant en larmes.

– Ça ne fait rien, ça ne fait rien, fit Emma en me caressant la tête. J'ai été stupide et indélicate de vous le demander. Vous aurez tout le temps de me l'expliquer quand vous irez mieux.

Je pressai affectueusement sa main. Mes pleurs m'avaient fatigué et je ne tardai pas à m'endormir, ma main dans la sienne.

Je reprenais des forces. Mon état s'améliora si bien, au cours de la quinzaine suivante, que le Dr Alabaster, le chirurgien qui m'avait fait régulièrement visite, déclara que je serais bientôt apte à me lever. La famille continuait à venir s'asseoir à mon chevet, et Emma passait le plus clair de ses journées à mes côtés, à me faire la lecture et à bavarder, ou à s'affairer à son ouvrage si je somnolais. Quelques jours après notre dernière conversation, je lui annonçai que je me sentais maintenant capable de lui conter l'histoire de ma vie. Je n'avais certes pas de raison de me cacher de ses parents, mais le tête à tête m'en coûterait moins : aussi fut-il convenu entre nous qu'ils sauraient mes confidences par son truchement.

Ma narration détaillée occupa l'entièreté de la semaine suivante ; j'avais seulement décidé de taire quelques épisodes de la vie de ma mère. Emma était perpétuellement aux écoutes, et d'une attention que je trouvai éveillée. Je déroulai mes années d'enfance à Melthorpe en compagnie de ma mère, et le début de nos problèmes d'argent, dus à la confiance excessive qu'elle avait accordée à son homme de loi, Mr Sancious, qui avait conspiré pour la gruger.

A propos du codicille que ma mère avait hérité de son père, j'expliquai l'importance du document pour les Mompesson, et mentionnai les efforts déployés par elle et Mr Fortisquince pour leur faire payer la rente annuelle qu'ils lui devaient sur les revenus du domaine. Emma s'indigna de l'attitude que ma mère s'était vu opposer par sir Perceval et son épouse lors de la visite qu'elle leur avait rendue.

J'évoquai notre fuite à Londres, la rebuffade de Mrs Fortisquince, la trahison de Bissett révélant le secret de notre adresse aux huissiers, mais ne m'étendis pas sur la période de notre séjour auprès du ménage Isbister, et encore moins sur la nature des activités nocturnes du mari, que je laissai complètement de côté. Je dis ensuite nos efforts pour gagner notre vie sous le toit de Miss Quilliam ; comment, touchant le fond de la pauvreté, nous eûmes l'idée de vendre la codicille aux Mompesson ; quel malentendu naquit du retour de Miss Quilliam avec Mr Barbellion ; quelle duperie enfin avait ourdie Mrs Fortisquince – ce tour de bonneteau qui nous avait amenés à remettre le document entre les mains du faux Mr Steplight, et, par son intermédiaire, entre celles de nos ennemis. Qui n'étaient autres que les Clothier, la famille de mon père ! Emma déjà bouleversée en l'apprenant le fut plus encore quand je précisai les raisons qu'ils avaient de vouloir ma mort : le codicille étant maintenant déposé auprès du tribunal, comme on pouvait le supposer, ma disparition du vivant de Mr Silas Clothier suffisait à le faire sur-le-champ héritier du domaine de Hougham. Pour mieux éclairer Emma, je lui résumai ce que m'avait appris le récit de ma mère : la manière dont mon grand-père s'était procuré le codicille avec l'aide de Mr Clothier, les événements qui avaient conduit au mariage de mes parents, l'assassinat de mon aïeul et l'incarcération de mon père, accusé de folie et de meurtre.

Fort affectée par mon récit, Emma déclara qu'elle comprenait très bien ma réticence à révéler mon nom. Je repris le fil de ma narration pour lui décrire l'école où m'avait emmené Mr Steplight, ce qui l'affligea profondément, sans qu'elle eût besoin d'entendre toutes les horreurs perpétrées dans ces lieux : notamment, j'omis toute référence à Stephen Maliphant et aux mauvais traitements qui avaient causé sa mort. Je tus également l'état dans lequel j'avais trouvé ma mère à mon retour à Londres, me contentant d'indiquer qu'elle touchait le fond de la misère et de la maladie, depuis le cruel complot de Mrs Fortisquince et Mr Sancious, et son emprisonnement à la Fleet. Je fus touché de constater qu'Emma s'appliquait à suivre mon récit au plus près ; ainsi, lorsque je mentionnai que sir

Perceval avait refusé d'aider ma mère, elle se déclara tout aussi interloquée que moi par ce refus, ayant parfaitement saisi qu'il était dans l'intérêt des Mompesson – apparemment, tout au moins – que ma mère restât en vie, en tant qu'héritière Huffam. Je pus à peine évoquer la mort de ma mère, et ma confidente parut très remuée par ma visible émotion.

– Et où cela se passait-il ? demanda-t-elle.

J'indiquai le nom de la petite impasse insalubre.

– Avez-vous dû solliciter l'aide de la paroisse pour l'enterrement ? s'enquit-elle d'un ton compatissant.

– Oui, en effet, répondis-je en m'efforçant de chasser le souvenir de ce triste épisode.

– Et sous quel nom avez-vous fait enregistrer sa mort ?

Comme je la regardai d'un air interrogateur, elle me fixa sans broncher et expliqua :

– Je vous le demande à cause d'une idée qui a germé dans le cerveau de mon père : il s'agit d'un moyen d'assurer votre sécurité, et dont je le laisserai vous parler lui-même.

– Vous faites tous preuve de bien plus de bonté envers moi que je ne mérite, fis-je, honteux. Pour répondre à votre question, « Mellamphy » est le nom que j'ai déclaré au clerc de la paroisse.

Poursuivant mon histoire, je lui contai comment j'avais rejoint la « carcasse » et y avais vécu avec Barney et sa bande, comment j'avais peu à peu percé la nature de leurs activités et découvert qu'ils ne reculaient même pas devant les crimes de sang. Emma était horrifiée et, quand je lui appris que Barney était l'homme du cambriolage de Melthorpe, tant d'années en arrière, elle parut aussi désorientée que moi par ma découverte.

Je terminai par ma fuite de la « carcasse », ma visite à la maison de mon grand-père et la fin de non-recevoir que m'avait opposée le vieux Mr Escreet, à la suite de quoi un garçon de rencontre m'avait amené en ce foyer.

Je dois préciser que mon histoire était loin d'avoir la cohérence du résumé que je viens d'en donner ici, car à maintes reprises, il fallut briser la chronologie des faits pour remonter à leur explication. A part la mort et les funérailles de ma mère, ce fut le récit de l'assassinat de mon grand-père – d'après le journal de ma mère –

qui retint le plus l'intérêt d'Emma. Nous en discutâmes longuement, revenant plusieurs fois sur ces dramatiques événements. Emma partageait mon avis : le mobile du crime devait être le testament dont il avait mentionné l'existence.

– Quel dommage que vous ne soyez plus en possession de sa lettre ! remarqua-t-elle, dans un mouvement de compassion qui m'émut jusqu'au fond du cœur.

Le jour où mon récit prit fin, elle m'annonça :

– Père aimerait bien s'entretenir avec vous, demain, de la manière dont vous voyez les choses, pour le futur. Vous sentez-vous assez solide ?

J'acquiesçai. Quand elle me laissa seul, je méditai sur le poids que m'avait ôté le partage avec un cœur si compatissant d'un fardeau à ce point lourd d'événements et de responsabilités.

Emma était accompagnée de son père quand elle rentra dans ma chambre, le lendemain. Tandis qu'il tirait deux fauteuils près du lit, pour sa fille et lui, je me fis la réflexion qu'il était le seul de la famille que je n'arrivais pas tout à fait à aimer. Il se montra froid et pompeux tout au long de l'entrevue qui suivit. Emma, assise à ses côtés, me souriait gentiment, comme si elle était là pour exprimer la chaleur et la bonté que son père ressentait intérieurement, mais qu'il ne parvenait pas à manifester.

– Ma fille, commença-t-il en tripotant ses doigts boudinés, m'a fait part de ce que vous lui avez appris hier, et j'ai réfléchi aux moyens de vous protéger au mieux contre ceux qui pourraient vouloir vous nuire. Il me paraît évident que ce sont les procès en cours à la Chancellerie qui vont déterminer la suite des événements. Toutefois, en tant qu'humble homme de loi, fit-il avec une petite grimace de fausse modestie, je ne suis pas qualifié pour pénétrer dans les arcanes de cette instance. C'est pourquoi j'ai pris la liberté de consulter un avocat habilité auprès de cette cour – Mr Gildersleeve, ami en qui j'ai toute confiance – et de lui exposer les détails de votre situation, sous le sceau du secret, cela va de soi.

– Vous êtes très bon, monsieur Porteous.

– Mais pas du tout, pas du tout, bredouilla-t-il, paraissant réellement gêné par ma reconnaissance. Mr Gildersleeve est d'avis que, puisque vous êtes désormais orphelin – au sens de la loi, s'entend –, la meilleure façon de vous protéger des machinations de la partie adverse serait de vous présenter devant la Chancellerie pour solliciter sa tutelle.

Me présenter devant la Chancellerie ! Je ressentis un frisson d'excitation à l'idée d'accéder à ce Saint des Saints, le cœur même des mystères qui avaient entouré toute ma jeune vie.

– Que dois-je faire ? demandai-je.

– La procédure est simple, m'a-t-on dit. Il suffit d'établir votre identité au moyen d'une attestation faite sous serment – une déclaration orale suffira, en l'occurrence –, et qui doit être confirmée par des témoins. Il devrait être facile d'en trouver.

– Mais, monsieur Porteous, ne pensez-vous pas qu'il serait plus sûr pour moi que mes ennemis me croient mort ? Ce qu'ils ne manqueraient pas de supposer, si je me contentais de disparaître.

– Peu importe ce que *j'en* pense, *moi*, répliqua-t-il, distant. Mr Gildersleeve, quant à lui, est d'avis que la situation est telle que j'ai eu l'honneur de vous l'exposer à l'instant.

– Mais comment pourraient-ils me retrouver ? Personne ne me sait ici.

– En êtes-vous si sûr ? D'après ce que ma fille m'a rapporté de votre récit, le chef de la bande du lotissement inachevé de Neat Houses est le cambrioleur qui s'était introduit chez votre mère, il y a tant d'années. Comment pouvez-vous être certain qu'il s'agisse d'une simple coïncidence ? Et si ce n'en est pas une, les faits ne désignent-ils pas cet homme comme l'agent de vos adversaires ? Auquel cas, vous n'aurez jamais la certitude qu'il ne vous retrouvera pas.

Force me fut de m'incliner devant la logique d'un tel raisonnement et de concéder qu'il serait peut-être plus sûr de me présenter devant la Chancellerie.

C'est alors que je m'avisai d'un obstacle insurmontable :

– Mais cela ne va-t-il pas coûter fort cher ?

– Je fais mon affaire des honoraires de Mr Gildersleeve, déclara Mr Porteous. Ne vous en souciez point !

J'en avais les larmes aux yeux. Était-il désarçonné par ce spectacle ? Mr Porteous recula légèrement son fauteuil et toussota dans son mouchoir.

– Vous avez tant de bontés à mon égard, bégayai-je. Vous êtes presque une famille pour moi !

Comme pour se soulager du poids des sentiments qu'il éprouvait, Mr Porteous plongea la main dans sa poche et en tira un souverain qu'il me tendit avec solennité.

– Mais nous *sommes* votre famille, à présent, Johnnie ! s'écria Emma, rapprochant son fauteuil du lit pour me prendre la main.

Puis, se tournant vers son père, elle ajouta :

– Puis-je lui annoncer la nouvelle tout de suite, père ?

Mr Porteous acquiesça d'un signe de tête et elle déclara :

– Sous réserve de votre accord, Mr Gildersleeve va demander au juge de vous placer sous tutelle du tribunal et de confier votre garde à mon père et ma mère. Mes parents vont vous adopter, Johnnie, et nous deviendrons vraiment frère et sœur ! Et puis, vous serez en sûreté.

– *Sous réserve de mon accord !*… m'exclamai-je.

Emma m'embrassa, Mr Porteous me prit la main et la serra maladroitement, l'air gêné, comme embarrassé de sa propre émotion.

Mr Gildersleeve viendrait le lendemain m'expliquer ce que je devrais faire, m'informèrent-ils. J'étais si excité que je restai longtemps sans dormir, après leur départ, goûtant l'étrangeté du sentiment d'avoir soudain acquis une famille. J'éprouvais déjà une grande affection pour Emma ; Nicholas et moi deviendrions sûrement de bons amis, et Mrs Porteous me semblait une femme de cœur, très maternelle. Pourtant, je ressentais une vague inquiétude. Je la mis sur le compte de la froideur que manifestait Mr Porteous, en dépit de sa générosité. J'avais du mal à accepter l'idée qu'il pût être investi d'une autorité sur moi, dans cette mystérieuse capacité de « père ».

Le lendemain matin, on m'autorisa à me lever et à m'asseoir dans un fauteuil au coin du feu, pour recevoir Mr Gildersleeve. L'avocat arriva vers les dix heures, en compagnie d'Emma et Mr Porteous : je découvris un grand homme maigre aux traits anguleux. Ayant la vue basse, il recourait fréquemment à l'usage d'un monocle attaché à un ruban noir qu'il portait en sautoir sur son torse en forme de poire. Collant l'objet contre son œil, il me scruta en marmonnant : « Tout à fait extraordinaire ! » N'eût-il été avocat à la Chancellerie, je l'aurais pris pour un fameux benêt.

– Ainsi, vous êtes l'héritier Huffam ! déclara-t-il, en me tendant la main. Il y a des années que je suis moi-même ce procès avec un vif intérêt – comme toutes les actions judiciaires qui relèvent de ma spécialité, du reste.

Mes visiteurs s'installèrent autour de moi et Mr Gildersleeve commença :

– C'est le *Master of the Rolls* [1] qui présidera la cour. Il voudra d'abord s'assurer que vous êtes bien celui que vous prétendez être et, afin d'en apporter la preuve et de corroborer votre déclaration sous serment, nous avons cité un témoin qui jouit d'une réputation au-dessus de tout soupçon.

– Puis-je vous demander de qui il s'agit, Monsieur ?

Il consulta ses papiers :

– De Mrs Fortisquince, la veuve d'un homme de loi respecté.

– Et vous l'avez déjà citée ? demandai-je, ébahi.

– Oui, il y a quelques jours, répondit Mr Gildersleeve.

J'interrogeai Emma du regard et elle expliqua :

– Voyez-vous, Johnnie, mon père tenait tellement à mettre cette procédure en marche qu'il a agi au plus vite, dès que nous avons connu suffisamment de détails de votre histoire.

Je restai silencieux et Mr Gildersleeve continua :

– Voyons, il va falloir faire très attention de ne pas souffler mot au *Master of the Rolls* du danger que vous courez.

– Pourtant, n'est-ce pas précisément la raison qui me pousse à solliciter la tutelle du tribunal ?

Mr Gildersleeve échangea un regard avec les deux autres.

– En effet, c'est ce que j'ai cru comprendre, constata l'avocat. Mais la loi ne se fonde pas sur les mêmes critères que nous pour juger de la recevabilité d'un fait : nous ne pouvons nous risquer à accuser un tiers sans preuve formelle. Faute de quoi nous ne ferions qu'embrouiller la situation, ce qui n'est guère le but que nous nous sommes fixé, n'est-ce pas ?

1. Un des juges de la cour d'appel, conservateur des rôles au *Public Record Office*.

Plutôt surpris, je fis un signe de tête pour marquer mon assentiment.

– Bon, parfait, déclara Mr Gildersleeve. Une fois que nous aurons établi la réalité du fait de la mort de votre mère – une question de pure forme, je vous assure : il suffit d'en fournir les preuves sous serment, et de les faire confirmer par des témoins –, nous demanderons…

– Excusez-moi, je vous prie, monsieur Gildersleeve, le coupai-je.

Il se tut et me fixa, sidéré par ce crime de lèse-majesté – oser l'arrêter au beau milieu de sa tirade !

– Je ne comprends pas en quoi il est nécessaire d'aborder cette question, repris-je. Je préférerais qu'on la laissât de côté.

– Vous préféreriez qu'on la laissât de côté, répéta-t-il d'une voix monocorde. Maître Clothier, je crois que vous n'avez pas bien compris que nous raisonnons ici dans le cadre de la loi. Il n'y a pas place pour vos préférences personnelles, au tribunal. Nous devons apporter la preuve de votre condition d'orphelin. Comprenez-vous ?

– Oui, fis-je d'un ton docile, encouragé par les affectueuses petites mimiques que m'adressait Emma.

– Eh bien, avec votre permission, je vais poursuivre, continua Mr Gildersleeve. Une fois le fait établi, nous demanderons à la cour de vous accorder sa tutelle, en confiant votre garde à Mr Porteous. L'important, c'est d'expliquer clairement au *Master of the Rolls* à quel point vous vous plaisez ici. Car vous y êtes bien, n'est-ce pas ?

– Oh oui ! Il y a fort longtemps que je ne me suis trouvé aussi bien.

– Parfait. En ce cas, je suggère que, lorsque vous ferez référence à Mr et à Mrs Porteous, vous parliez de votre « oncle » et de votre « tante » afin de bien montrer à la cour que vous vous sentez vraiment en famille. Comprenez-vous ?

– Certes, et je suivrai le conseil.

– Eh bien, voilà tout ce que j'avais à vous expliquer pour l'instant, jeune homme. A bientôt donc, au tribunal !

Nous échangeâmes une poignée de mains et Mr Gildersleeve sortit avec Mr Porteous, à mon grand soulagement.

– Eh bien, Johnnie, s'exclama Emma en battant des mains, dans quelques jours vous serez mon frère !

Je lui souris à mon tour mais, me retrouvant seul quelques instants plus tard, je ne pus ignorer le sombre pressentiment qui pesait sur mon esprit. Les événements se précipitaient : ils s'enchaînaient avec une logique qui m'échappait complètement, je le sentais.

Le jour prévu pour ma comparution à la Chancellerie ne tarda pas à arriver. Il avait été décidé, avec mon plein accord, qu'Emma seule m'accompagnerait. Un domestique fut mis à notre disposition pour me porter, en cas de besoin. Frank, que je voyais pour la première fois, m'aida à m'habiller de vêtements chauds et à monter dans le fiacre, aux côtés d'Emma.

Les rues me semblaient grouillantes de monde et terriblement bruyantes, après cette période d'isolement forcé. De douloureux souvenirs se ravivèrent en moi au passage de certains quartiers, quand je reconnus Holborn, Charing Cross, Westminster. Nous nous arrêtâmes dans Saint-Margaret Street, devant une petite porte minable, bien piètre voie d'accès à l'enceinte du palais de Westminster, qui nous mena à l'une des annexes. Suivant les indications de Mr Gildersleeve, Emma se fit connaître à un huissier qui nous conduisit à travers un dédale de couloirs obscurs et de sombres courettes aux murs suintants, verts de mousse. On ne pouvait nulle part échapper au vacarme des travaux de démolition et de construction en cours car, partout alentour, les bâtisseurs s'affairaient à élever le bel édifice de sir John Soanes, sur le site de ces véritables garennes qu'était le réseau de galeries ayant si longtemps abrité les tribunaux de la *Court of Common Pleas* et les *Courts of the Exchequer*.

Nous débouchâmes enfin dans un grand hall balayé de courants d'air où nous accueillit Mr Gildersleeve, qui, au mépris du ridicule, arborait un costume que n'importe qui de sensé eût réservé à une mascarade. Il avait revêtu une grande robe ample, gonflée comme voile au vent, noire à rayures pourpre et or, dotée de manches on ne peut plus malcommodes, puisqu'elles traînaient presque à terre, et agrémentée d'une longue écharpe blanche. Coiffé d'une perruque grise et poudrée, il portait encore des culottes et des chaussures ornées d'énormes boucles dorées.

Nous attendîmes que Mr Gildersleeve eût fini ses mystérieux conciliabules avec d'autres hommes de loi affichant le même équipage. Ces messieurs ponctuaient leurs palabres de force hochements de tête – amples et emportés, ou à peine esquissés en signe de connivence – et plissaient les yeux à l'envi. Quelques instants plus tard, un individu en costume encore plus ridicule que les autres et portant une sorte de rouleau à pâtisserie doré, nous entraîna à travers un labyrinthe de corridors mal éclairés, plus longs et encore plus déroutants que le précédent dédale, comme s'il mettait son point d'honneur à nous égarer. Enfin nous arrivâmes dans une petite antichambre qui sentait le renfermé et, tandis que nous restions là à faire le pied de grue, Emma et moi, Mr Gildersleeve passa dans ce que je pris pour le bureau principal.

Au bout d'une demi-heure environ, nous fûmes appelés par un autre huissier qui nous convia à franchir la porte qu'avait empruntée l'avocat. Et là, surprise, je découvris une salle immense, coiffée d'un toit aux poutres apparentes, à des toises au-dessus de nos têtes. On eût dit une énorme étable, si vaste que je n'en distinguais pas le fond, dans la chiche lumière de cet après-midi d'hiver. Nous étions à Westminster Hall, me chuchota Emma, et je sentis un frisson d'excitation me parcourir à l'idée que j'allais connaître mon premier face à face avec la Justice dans cette vénérable maison, où le roi Charles lui-même avait été jugé.

Dans le coin de la salle le plus proche de nous, il y avait des bancs et des fauteuils disposés devant une estrade. Là trônait celui qui, je le compris, était le *Master of the Rolls*, assis sur un fauteuil en bois noir à haut dossier qui semblait des plus inconfortables. Devant lui, le porteur du rouleau à pâtisserie doré s'installa à un petit bureau sur lequel il déposa son instrument. Le président arborait un costume dont on avait peine à croire qu'il l'eût revêtu en pleine connaissance de cause, et seule la politesse avait pu interdire à son entourage d'attirer l'attention du magistrat sur la bizarrerie de son accoutrement. Les éléments les plus remarquables en étaient une ample robe écarlate toute rebrodée de fil d'or et une gigantesque perruque qui lui enveloppait la nuque et les épaules de si belle manière qu'il eût suffi qu'il tournât vivement la tête pour que l'encombrant postiche lui recouvrît entièrement le visage. La gravité de son air tenait sans doute à la peine qu'il avait à maintenir tout son attirail en place, et je m'étonnais même qu'il lui restât une parcelle d'attention à consacrer aux affaires de justice soumises à son examen.

On nous fit asseoir, Emma et moi, au premier rang des vieux et lourds fauteuils disposés devant le président. Installés autour de nous, d'autres personnages bizarrement affublés s'affairaient, chuchotant, farfouillant dans leurs papiers, compulsant d'énormes grimoires, prenant des notes, allant et venant. L'un d'eux m'était familier : c'était Mr Barbellion. S'avisant que je le regardais, il m'adressa un petit signe de tête que je m'efforçai d'imiter du mieux que je pus.

Quand j'eus retrouvé assez d'assurance pour observer les lieux, avec leurs lambris anciens et la haute cheminée de bois sculpté où somnolait un grand feu de charbon, je constatai qu'une audience semblable à la nôtre se tenait à l'autre bout de l'immense salle, dans le coin opposé. (Il s'agissait en réalité du tribunal du *King's Bench.*) D'où nous étions, nous n'en percevions que des murmures, la lueur des bougies, et d'incessants va-et-vient dans la pénombre. La scène évoquait une énorme salle d'école où se seraient tenues simultanément plusieurs classes différentes.

Mr Gildersleeve me présenta au *Master of the Rolls* qui se déclara enchanté de rencontrer enfin l'héritier Huffam.

– Savez-vous, déclara le vieux gentilhomme, que le début de ce procès remonte à l'époque où mon père n'était qu'un tout jeune homme ? A vrai dire, il ne devait guère être plus vieux que vous l'êtes à l'heure présente. Quel âge avez-vous ?

Je le lui dis et il l'écrivit, ajoutant, presque sur un ton d'excuse :

– Il faut m'appelez « Milord », vous savez.

Il poursuivit alors :

– Je suis vraiment navré de ne pas vous trouver en meilleure santé. Vous sentez-vous suffisamment fort pour participer à l'audience ?

– Oui, Milord. J'ai en effet été malade mais je vais mieux.

Le président échangea un regard grave avec Mr Gildersleeve qui esquissa une espèce de moue polie, comme pour signifier le caractère contestable de mon affirmation.

– Eh bien, poursuivit-il, vous allez maintenant devoir prêter serment. Comprenez-vous bien le sens d'un tel acte ?

L'ayant assuré que oui, je m'exécutai.

Mr Gildersleeve se leva alors en faisant virevolter les pans d'étoffe de sa robe, et s'adressa à moi comme s'il ne m'avait jamais vu :

– Voulez-vous dire à la cour qui vous croyez être, où et quand vous présumez être né, et qui étaient selon vous vos parents ?

– Je m'appelle John Clothier, monsieur, commençai-je.

Ayant énoncé ma date de naissance et son lieu, Melthorpe, j'ajoutai :

– C'est là que ma mère m'a élevé, et nous avons vécu au village sous le nom de Mellamphy, que j'ai toujours pris pour mon vrai patronyme, jusqu'à ce que ma mère m'apprît que c'était un nom d'emprunt. Son père, m'expliqua-t-elle, s'appelait Mr John Huffam et habitait Charing Cross, à Londres.

– Et sous quel nom apparaît votre père dans le registre paroissial ?

– Peter Clothier, Monsieur.

– Tous ces points, Milord, commenta Mr Gildersleeve, peuvent être confirmés par les documents que nous avons en notre possession, et par le témoin que nous avons cité.

– Qui est ce témoin ? s'enquit le *Master*.

– Mrs Martin Fortisquince, Milord. Cette dame entretenait des relations avec le déposant et feu sa mère, qui lui avait présenté son fils, le déposant, il y a environ trois ans.

Le président signifia son assentiment d'un hochement de tête et invita du regard Mr Barbellion à prendre la parole. Celui-ci s'exécuta :

– Milord, la partie que j'ai l'honneur de représenter ici accepte sans contestation le fait que le déposant est bien maître John Clothier, précédemment connu sous le nom de maître John Mellamphy. A vrai dire, nous avions nous-mêmes rassemblé des preuves en ce sens, et je remercie mon honorable confrère de s'être acquitté d'une tâche qui semble mieux servir l'intérêt de mes clients que celui du sien.

A ces mots, Mr Barbellion et Mr Gildersleeve se gratifièrent mutuellement d'une manière de courbette venimeuse, dirais-je, tant il y avait d'épines sur les roses de cette courtoisie confraternelle. Tout en me confirmant dans l'idée que les Mompesson avaient absolument besoin de me conserver en vie, la déclaration de Mr Barbellion m'intriguait : n'avait-il pas suggéré que la preuve de mon identité n'était pas dans mon intérêt ? Était-ce une allusion voilée au danger qui planait sur moi ? Quelle bizarre remarque de la part de l'homme de loi !

– Il semble donc, monsieur Gildersleeve, constata le *Master of the Rolls*, que ni les documents ni le témoin ne soient requis.

– Vous m'en voyez ravi, Milord, fit Mr Gildersleeve avec un visage sans expression.

Il fouilla dans ses papiers, comme pour marquer une transition, avant d'ajouter :

– Je demande à présent au déposant de nous décrire les circonstances de la mort de sa mère.

Choqué par cette requête inattendue, j'eus grand-peine à énoncer les faits en bredouillant d'émotion, encouragé par Emma qui me serrait gentiment la main.

– Vous avez fait enregistrer la mort de votre mère auprès du clerc de la paroisse ? demanda Mr Gildersleeve. Et sous quel nom ?

Je le lui dis, non sans me demander une fois de plus pourquoi on me reposait cette question.

Mr Gildersleeve se tourna vers le président :

– Milord, je demande à la cour d'accepter cette déclaration comme preuve de la mort de Mrs Peter Clothier, fille de Mr John Huffam.

Le président s'adressa alors à Mr Barbellion :

– Cela vous satisfait-il ?

– Dans le cas présent, non, Milord, cela ne me satisfait pas, dans la mesure où tant de choses dépendent du fait en question.

– Fort bien, déclara Mr Gildersleeve. Qu'on fasse appeler le premier témoin, Mr Limpenny !

A mon grand étonnement, je vis arriver le clerc de la paroisse, bien plus élégant que le matin où je l'avais trouvé chez lui, en robe d'intérieur, attablé devant son petit déjeuner. Surpris, je me retournai vers Emma, qui ne me regarda pas.

Interrogé par Mr Gildersleeve, le clerc confirma mes dires et se vit autorisé à se retirer après un contre-interrogatoire de Mr Barbellion qui ne révéla aucun fait nouveau. On introduisit alors le deuxième témoin, Mrs Lillystone, la femme qui avait fait la toilette mortuaire de ma mère, et le même rituel se répéta. Il m'était si douloureux d'avoir à revivre ces épreuves – et sous des regards étrangers, qui pis est – que je me couvris le visage des deux mains.

Quand la femme en eut fini, Mr Barbellion déclara :

– Milord, la partie que je représente accepte cette preuve de la mort du bénéficiaire du legs inaliénable Huffam, et, par voie de conséquence, sa dévolution au déposant ici présent, maître John Clothier.

– Fort bien, acquiesça le président, qui prit quelques notes avant d'ajouter : En ce cas, nous voyons s'ouvrir un nouveau chapitre de l'histoire du legs inaliénable Huffam. Espérons qu'il sera plus heureux que les précédents !

Mr Gildersleeve remit de l'ordre dans les toises d'étoffe de sa robe, puis prit la parole sur le ton haut et traînant d'un pasteur qui entonne l'office :

– Milord, je propose à la cour de statuer comme suit sur le sort de cet enfant, affaibli de corps et d'esprit par la maladie : que votre noble institution le place sous sa tutelle et le confie à la tendre sollicitude des personnes qui l'ont soigné avec tant d'amour, quand il est venu à elles, pauvre et malade. J'entends par là l'homme d'honneur et la dame qu'il considère à présent comme sa propre famille et chérit comme telle, au point d'avoir pris coutume de les appeler « mon oncle » et « ma tante ».

Profondément indigné par cette manière d'insinuer que la maladie m'avait affaibli l'esprit, je m'étonnai que les hommes de loi eussent ainsi le droit d'insulter ceux qu'ils étaient payés pour défendre.

Mr Gildersleeve se rassit et le *Master of the Rolls* décréta :

– Cette proposition me paraît éminemment souhaitable. Mr Porteous est un très honorable personnage, qui a de surcroît la réputation d'un homme de confiance dans les fonctions qu'il occupe au sein de la respectable maison de banque *Quintard and Mimpriss*, m'a-t-on laissé entendre.

Cette déclaration fit bondir Mr Barbellion :

– Milord, la partie que je représente s'oppose formellement à cette suggestion !

La main d'Emma se serra un peu plus fort sur la mienne.

– Je ne puis dire que cela me surprenne, monsieur Barbellion, fit le *Master*. Cependant, auriez-vous l'obligeance de m'indiquer clairement sur quoi se fonde votre objection ?

Là-dessus, Mr Gildersleeve se retourna et fit signe à un appariteur qui sortit aussitôt. Et, avant même que Mr Barbellion, toujours debout, n'eût fait mine d'ouvrir la bouche, Mr Gildersleeve se leva en déclarant :

– Milord, je sollicite votre indulgence et celle de mon honorable confrère, puisque j'enfreins les usages en l'interrompant, mais je ne le fais que pour demander à la cour d'autoriser maître Clothier à se retirer.

– Mais je n'en vois aucunement la nécessité, monsieur Gildersleeve, répliqua le *Master*. Je vous en prie, poursuivez, Mr Barbellion.

Mr Gildersleeve se rassit et lança un regard noir en direction d'Emma. A l'instant où Mr Barbellion prenait la parole, je vis rentrer l'appariteur, accompagné de Frank.

– Milord, commença Mr Barbellion, en de moins exceptionnelles circonstances, jamais nous ne songerions, la partie que je représente ou moi-même, à enlever un enfant à la garde d'une famille à laquelle l'attachent les liens naturels et ceux du sentiment.

Frank et l'appariteur se dirigèrent vers nous, mais Emma leur fit signe de s'éloigner. J'essayais pour ma part de suivre les propos de Mr Barbellion dont l'entrée en matière m'avait intrigué. C'est alors que Mr Gildersleeve se dressa de nouveau : Mr Barbellion interrompit le fil de son discours et le fixa, interdit. Abasourdi par l'extraordinaire impudence de son confrère, il tourna vers le président un visage aux sourcils relevés par la surprise.

– Pardonnez-moi, Milord, coupa Mr Gildersleeve avec aplomb, mais, comme j'ai eu le privilège de l'expliquer à Votre Honneur avant le début de ces échanges, le déposant vient d'être gravement malade et n'a pas encore recouvré toutes ses facultés. Il est donc fort souhaitable qu'il soit autorisé à quitter l'audience dès à présent.

Voilà ce que Mr Gildersleeve était allé raconter au président !

Décidément, je n'aimais guère la tournure que prenaient les événements. Et puis, certaines paroles que je venais d'entendre ne cessaient de me trotter dans la tête : quels étaient ces « liens naturels » censés m'attacher aux Porteous ?

– Votre requête me paraît parfaitement raisonnable, déclara le *Master*. Y voyez-vous une objection, Mr Barbellion ?

– Bien au contraire, Milord. Car la bonne santé du bénéficiaire survivant du legs inaliénable est d'une importance capitale pour les intérêts de la partie que je représente, et c'est justement pour cela que la question de la garde de l'enfant est si décisive.

– Fort bien, Mr Gildersleeve. Maître Clothier est autorisé à quitter l'audience. Mais avant qu'il ne le fasse, je désirerais m'informer de ce qu'il souhaite lui-même.

Il me regarda :

– Dites-moi, maître Clothier, cela vous satisfait-il d'être légalement confié à la garde de la famille qui s'occupe de vous présentement ?

Je ne répondis pas. J'avais besoin de réfléchir à ce que je venais d'apprendre.

– Eh bien, jeune homme, reprit le président au bout de quelques instants, êtes-vous satisfait que la cour vous confie à la garde de votre oncle qui sera investi de l'autorité paternelle sur vous, jusqu'à votre majorité ?

– Mais ce n'est pas mon oncle ! protestai-je. Et je ne veux point d'un tel arrangement !

– Johnnie ! lança Emma d'une voix qui me siffla à l'oreille. Que dites-vous donc là !

– Milord, objecta Mr Gildersleeve, levant un sourcil et adressant au juge un sourire entendu suivi d'une petite grimace dans ma direction.

Le *Master* hocha la tête et me demanda :

– Et quelle objection pouvez-vous avoir ?

– Ils me veulent du mal ! m'écriai-je. Je ne peux vous dire pourquoi, mais je ne leur fais pas confiance.

Emma tourna vers moi un visage dont je n'oublierai jamais l'expression dure, à la fois glaciale et brûlante de colère.

– Le bien-fondé de votre observation vient, hélas, d'être démontré,

Mr Gildersleeve, constata le président, hochant gravement le chef. C'est tragique ! Le garçon peut se retirer.

Mr Gildersleeve fit un signe de tête à l'adresse de Frank et de l'huissier qui se saisirent de moi sur-le-champ, m'attrapant les bras et me les tordant derrière le dos. Comprenant leur intention, je me mis à crier et à me débattre, mais Frank me bâillonna d'une main, me souleva de terre, me hissa sur son épaule et se précipita vers la porte, suivi de l'appariteur qui me tenait par les jambes.

Je perçus malgré tout encore quelques bribes du discours de Mr Barbellion :

– … circonstances tout à fait inhabituelles… l'étroitesse du lien de sang… un conflit latent avec d'autres intérêts…

Quand nous arrivâmes à la porte, elle fut ouverte par le suisse qui la gardait. Les deux hommes allaient s'y engager quand Frank, qui était devant, s'arrêta en apercevant un visiteur qui entrait. L'appariteur, qui ne voyait rien de derrière, attribua cet arrêt à quelque tentative de résistance de ma part et se mit à nous pousser de toutes ses forces, Frank et moi. Il s'ensuivit une mêlée fort peu digne, tout le monde s'agglutinant à la porte. La cause de cette confusion était un nouvel arrivant, un jeune homme, avec qui je me trouvai face à face, puisque l'épaule de Frank me mettait à sa hauteur : c'était Henry Bellringer !

Il nous regarda, stupéfait. Rendu muet par la main de Frank, je me débattis comme un beau diable dans l'espoir qu'Henry me reconnaîtrait, malgré mon visage à demi dissimulé.

– Que diantre se passe-t-il donc ? demanda-t-il.

J'entendis la voix d'Emma, par-derrière :

– Allons, pressons ! Qu'est-ce qui vous retient ?

Elle rabaissa sa voilette en toute hâte car Henry l'avait aperçue :

– Tiens, s'écria-t-il, vous ici, Miss… !

– Dépêchez-vous donc, Frank ! coupa-t-elle.

Obéissant à son ordre, le domestique s'élança vers la porte sans prévenir, de sorte que Henry fut obligé de lui laisser le passage en s'aplatissant contre le chambranle.

Je pus encore saisir quelques propos de Mr Barbellion, tandis que nous sortions :

– … expose cette personne – et d'autres membres de sa famille, à n'en pas douter – à d'injustes soupçons, au cas où se produirait le triste événement dont nous espérons tous qu'il ne surviendra pas, mais dont la probabilité nous a été manifestement démontrée aujourd'hui.

Ce fut tout ce que j'entendis, car nous rentrâmes dans l'antichambre et le bedeau referma la porte derrière nous.

L'appariteur nous reconduisit par la même voie qu'à l'arrivée, on me fourra comme un paquet de linge sale dans le fiacre qui nous attendait, et Frank ne me lâcha plus de tout le trajet. Il retira la main dont il me bâillonnait, mais je restai silencieux. Emma aussi se taisait (son visage avait perdu la terrible expression que j'avais surprise au tribunal). Elle se contenta d'une petite remarque, accompagnée d'un soupir lourd de reproches :

– John, John ! Après tout ce que nous avons fait pour vous !

J'étais pour ma part très occupé à essayer de démêler le sens des événements de la journée. Pourquoi Mr Gildersleeve avait-il mis tant d'insistance à affirmer que j'avais été très malade et que j'avais l'esprit dérangé ? Pourquoi le juge avait-il gratifié Mr Porteous du fameux titre d'« oncle » dont l'usage m'avait été recommandé par Mr Gildersleeve ? Et quel sens donner aux étranges paroles de Mr Barbellion, attrapées au vol tandis qu'on m'emportait ? N'avais-je pas commis une terrible erreur en rejetant si ouvertement la générosité de la famille d'Emma, me rendant ainsi coupable de la pire ingratitude ?

Lorsque nous arrivâmes à la maison, Emma ordonna à Frank de m'emmener dans ma chambre et de me mettre au lit. M'ayant déshabillé – j'eus heureusement le temps de dissimuler dans ma main le souverain que m'avait donné Mr Porteous –, il me mit en chemise et me coucha. Je l'entendis boucler la porte en sortant. Vite, avant qu'on ne me la prenne, je dissimulai la pièce dans l'ourlet de ma chemise.

Je passai le reste de la journée au lit, à retourner dans ma tête les paroles et les actes dont j'avais été témoin le matin même. Si seulement je connaissais lès procédures de la Chancellerie, pour pouvoir interpréter ce qui s'était réellement passé ! Je repensai à Henry, me demandant s'il m'avait reconnu. Que faisait-il là-bas ? Peut-être était-il stagiaire auprès de la Chancellerie, auquel cas il aurait pu m'expliquer deux points qui m'intriguaient particulièrement : pourquoi les Porteous tenaient-ils tant à ma comparution devant la Chancellerie, et pourquoi les circonstances de la mort de ma mère avaient-elles une si grande importance ?

Un soupçon se fit jour dans mon esprit et se précisa peu à peu. L'hypothèse était si plausible que tout se mit en place quand j'analysai la scène qui s'était jouée devant le *Master of the Rolls*, à la lumière de cette théorie : tout cela faisait partie d'un plan concerté. Pourtant, quelle idée saugrenue que d'aller s'imaginer un tel complot ! J'étais même un peu effrayé par mes propres pensées : où allais-je donc chercher des choses pareilles ? Et si vraiment j'étais plus ébranlé que je ne voulais l'admettre ?

CINQUIÈME PARTIE

L'AMI DU PAUVRE

I

C'est le même décor : le plus beau salon du 27, Golden Square. Mrs Fortisquince y reçoit un homme. Elle est hors d'elle-même :

– Quoi ? Je ne l'ai pas su plus tôt ! En mesurez-vous les conséquences ?

– Voilà où mène la défiance… Puis-je tout savoir, enfin ?

– Défiance, confiance ! Et comment, monsieur Sancious, adopter sur ce point la confiance, quand au plan des affaires, votre avis fut si désastreux ? Mon placement a fondu jusqu'au dernier penny !

– Et le mien donc ! Et celui de tout le monde ! Il n'est pas jusqu'à la Banque d'Angleterre qui ait manqué fermer ses portes, à la Noël dernière !

– C'est bien joli, mais qui a suivi votre conseil de tout miser sur ces titres de *Quintard and Mimpriss* pour se retrouver à fond de cale ? Moi ou vous ?

– L'unique raison, chère Madame, en est que je n'avais plus un rouge liard. Si je n'avais pas été sur la paille, je m'en serais moi aussi porté acquéreur, et alors, nous serions logés à la même misérable enseigne. La valeur de ces effets m'avait été garantie par une source sûre et toujours savante, mais que voulez-vous, j'aurai été abusé, et j'en suis le premier marri. Cela dit, j'ai joué cartes sur table avec vous, madame Fortisquince, et vous ne m'avez pas payé de franchise : il y a quantité de choses que vous m'avez dissimulées. Sachez que je ne supporte pas la duplicité.

La veuve s'empourpre et foudroie son visiteur d'un regard hautain :

– Si vous pouviez avoir la bonté de vous expliquer…

– On a récemment porté à ma connaissance que le garçon avait été suivi jusqu'à Barnards Inn, déclare l'homme de loi. Ne prenez donc pas l'air innocent, madame Fortisquince ! Je sais parfaitement que c'est là que demeure Henry Bellringer.

– Suivi ? Mais qui l'a suivi ?

– Ha ! ha ! Permettez-moi de garder mes petits secrets, puisque vous couvez les vôtres. Eh bien, que me cachez-vous donc ?

– Rien, réplique Mrs Fortisquince. Pure coïncidence ! Pas banale, je vous l'accorde, mais il n'y a pas lieu de chercher midi à quatorze heures.

– C'est que, voyez-vous, Madame, la thèse de la pure coïncidence n'a pas mon agrément… Je me figure, bien au contraire, que vous êtes rattachée au garçon, à Clothier père et à Bellringer par un tissu de liens occultes encore assez flous dans mon esprit, même si vous, vous ne vous imaginez pas tout ce que je comprends.

Elle se raidit, et Sancious poursuit :

– Eh oui ! C'est vous qui m'avez mis la puce à l'oreille en me demandant de tenir le délicieux vieillard dans l'ignorance de notre société : vous n'auriez su mieux attirer mon attention sur l'existence d'un commerce qui vous liait. Il m'est alors apparu que si sur ce point quelqu'un pouvait éclairer ma lanterne, ce serait ce déchet de Vulliamy : je l'avais autrefois obligé, et, par un juste retour, il s'est engagé à me renseigner. Je sors de le voir : il s'est montré compréhensif, que dis-je, disert…

La dame en fureur le fusille d'un regard froid.

– Je gage, Madame, que vous aimeriez connaître la teneur de ses dires.

Il ne recueille pas de réponse, et continue :

– Eh bien, il a commencé par m'apprendre que son patron lui avait demandé de me filer au train. Il s'ensuit que le vieux monsieur sait, depuis quelque temps déjà, que nous nous voyons.

Mrs Fortisquince laisse échapper un petit cri et se couvre aussitôt la bouche d'une main.

– Je redoutais en effet le trouble où vous mettrait la nouvelle, commente l'homme de loi : voyez-vous, les éclaircissements que m'a fournis Mr Vulliamy sont en mesure de me l'expliquer aussi. Je sais tout, madame Fortisquince ! Je tiens enfin la réponse à toutes les questions que je me posais depuis longtemps sur vos mobiles.

Furibonde, elle le fixe d'un regard si noir qu'il finit par baisser les yeux.

– Vous n'avez que trop tardé à m'informer, lui reproche-t-il, vous ne m'avez pas fait confiance. Sachez pourtant qu'à l'heure qu'il est, nous pouvons encore trouver un terrain d'entente.

La jeune veuve le considère avec l'air d'y réfléchir.

II

Ce soir-là, à l'heure où l'on me montait normalement mon souper, j'entendis la clé tourner dans la porte : c'était Emma qui m'apportait mon repas. Cette attention de sa part me surprit, puisque c'était d'ordinaire Ellen qui me servait, depuis que j'avais retrouvé des forces. Me souriant avec sa bonne grâce de naguère, la jeune femme prit place à mon chevet pendant que j'absorbais l'épais bouillon de mouton posé sur mon plateau.

– John, commença-t-elle, vous avez fait beaucoup de peine à mon père et ma mère, mais j'ai réussi à les convaincre que vos propos n'étaient qu'à mettre au compte d'un état de santé encore chancelant.

Elle fit une pause, je gardai le silence.

– Pendant que vous dormiez, reprit-elle, Mr Gildersleeve est venu nous informer que le *Master of the Rolls* avait établi le mandat confiant votre garde à mon père. Ainsi, vous serez désormais mon frère pour de vrai. N'est-ce pas merveilleux ?

Je hochai la tête en signe d'acquiescement, mais sans la regarder, et je reposai ma cuillère car je n'avais guère d'appétit.

Emma s'en aperçut :

– Voyons, essayez de manger un peu !

Je repoussai le bol de soupe.

– Comment ! vous en avez laissé la moitié !

Elle rapprocha le plateau que j'avais éloigné :

– Il faut manger pour vous rétablir et reprendre de la vigueur !

– Je ne peux plus rien avaler, objectai-je.

S'asseyant sur le bord du lit, Emma prit le bol et la cuillère :

– Je vais vous faire manger, comme à votre arrivée chez nous. Vous étiez si faible, vous ne vous souvenez pas ?

Ce rappel de ses bontés passées réveillant un élan de reconnaissance teintée de culpabilité, je me forçai à avaler la cuillerée de liquide qu'elle me présentait en souriant. Mais le consommé me souleva le cœur et je fis non de la tête.

– Très bien, déclara Emma qui se leva et reprit le plateau.

L'espace d'un bref instant, je crus voir passer sur son visage l'expression dont il s'était empreint lors du dramatique incident du tribunal. Puis elle sourit et retrouva son amabilité coutumière :

– Je vais aller vous préparer un julep au camphre pour vous aider à dormir.

– Merci, répondis-je. C'est bien gentil de votre part.

Lorsqu'elle me l'apporta, quelques minutes plus tard, je dus la décevoir encore, car je ne pus guère en avaler plus de deux ou trois gorgées. Je lui promis néanmoins de boire plus tard la potion, qu'elle laissa à mon chevet ; puis, après un tendre baiser sur le front, elle éteignit la bougie et me quitta. Surpris, je l'entendis fermer la porte à double tour.

J'avais si mal au cœur que la seule idée de boire ou de manger me révulsait. Quand tout fut calme dans la maison, je me levai pour faire disparaître le contenu de ma tasse, car je ne voulais pas risquer de vexer Emma une deuxième fois. Trouvant la fenêtre verrouillée, j'avisai un coin de la chambre où il n'y avait pas de tapis sur le plancher et, trempant les doigts dans la timbale, je dispersai les gouttelettes d'infusion sur les lames du parquet. C'est alors que se produisit un incroyable phénomène : le liquide m'apparut rouge et légèrement poisseux ! En même temps, je savais fort bien, chose étrange, que ce n'était pas du sang. J'avais à la fois l'impression de rêver et d'être parfaitement éveillé. Je regagnai le lit avec le sentiment de plus en plus net que la chambre, tout en conservant son aspect habituel, était en réalité celle où ma mère avait rendu l'âme. Tirant les couvertures sur moi, je crus me tapir sous le tas de hardes au creux desquelles j'avais passé mes terribles nuits à Mitre Court, quelques mois auparavant.

A peine la tête sur l'oreiller et les yeux fermés, je me retrouvai devant une fenêtre, contemplant une vaste masse sombre qui s'étirait jusqu'à l'horizon, constellée de petits points jaunes et lumineux. Au premier plan se détachaient des flèches d'édifices qui griffaient de noir le magenta du ciel, et je m'aperçus que je me trouvais presque à la même hauteur que ces silhouettes dressées à des centaines de pieds du sol. Brusquement, et contre toute vraisemblance, une forme apparut à la fenêtre : épouvanté, je vis se dessiner lentement l'ovale blafard d'un visage, lointain et marmoréen, qui fixait sur moi les globes vides et transparents de ses yeux. Ma peur allait devenir insoutenable quand le décor changea : je fus propulsé à vive allure dans une série de visions où des scènes d'une beauté ineffable alternaient avec les horreurs les plus épouvantables. Tantôt je sombrais dans des abîmes d'angoisse, tantôt j'endurais les affres délicieuses de la réminiscence d'un souvenir perdu qui se refusait à me revenir.

A un moment donné, je traversai les rues d'une grande ville, ballotté dans un coche, sous un ciel d'aube qu'incendiait l'orbe rouge du soleil pointant à l'horizon. Sortant la tête à la portière, j'aperçus d'énormes nuages ténébreux qui s'amassaient en tournoyant, s'élançaient en tourbillons assassins à l'assaut des maisons, lesquelles se mettaient à pousser de monstrueuse manière tout autour de moi. Le haut des édifices se perdait dans une épaisse fumée, et je compris que la ville entière allait s'embraser en un gigantesque incendie. En face de moi, dans le coche, était assise une femme aux traits étrangement familiers, malgré la voilette qui les dissimulait. Mais ce voile s'obscurcit de plus en plus, tandis que je l'observais, jusqu'à ce que la tête entière ne fût plus qu'une ombre noire. Le coche amorça alors un virage et le soleil éclaira la face de ma compagne sous un nouvel angle, révélant le contour d'un crâne. Refusant de découvrir ce visage, je hurlai à pleins poumons. Soudain, je crus me réveiller dans la chambre, chez Mr Porteous, mais la pièce ne ressemblait plus guère à celle que je connaissais :

les murs se mirent à pivoter sur eux-mêmes, le feu bondit hors de la cheminée, et je fus à nouveau aspiré dans un abîme de terreur, entraîné au rythme effréné de mes visions de cauchemar.

III

Combien de temps dura ce déchaînement d'images fantasmagoriques, je ne saurais le dire, mais je crois l'avoir enduré toute la nuit. Le lendemain matin, je m'éveillai la bouche sèche, en proie au mal de tête, aussi rompu que si je n'avais pas fermé l'œil. De mon lit, je réfléchissais, rongé par l'inquiétude : étais-je en train de perdre la raison ? Je rassemblais mes souvenirs, soucieux de savoir si j'avais jamais entendu dire que ce genre de rêves était un signe avant-coureur de folie ; et pourtant, il me fallait bien reconnaître que certaines de mes hallucinations ne me laissaient pas que du désagréable.

Bien qu'à cette heure si matinale rien ne bougeât dans la maison, je crus entendre un bruit dehors et, sans savoir pourquoi, je fermai à demi les yeux pour feindre le sommeil. La porte s'ouvrit doucement, laissant apparaître le visage d'Emma qui – ô horreur ! – affichait exactement la même expression que le jour précédent au tribunal, quand j'avais refusé que ma garde fût confiée à son père : elle avait un masque dur et froid, des yeux réduits à des fentes. S'approchant de mon chevet, elle prit la timbale vide et demanda d'une voix aussi glaciale que son air :

– Êtes-vous réveillé ?

Pris au dépourvu et craignant qu'elle n'ait repéré l'éclat de mes yeux entre mes paupières mi-closes, je répondis par l'affirmative.

Sursauta-t-elle en entendant ma voix, ou était-ce le fruit de mon imagination ?

– Comment allez-vous ? s'enquit-elle d'une voix sans timbre.

– Pas très bien.

Sur quoi elle s'exclama brusquement :

– Dame ! A quoi vous attendre d'autre, si vous refusez de manger, petit garçon stupide que vous êtes !

L'air et le ton qu'elle prit à ce moment-là ressuscitèrent brusquement un souvenir dont j'étais depuis longtemps vaguement conscient, et qui resurgit soudain avec une grande clarté, confirmant mes rêves de la nuit : la jeune fille du coche, le visage voilé, les paroles courroucées – *c'était Emma qui avait tenté de m'enlever, bien des années auparavant !*

Je comprenais tout, à présent. Tous les points d'ombre qui m'avaient intrigué la veille au prétoire s'éclairaient : Mr Barbellion mentionnant les « liens du sang et ceux des sentiments », l'allusion du *Master of the Rolls* à « mon oncle », Mr Porteous. *Mr et Mrs Porteous étaient bel et bien mon oncle et ma tante ! Autrement dit, Daniel Clothier et sa seconde épouse !*

L'horreur que j'éprouvai était trop intense pour tenter de la dissimuler, et Emma se rendit compte que je venais d'être frappé par quelque monstrueuse révélation. M'ayant observé un instant, elle esquissa un sourire, ou plutôt sa repoussante imitation :

– Ah ! Alors vous avez deviné la vraie raison des bontés que nous avons eues pour vous, Johnnie ?

Je fis oui de la tête.

– Eh bien, expliquez-la-moi, fit-elle.

– Votre père n'est autre que Daniel Clothier, le frère aîné de mon père.

– C'est exact. Nous sommes votre vraie famille. Mon père a adopté le nom de sa femme actuelle quand il l'a épousée en secondes noces. Ainsi, voyez-vous, je suis même encore plus proche de vous qu'une sœur adoptive : je suis votre authentique cousine !

Là-dessus, elle se pencha vers moi et m'embrassa. J'avais l'esprit tout chamboulé : Emma Clothier ! C'était par ce nom-là qu'Henry Bellringer avait été sur le point de s'adresser à elle, en la saluant à la sortie de l'audience ! (Au fait, d'où la connaissait-il ? Je n'en avais pas idée.)

– Vous vous demandez sans doute pourquoi nous vous avons caché cela, poursuivit-elle. Je vais tout vous expliquer et vous comprendrez, mais je tiens à ce que mon père et ma mère soient présents : je vais de ce pas les chercher. Ils seront si contents d'apprendre que nous pouvons enfin vous dire la vérité !

Elle sortit, le sourire toujours aux lèvres. Il s'écoula un certain temps avant son retour. Précédant ses parents, elle rentra dans la chambre en s'écriant :

– N'est-ce pas intelligent de la part de Johnnie que d'avoir deviné ?

– Bravo, mon vieux ! me félicita mon oncle qui s'avança en me tendant sa main rose et potelée.

Je la pris, repensant avec un frisson aux dires de ma mère à son propos.

– Tu es un malin, il n'y a pas de doute ! ajouta-t-il.

Sa femme m'étreignit et m'embrassa. Je me demandais si elle en savait aussi long que les deux autres.

– Voyez comme il a l'air surpris ! s'exclama-t-elle.

– Tu dois te demander pourquoi j'ai changé de nom, reprit mon oncle, regardant Emma. C'est parce que j'ai été ulcéré de la manière dont mon père avait traité mon frère.

– Vous voulez dire mon père ?

Il jeta un bref coup d'œil à Emma qui expliqua :

– Voyez-vous, Johnnie, maman n'est pas ma vraie maman, fit-elle en prenant le bras de la dame. C'est la deuxième épouse de papa.

L'émouvante histoire de son petit frère n'était donc que pure invention !

– Mais tu dois te demander pourquoi on te l'a caché, n'est-ce pas ? fit mon oncle.

Je hochai la tête en signe d'acquiescement.

Il se tourna de nouveau vers Emma qui prit la parole :

– Nous avions l'intention de vous l'apprendre très bientôt, mais nous avons décidé d'attendre que vous soyez plus fort. Peut-être fut-ce une erreur de notre part, mais nous craignions que, dans votre extrême faiblesse, votre état de santé ne se ressentît de ces révélations.

– En effet, vous avez eu raison, murmurai-je.

– Vous comprenez bien ce que nous redoutions pour vous, n'est-ce pas ? précisa Emma.

Je fis à nouveau oui de la tête. Tout ce que je voulais, c'était qu'on me laissât seul pour me permettre de réfléchir à la situation.

– Nous nous sommes bien doutés que votre pauvre mère avait dû vous monter la tête contre nous, continua Emma. Ces craintes se sont du reste avérées, quand vous m'avez raconté toutes les méchancetés sans fondement qu'elle avait écrites sur le compte de mon cher papa.

Encore une nouvelle facette de l'affaire : Emma avait passé des heures à écouter mon histoire en s'indignant au récit de la conduite de son père, pour s'empresser d'aller aussitôt tout lui rapporter !

– Ta mère a été tristement abusée, observa mon oncle. Nous te raconterons tout cela quand tu seras pleinement rétabli.

Emma reprit la parole :

– Sans doute vous posez-vous la question de savoir par quel hasard vous nous avez retrouvés. Comment se fait-il que, de toutes les maisons de Londres où vous auriez pu demander la charité, vous soyez tombé sur celle de votre oncle que vous ne connaissiez même pas, et dont la trace était depuis si longtemps perdue ?

Je hochai la tête pour signifier mon étonnement sur ce point.

– C'est par l'intervention de la Providence, s'écria ma tante. Loué soit le Seigneur !

– En effet, Johnnie, approuva Emma. Aussi extraordinaire que cela puisse paraître, c'est une simple coïncidence qui vous a amené à notre porte. On ne trouve ça que dans les romans, et encore ! Seulement quand l'auteur s'est montré trop paresseux pour trouver une explication plus astucieuse.

Une coïncidence ? Non, je ne pouvais y croire. Je refusais de faire un tel affront à l'Auteur présumé du grand livre de ma vie – s'Il existait.

– J'ai eu tôt fait de deviner la vérité, releva Emma. Vous souvenez-vous comme j'ai tremblé quand vous m'avez déclaré que vous vous nommiez « Clothier » ?

J'acquiesçai du chef, me rappelant lui avoir confié à quel point je détestais ce nom-là.

– C'est à ce moment-là que j'ai cru deviner qui vous étiez, car mon père nous avait souvent parlé de la femme et de l'enfant de son pauvre frère. Mais je n'ai pas osé partager cette intuition avec vous, de crainte que vous ne soyez trop choqué de nous découvrir parmi vos « ennemis ».

Je rougis, et elle poursuivit son récit :

– Certes, vous n'aviez aucune raison de mettre en doute les dires de votre mère mais vous comprendrez la vérité quand nous vous aurons tout expliqué, et vous cesserez d'avoir peur et de vous méfier de nous. Et puis, il n'y a pas besoin de précipiter les choses : nous avons tout le temps devant nous, Johnnie !

– Nous devrions le laisser, à présent ; il a l'air si las ! observa ma tante.

– Oui, j'aimerais bien dormir un peu, opinai-je.

– Mais naturellement ! s'écria Emma. Il est encore très tôt. Je vous monterai votre déjeuner dans une heure ou deux.

Ils se retirèrent, non sans boucler la porte derrière eux. Je souffrais les mille tourments du doute et de la peur : pouvais-je croire qu'ils m'avaient dissimulé leur identité uniquement dans le souci de ne pas me choquer ? Ma mère avait-elle eu tort de juger mon oncle comme elle l'avait fait ? Je devais absolument me faire une religion sur ce point car, à supposer qu'elle eût eu raison, je courais le plus grave des dangers. Si le codicille avait bien été présenté à la Chancellerie, et s'il était entériné, l'existence de la descendance Huffam devenait le seul obstacle empêchant les Clothier (ou les Porteous) d'hériter du domaine de Hougham. Voilà qui expliquait la manière dont l'audience avait été menée, le jour de ma comparution : si l'on avait voulu établir avec certitude la mort de ma mère, c'était afin de légitimer mon statut de bénéficiaire du legs inaliénable de la succession Huffam ! Et si le nom de « Peter Clothier » avait été mentionné devant la cour comme désignant mon père dans le registre paroissial de Melthorpe, c'était afin d'apporter la preuve de mon identité.

Ma vie était la seule barrière entre Silas Clothier et le domaine – sans moi, il en eût hérité dans l'instant. En outre, vu l'âge vraisemblablement fort avancé du vieux monsieur et la clause stipulant que ma mort devait intervenir de son vivant pour que l'héritage lui revînt, il allait de soi que ses héritiers – mon oncle et Emma – s'impatientaient de voir cette condition satisfaite. Pas étonnant que Mr Gildersleeve se fût tant étendu sur mon état de santé ! Ou que Mr Barbellion eût contesté le fait que mon oncle obtînt ma garde !

Quelle chance que mes rêves m'aient alerté, pensai-je. Quand, tout à coup, je compris dans un éclair la cause de ces visions : on avait dû trafiquer la nourriture qu'on me donnait ! Mon cœur se mit à battre la chamade en repensant à ce que Miss Quilliam avait un jour expliqué à propos des pouvoirs du laudanum, cette substance qui, en très faible quantité, cause un profond sommeil ; qui, à des doses légèrement plus fortes, provoque d'extraordinaires visions d'un grand réalisme ; et qui, encore plus généreusement administrée, devient un venin impossible à détecter. Emma avait-elle empoisonné mon souper et le julep soporifique ? Devais-je la vie sauve au fait que j'en avais absorbé si peu ? Ou alors, étais-je en train de devenir fou pour m'imaginer pareille horreur ?

Je fus tiré de mes méditations par un léger coup frappé à la porte. La clé tourna presque sans bruit et Emma, une assiette de porridge à la main, entra dans la chambre, arborant son aimable sourire des premiers jours.

– Avez-vous fait un somme ?

J'opinai du chef.

– Maintenant, il faut manger ! annonça-t-elle, esquissant le geste de me tendre l'assiette.

Je fis non de la tête, sans faire exprès. J'étais bien décidé à ne plus rien manger de ce qu'on me servirait sous ce toit. Quant aux conséquences d'un tel refus de ma part, j'avais besoin d'y réfléchir car, pour l'instant, je ne voyais pas plus loin que cette réaction immédiate.

Emma me lança un regard exaspéré :

– Bon, eh bien, je vous le laisse là, déclara-t-elle, en posant le plat sur ma table de chevet.

Puis elle ajouta :

– Pauvre Johnnie ! Quel choc d'avoir ainsi retrouvé si soudainement votre méchante famille !

C'était dit sur un ton de plaisanterie si naturel et si comique que je souris. J'aurais tant voulu croire que je pouvais me fier à elle, et que la maladie était la seule cause de mes divagations !

– Dormez donc encore un peu, et essayez de manger quand vous vous réveillerez, fit-elle avec sollicitude. Je vais vous laisser, à présent.

Une fois seul, je portai mon attention sur un autre aspect déroutant de cette affaire : comment étais-je arrivé dans cette maison ?

L'explication qu'on m'avait proposée ne tenait pas debout et, tentant de démêler cet embrouillamini pour reconstituer l'enchaînement des faits, je me souvins que j'avais été amené ici par le garçon qui m'avait trouvé devant la vieille maison de Charing Cross. Du reste, il m'avait vaguement rappelé quelqu'un, sur le moment : fouillant dans ma mémoire, je sentis tout d'un coup remonter quantité de souvenirs qui resurgissaient pêle-mêle. Et notamment l'image d'une longue marche lasse dans la neige, de maison en maison. Où avais-je entendu cette histoire ? Une autre image s'imposa à moi : celle d'une grosse femme gaie, assise bien au chaud dans une cuisine – celle de Melthorpe ! *Cette femme, c'était Mrs Digweed ! Et le garçon qui m'avait conduit ici n'était autre que son fils, Joey !*

Ainsi, en tentant d'expliquer une coïncidence extraordinaire, je venais d'en découvrir une autre ! Cependant, je ne pouvais guère pousser plus loin mes déductions, ignorant quelle sorte de lien pouvait exister entre Joey Digweed et mon oncle. Voilà qui ressemblait à cet autre hasard, apparemment tout aussi inexplicable : le fait que Barney fût le cambrioleur de Melthorpe. Et s'il y avait un rapport entre ces deux étranges « coïncidences » ? Car, d'après mes conclusions antérieures, la visite de Mrs Digweed chez nous était liée au cambriolage. L'explication de ces événements « fortuits » se trouvait sans doute dans une mystérieuse toile d'araignée dont je ne pouvais encore démêler l'inextricable lacis, mais qui prouvait l'existence d'un complot ourdi contre moi. Ma situation actuelle n'était nullement le fruit d'un hasard aveugle, mais le résultat de quelque dessein occulte ! Par conséquent, ma présence sous ce toit n'était pas accidentelle – je le savais maintenant. Bref, Emma et son père me mentaient.

La logique du raisonnement qui m'avait permis d'aboutir à cette conclusion me rassura beaucoup. Je n'étais pas fou, il y avait bel et bien une incroyable machination qui se tramait contre moi ! Une chose était claire en tout cas : je devais au plus tôt me tirer des griffes de ces gens-là !

Je me levai pour aller examiner la fenêtre : elle était bouclée par un verrou de sécurité que je fus incapable de faire jouer. De toute façon, la chambre se trouvant au premier étage, j'aurais eu peine à gagner le rez-de-chaussée, et, en admettant même que j'y fusse parvenu, je serais arrivé dans une courette étroite comme un boyau et d'où l'on ne pouvait ressortir que par la maison.

Il fallait filer, et vite, puisque j'étais bien décidé à ne rien manger. En attendant, soucieux d'éviter que ma parenté ne découvrît ma peur d'être empoisonné, je cachai presque tout le contenu de mon assiette sous un coin du tapis, près du lit, prenant soin de bien aplanir la carpette du pied. Après quoi, je me recouchai et je fis semblant de dormir pendant tout le reste de la soirée, n'osant même pas entrouvrir les yeux quand, à plusieurs reprises, la porte avait bâillé, livrant passage à un visiteur.

Je restais allongé, immobile, épiant les bruits de la maisonnée qui vaquait aux soins de son coucher, et passant ma situation en revue : je n'avais plus de vêtements – on me les avait enlevés au retour de l'audience, la veille –, j'étais encore affaibli par la maladie et je n'avais pour toute fortune que le souverain que j'avais pu dissimuler. Jusqu'où pouvais-je espérer aller, pieds nus et en chemise, par une nuit glacée de janvier ? Et où fuir, puisqu'il n'y avait personne qui pût m'aider ? Pourtant, je n'avais pas le choix : c'était la mort assurée si je restais.

Conscient du danger que représentait le froid des rues, je décidai d'attendre jusque vers quatre heures du matin : la maisonnée dormirait à poings fermés et l'aurore ne serait plus très loin. Je luttai donc pour rester éveillé, écoutant l'horloge du palier égrener les douze coups de minuit, puis une heure, puis deux.

IV

L'horloge sonna enfin quatre heures. Ma conscience ne me fit aucun reproche lorsque je pris quelques couvertures et les pliai pour m'en draper. Et, heureuse surprise, je constatai à mon grand soulagement que la porte n'était pas fermée à clé ! Me glissant à pas feutrés sur le palier plongé dans l'obscurité, je descendis lentement et précautionneusement l'escalier. Il faisait noir partout, à l'exception du hall où luisait la veilleuse de la lampe à gaz. Arrivé là, je me sentis dans une relative sécurité, sachant que les domestiques dormaient tout en haut, et la famille au premier et au deuxième étages. Comme la porte de derrière n'ouvrait que sur la petite cour, il fallait sortir par celle qui donnait sur la rue. Je fis doucement glisser un verrou, puis l'autre : la sûreté de l'extérieur me paraissait à portée de main.

Soudain, j'aperçus du coin de l'œil une porte qui pivotait sur ses gonds, sur un côté de l'entrée : une silhouette s'y encadra, à quelques pieds à peine.

– Eh bien, voilà comment tu exprimes ta gratitude ! s'exclama mon oncle. Faut-il qu'on ait versé du venin dans ton cœur à notre encontre !

Il intensifia la lumière du bec de gaz en veilleuse, au-dessus de nous. La flamme s'aviva et fit danser des ombres sur son visage.

– Heureusement, je travaillais tard et j'ai entendu du bruit, déclara-t-il.

– Ce n'est pas vrai ! m'écriai-je, comprenant en un éclair à quel point j'avais pu être naïf. Vous m'attendiez. Tenez, il n'y avait même pas de lumière dans votre bureau, sinon je l'aurais vue filtrer sous la porte ! Et c'est à dessein que vous avez omis de fermer celle de ma chambre à double tour.

Sachant mon geste vain, je tentai malgré tout d'actionner la porte d'entrée qui ne bougea pas.

– La clé est dans ma poche, commenta laconiquement mon oncle.

Désespéré, je tambourinai contre l'huis de toute la force de mes poings, en criant :

– Au secours ! Laissez-moi sortir ! A moi, veilleurs !

Mon oncle se précipita sur moi avec un juron et me saisit. Le vacarme avait réveillé la maisonnée – tout au moins ceux qui dormaient : des lumières s'allumèrent dans les étages, et des voix résonnèrent tandis que je me débattais en hurlant, envoyant force coups de pied dans les jambes de mon oncle. Il ne me restait plus qu'un espoir : susciter la pitié chez l'une des personnes qu'employait la maison. Un bref coup d'œil dans l'escalier me révéla la présence d'Emma et de ma tante, debout sur le palier, en vêtements de nuit. Derrière elles se tenaient Ellen – comment avais-je pu lui trouver l'air aimable ? – et une jeune bonne entraperçue une ou deux fois. Frank, le domestique, arriva de l'entresol, tout habillé : semblant comprendre la situation au premier regard, il s'empressa de rejoindre mon oncle pour lui prêter main-forte.

– Dans la pièce de derrière ! s'écria mon oncle.

Et, tandis que les deux hommes entreprenaient de me traîner vers l'arrière de la maison :

– Odieux petit monstre ! s'exclama Emma. Après tout ce que nous avons fait pour vous !

– Ce n'est pas sa faute, ma chère, observa son père. Tu ne vois donc pas qu'il n'est pas responsable de ses actes ?

– Non, ce n'est pas vrai ! protestai-je. Je ne suis pas fou, criai-je à l'intention de la petite bonne qui me dévisageait d'un air terrifié. Ils veulent me tuer ! Ils ont tenté de m'empoisonner ! Je vous en supplie, allez rapporter à un juge la scène dont vous avez été témoin !

On eut vite fait de me pousser sans ménagement dans un cabinet auquel on accédait par un couloir à l'arrière de la maison. Quelqu'un tenait une chandelle à la porte et j'eus juste le temps d'apercevoir une pièce vide, dépourvue de meubles et de tapis, sans cheminée même, et percée d'une unique fenêtre – sur la cour, sans doute –, munie de gros barreaux de fer assujettis de l'intérieur. Puis la porte claqua et je me retrouvai seul dans le noir et dans le froid.

Je compris que j'étais tombé dans un piège en cherchant à m'enfuir. La chambre était glaciale, et la nuit s'annonçait pénible, voire périlleuse pour moi qui ne pouvais me prévaloir contre le froid que de ma mince chemise, ayant perdu mes couvertures dans la bataille et n'en trouvant pas la moindre en ces lieux. Je me couchai donc en chien de fusil à même les lames du plancher, me pelotonnant pour offrir le moins de prise possible à la cruelle morsure du froid. Je n'osais pas succomber au sommeil : on voulait me tuer, mais je ne me laisserais pas faire !

L'aube commençait à poindre discrètement quand la porte s'ouvrit sur Emma, escortée de Frank, pourvoyeuse de boisson et de nourriture. Elle déposa les plats à terre, en me fixant d'un étrange regard où la peur le disputait au dégoût et à la pitié.

– Je ne toucherai à rien, à moins que vous n'y goûtiez aussi, lui dis-je. Et je ne boirai rien, sauf de l'eau.

– J'espère seulement que vous ne tarderez pas à vous rétablir et à comprendre l'absurdité et l'injustice de vos soupçons, déclara-t-elle.

– Et puis, j'ai horriblement froid, ajoutai-je.

– Père a dit qu'il n'osait vous laisser ni feu ni couvertures.

Là-dessus, Emma ressortit ; c'est Frank qui boucla la porte.

Une ou deux heures plus tard – le temps devenait de plus en plus difficile à mesurer –, la jeune fille revint en compagnie de son père. Ayant constaté que je n'avais rien bu ni mangé, mon oncle s'écria :

– Mais tu es en train de te donner la mort ! Tout cela à cause des idées fausses que t'a inculquées cette créature stupide et malfaisante qu'était ta mère !

– Ne parlez pas d'elle ainsi ! me révoltai-je.

– Je crois qu'il est temps que tu saches la vérité, répondit-il gravement. C'est ta mère la responsable de tout le mal qui est arrivé à mon pauvre frère Peter. Elle a voulu imposer son ascendant à cet être naïf et faible d'esprit.

– Arrêtez ! criai-je. Je ne veux pas entendre vos mensonges !

J'eus beau me boucher les oreilles, j'entendis tout de même son affreux discours :

– Elle a bien tenté le coup avec moi, mais elle s'est heurtée à trop forte partie. Alors, elle a entrepris de séduire Peter – Dieu sait que la tâche dut être aisée, avec un innocent de cette sorte ! – et elle a réussi à le subjuguer totalement. Pour quelle raison ? Je me le suis maintes fois demandé, mais je suppose que son père et elle voulaient mettre la main sur une part de la fortune de mon père.

– Mais taisez-vous donc ! hurlai-je.

– C'est pour ton bien que nous te le disons, John ! protesta Emma. La vérité est peut-être pénible à entendre, mais il faut que tu l'apprennes.

A observer ce pâle visage – dont je pouvais encore apprécier la beauté, bien qu'il ne fût habité désormais que par la haine –, je ne savais plus que penser : croyait-elle vraiment à ce qu'elle disait ? J'en avais malheureusement l'impression.

– Ta mère et son père, poursuivit implacablement mon oncle, ont cru pouvoir manipuler mon frère à leurs propres fins, mais ils se sont montrés trop malins. A force de le monter contre les siens, ils l'ont rendu fou, tant et si bien que Peter a fini par se retourner contre ton grand-père maternel et l'a assassiné.

– Je refuse de croire qu'il était fou ! m'écriai-je. Ce n'est qu'un mensonge malveillant. Mr Escreet a confirmé à ma mère que mon père avait dit vrai : la querelle était bien une mise en scène.

– Confirmé à ta mère ! répéta mon oncle avec un ricanement sardonique. Je te préviens, tu ferais mieux de ne pas accorder trop de crédit aux racontars de cette femme ! A mon avis, c'est elle qui a poussé Peter au meurtre – Dieu seul sait pour quel motif ! Quoique… rien ne me surprendra jamais, de la part de cette femme-là !

Ses yeux se rétrécirent et il me considéra d'un air songeur :

– Il y a encore une chose que tu devrais savoir, je pense. Je suppose que tu ignores que Fortisquince…

Il s'interrompit et ajouta après un bref échange de regards avec sa fille :

– Mais cela peut attendre à plus tard.

– Non, s'écria Emma avec une espèce de sourire triomphant. Dites-lui tout !

Il me raconta alors une histoire parfaitement incroyable sur ma mère – ou sur mon père, plutôt. Tout en me refusant à y accorder foi, je ne pouvais la chasser de mon esprit.

Ulcéré, je me jetai sur lui avant même qu'il eût fini son récit. Il me repoussa brutalement et me fit tomber à la renverse. Je restai étendu par terre de tout mon long, versant des larmes de rage et de désespoir tandis qu'Emma et son père sortaient de la pièce avec de petits sourires narquois.

Se pouvait-il qu'il y eût du vrai dans leurs dires ? Le sol parut se dérober sous moi, rien que d'y songer. Ma mère, une intrigante ? Une menteuse, ou pis encore ? Qui, sous des apparences de franchise sans détour, aurait dissimulé une nature d'une sombre duplicité ? Certes, elle m'avait caché le montant de la somme qu'elle avait investie dans cette fatale spéculation ; puis, il y avait cette fameuse broderie qu'elle avait achetée à mon insu. Et, par la suite, elle était devenue de plus en plus soupçonneuse et cachottière, mais sans doute était-ce la conséquence des difficultés qu'elle avait à affronter. Quant à ce que Mr Porteous m'avait laissé entendre… l'idée seule m'en était insupportable.

Plus tard, ce même jour – je ne saurais être plus précis, faute de repères –, Frank arriva tout à coup, fit jouer la serrure, ouvrit la porte et jeta des couvertures dans la chambre. Il referma à clé pendant que je m'en enveloppais. Je commençais à perdre la maîtrise de mes pensées : plus le temps passait, moins je savais où je me trouvais et ce qui m'arrivait. Une seule certitude : j'étais enfermé. C'est alors que me vint l'idée d'essayer de faire du bruit pour ameuter les passants : agrippé aux barreaux de la fenêtre, j'étais en train de hurler devant les carreaux opaques de saleté, quand la porte s'ouvrit sur le père d'Emma, accompagné du Dr Alabaster et de deux inconnus. Frank fermait la marche, porteur d'un plateau de nourriture.

– Je vous en prie, aidez-moi ! m'écriai-je. On veut me tuer !

Je me rendis compte que j'avais du mal à articuler et à fixer mon regard sur ces visages aux airs de grosses lunes pâles et aux traits indistincts. Je n'arrivais pas à les différencier.

– Qu'est-ce qui vous fait dire cela ? questionna l'un des inconnus d'un ton bienveillant.

– On cherche à me faire mourir de faim et de froid.

– Mais n'êtes-vous pas enveloppé de couvertures, John ? poursuivit mon interlocuteur.

Il désigna le plateau que Frank était en train de déposer sur le plancher :

– Et vous avez de quoi manger, là, devant vous.

Je voulus lui expliquer qu'on venait seulement de m'apporter les couvertures, mais j'étais incapable de trouver mes mots.

– La nourriture est empoisonnée, je n'ose pas y toucher, soufflai-je.

– Voyons, ne sois pas stupide, mange un peu, Johnnie ! fit celui que j'avais jusque-là pris pour mon oncle, sur un ton dont il n'avait encore jamais usé à mon égard.

– Non, je refuse, à moins que vous n'en mangiez vous-même d'abord !

Mr Porteous échangea un regard avec les autres et tous hochèrent gravement la tête.

– Eh bien, d'accord, Johnnie, déclara-t-il avec le sourire de celui qui consent à faire plaisir à un enfant capricieux. Si cela peut te tranquilliser, je vais te montrer que tu ne cours aucun risque.

Ayant avalé quelques cuillerées d'un mets, il remplit une timbale dont il but le contenu.

– Oh, bien sûr, il n'y a plus rien de dangereux, maintenant ! m'exclamai-je en me jetant sur la nourriture et la boisson comme un pauvre chien affamé, sous le regard atterré de ces messieurs.

– Eh bien ! maître Clothier… commença le Dr Alabaster.

– Ne m'appelez pas comme ça ! me récriai-je.

– Et pourquoi ? N'est-ce pas votre nom ?

– Non ! Et je le déteste !

– Très bien, John, reprit calmement le médecin. Ces messieurs vont vous poser quelques petites questions. Voulez-vous essayer d'y répondre ?

Je hochai la tête en signe d'acquiescement.

– Voulez-vous nous dire, déclara le deuxième inconnu, qui est ce monsieur (il désigna le père d'Emma) et comment vous êtes arrivé chez lui ?

– Il paraît que c'est mon oncle, répondis-je, mais je ne suis pas sûr d'en être convaincu. Comment suis-je arrivé ici ? Je l'ignore. Je suis victime d'une conspiration qui se trame depuis des années déjà, puisqu'elle remonte à l'époque d'un cambriolage qui eut lieu chez nous quand j'étais petit. L'auteur du méfait habite une carcasse, du côté de Neat Houses. Je crois que c'est lui qui a manigancé pour me faire amener ici, d'une manière ou d'une autre.

Ma voix mourut. Les deux inconnus semblèrent se concerter du regard mais je ne pus distinguer leur expression dans la tache floue de leurs visages.

Le premier reprit la parole :

– Ma question sera très simple : dites-moi combien font un shilling huit pence, plus six shillings trois pence, plus un demi-penny, moins quatre shillings neuf pence trois farthings ?

J'avais la migraine et les jambes en coton. Hochant la tête d'un air pensif, je répondis :

– Je l'ignore, Monsieur. Mais je n'ai pas perdu la tête pour autant. Il y a d'autres choses que je sais : par exemple, que ceci est une chaise (j'en désignai une), et que voilà un homme (je lui montrai Frank).

– Il arrive tout juste à les distinguer ! constata le monsieur avec un hochement de tête.

– Je crois que nous en avons assez vu, déclara le second visiteur. Le certificat ne sera qu'une simple formalité.

– Je n'escomptais pas d'autre conclusion que celle-ci, observa le Dr Alabaster.

– Monsieur Porteous, reprit le premier inconnu, j'espère que vous ne punirez pas votre petite bonne, elle a cru bien agir.

– Ne vous faites pas de souci, répondit Mr Porteous. Je crois avoir la réputation d'un homme capable de magnanimité.

– Encore heureux que vous ayez une chambre comme celle-ci, poursuivit le premier homme, avec de solides barreaux et sans cheminée, afin d'éviter que le pauvre garçon s'échappe ou se fasse du mal !

– Ce sont de bien tristes circonstances qui nous ont amenés à installer cette pièce, expliqua le père d'Emma. Car c'est là que nous avons dû enfermer mon pauvre frère, le père de ce garçon. Et voilà maintenant que le fils a hérité le mal de son père !

– Non ! protestai-je. Ce n'est pas vrai ! Vous mentez, comme vous venez de le faire il y a un instant.

Ces messieurs hochèrent la tête en échangeant des regards consternés, et ressortirent. La porte se referma, la clé tourna dans la serrure. Ainsi, je me trouvais dans la chambre que Peter Clothier avait fuie pour venir se réfugier chez mon grand-père maternel !

Pendant le reste de la journée et la nuit suivante, je connus tour à tour des moments de vague lucidité et de totale inconscience – des états que je ne saurais désigner du nom de veille et de sommeil. N'ayant rien mangé depuis la visite des messieurs, je me sentais de plus en plus faible et fiévreux.

Mon esprit enténébré fut brusquement tiré de sa nuit par l'éclat agressif d'une lumière dans mes yeux : on se saisit de moi, on me bâillonna avec un morceau de tissu au goût immonde, après quoi on faillit me déboîter les bras en tirant dessus pour les enfiler de force dans un vêtement qui les immobilisa aussitôt.

On me souleva pour m'emporter hors de la maison et me jeter

dans un coche où deux hommes vigoureux me clouèrent aussitôt au siège, entre leurs corps robustes. J'eus beau essayer de me débattre et de crier quand la voiture s'ébranla, le bâillon me réduisait au silence.

On me frappa à la tête et une voix que je reconnus comme celle du Dr Alabaster ordonna :

– Mets la sourdine, Clothier, ça vaudra mieux pour toi !

Je n'osai plus broncher. Amorçant un virage, le coche déboucha dans une artère bien éclairée qui eût pu être New Road, et j'aperçus le visage du Dr Alabaster qui regardait par la fenêtre, les traits durs comme du marbre. Je tournai la tête pour jeter un coup d'œil sur mon autre garde du corps, et quelle ne fut pas mon horreur en le reconnaissant ! C'était le grand escogriffe qui avait sauté dans le carrosse, ce jour lointain où Emma avait tenté de m'enlever ! Un des meneurs, aussi, de l'attaque dont nous avions été victimes par la suite, ma mère et moi, en revenant de l'échoppe du prêteur sur gages…

V

Et si, après tout, j'étais bel et bien fou ? pensai-je alors. Que ma façon de voir des coïncidences partout, et des rapports entre toutes choses, en fût la preuve ? A peine cette idée m'eut-elle traversé l'esprit que toute vélléité de résistance fondit en moi : finalement, c'était aussi bien qu'on m'emmenât là où l'on me conduisait. L'événement avait en outre un caractère inéluctable, comme si une force irrésistible avait veillé à m'amener là, pour que s'accomplît enfin un destin auquel avait tendu toute ma vie. J'en éprouvai presque du soulagement.

L'homme que j'avais reconnu rompit le silence au bout d'un moment, avec un petit rire déplaisant :

– On dirait que ça commence à devenir une spécialité familiale, n'est-ce pas, Docteur ?

– Pour sûr, confirma Alabaster. Et celui-ci en a même hérité, intérêt et principal !

Ayant bien ri tous les deux, ils se tinrent cois jusqu'à la fin du trajet. Le coche franchit enfin un portail qui ouvrait sur une allée gravillonnée. Déjà, quelques lueurs pointaient au ciel nocturne où se détachait la silhouette d'une grande bâtisse. Avec ses carreaux passés au blanc d'Espagne, la maison avait un drôle d'air : elle m'évoquait un peu ce chien atteint de cataracte que j'avais jadis connu. Ainsi, on ne pouvait rien voir par les fenêtres des étages, ni de l'extérieur, ni de l'intérieur.

La voiture s'arrêta et on me déchargea sur le gravier comme un sac. Puis, les bras toujours immobilisés derrière le dos, je fus ramassé et conduit – ou plutôt traîné – sous le porche qui menait au hall d'entrée.

Le Dr Alabaster s'étant éclipsé sans autre forme de procès, son aide fut rejoint par un hercule de fort patibulaire aspect qui me fixa avec insistance, grimaçant un sourire qui semblait sous-entendre une familiarité qui nous eût liés. De fait, en y regardant de plus près, je m'aperçus que le vilain bonhomme ne m'était pas inconnu, avec ses petits yeux à demi fermés, ses sourcils perpétuellement relevés comme pour désapprouver tout ce qu'il voyait et son gros faciès aplati, carré, réplique parfaite d'une brique rouge. C'était le compagnon du grand escogriffe, le fameux jour de l'attaque ! A en juger par l'imposant trousseau de clés pendu à une chaîne autour de sa taille, il devait faire office de garde-chiourme en ces lieux.

Les deux hommes m'attrapèrent par l'épaule et me poussèrent devant eux, le long d'un couloir sombre et dallé qui débouchait dans une grande salle. C'était le dortoir des hommes et, malgré l'heure très matinale, on réveillait déjà les patients pour les habiller. Contemplant tous ces visages qui m'entouraient, j'y vis autant d'expressions de la dégénérescence, du crétinisme et de la manie : des visages durcis par les sévices et la souffrance, d'autres au contraire brisés par ces épreuves, certains rendus combatifs par l'impérieux besoin de se prouver leur propre valeur, d'autres encore aux yeux vides à jamais. Plusieurs portaient comme moi des camisoles de force. Je tentai de trouver ne serait-ce qu'une seule personne en qui l'on pût discerner un signe d'intelligence et d'humanité. J'allais y renoncer quand, parvenu au bout de la longue salle, je surpris le regard d'un vieillard à la chevelure argentée qui, assis sur sa couche basse, semblait me considérer avec un air d'intérêt et de pitié.

Nous ressortîmes bientôt pour traverser un autre couloir et descendre des marches usées qui nous amenèrent à l'entrée d'une sorte de cave. Nous étions devant une grosse porte en fer, et le garde-chiourme tira une énorme clé de son trousseau : la lourde porte bardée de ferrures pivota sur ses gonds en grinçant, et l'on me poussa à l'intérieur.

Je ne voyais rien, je sentais seulement une épaisse couche de paille sous mes pieds. Il faisait noir comme dans un four, à part le mince rai de lumière qui filtrait à travers une minuscule grille, au haut du mur. Les deux hommes eurent bientôt refermé à double tour la porte, mais ils restèrent un moment à m'observer à travers le petit guichet grillagé qui s'y trouvait ménagé.

– Ne t'approche pas trop ! fit le porte-clefs. Attention à la longueur de la chaîne !

– Quelle scène émouvante, s'écria l'aide du docteur Alabaster. On croirait assister au dernier acte d'une pièce !

Ils repartirent en riant et en plaisantant. A la faveur du silence qui s'installa après leur départ, j'entendis un léger bruissement dans la paille : quelque chose bougeait à l'autre bout de la cellule. Tendant l'oreille, il me sembla détecter le bruit régulier d'un souffle. La peur m'envahit : était-ce un animal qui respirait là, et si oui, quel genre de bête ? J'étais totalement sans défense, avec mes bras immobilisés dans le dos.

Mes yeux s'accoutumant à la pénombre, je finis par distinguer une forme, contre le mur du fond. Recroquevillée par terre, elle n'était pas sans évoquer un être humain. Un cliquetis métallique m'apprit qu'une chaîne accrochée à son cou attachait la créature au mur.

Légèrement rassuré, je fis un pas en avant. La forme tourna sa figure vers moi, puis se radossa contre le mur, bouche ouverte, langue pendante. J'aperçus un visage presque entièrement recouvert par une broussaille de barbe et de cheveux, des yeux au regard fou qui scrutaient avidement mes traits sans savoir où se poser. Mais, ô horreur, ce visage, je le reconnaissais, malgré sa toison et l'effrayante grimace qui le déformait : je le reconnaissais, à cause d'une image gravée au plus profond de mon être depuis ma tendre enfance. Les doux yeux bruns et les traits fins, si souvent, si longuement contemplés, comme pour y chercher le sens de ma propre vie, je les retrouvais malgré tout dans le visage du pauvre homme qui se mit à baragouiner dans la demi-obscurité de la cellule. Cette créature déchue, insane, vautrée au milieu de sa paille et de ses déjections, n'était autre, mais oui ! que la réplique lointaine d'une image familière : la miniature du médaillon maternel.

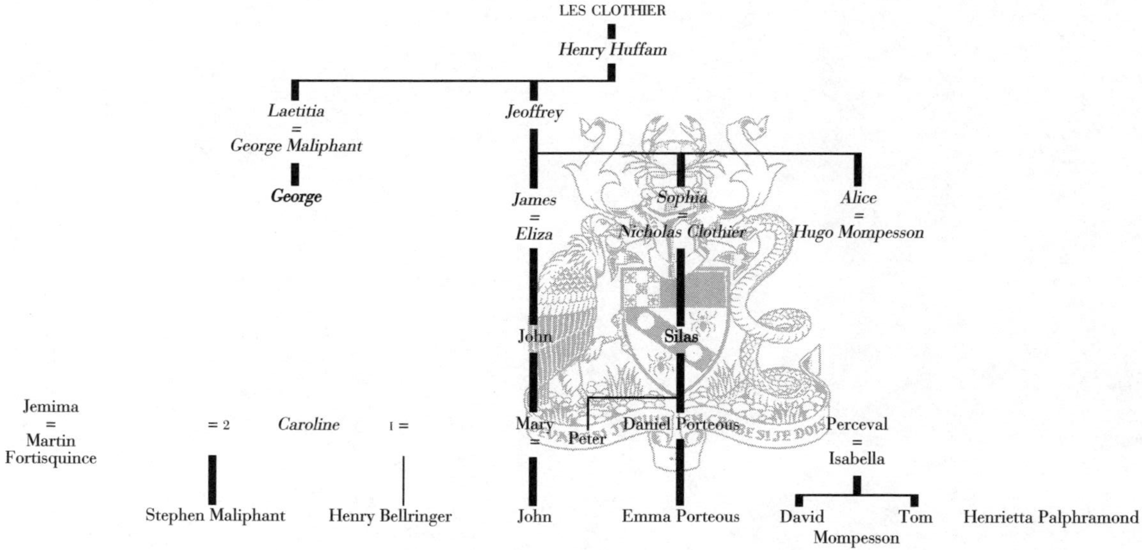

Les personnages n'apparaissant pas en personne dans le récit ont leur nom en italiques, et en gras, ceux qui pourraient entrer en possession du domaine si le codicille occulte de Jeoffrey Huffam était en vigueur.

TABLE

DU MÊME AUTEUR
AUX ÉDITIONS PHÉBUS

Traduits par
GÉRARD PILOQUET

I. Le Quinconce, roman
II. Les Faubourgs de l'Enfer, roman
IV. La Clé introuvable, roman
V. Le Secret des Cinq-Roses, roman

Traduits par
ÉRIC CHÉDAILLE

Trahisons, roman
Les Morts reviennent toujours, roman

Cet ouvrage
réalisé pour le compte des Éditions Phébus
a été transcrit et mis en page par In Folio,
reproduit et achevé d'imprimer
en avril 2003
dans les ateliers de Normandie Roto Impressions S.A.S.
61250 Lonrai
N° d'imprimeur : 03-0661

Imprimé en France

Dépôt légal : avril 2003
I.S.B.N. : 2-85940-905-X
I.S.S.N. : 1285-6002